KB262983

한밤이여, 안녕

한밤이여, 안녕

한밤이여, 안녕

Jean Rhys

Good Morning, Midnight

진 리스 소설

웅진 지식하우스

차례

한밤이여, 안녕!

나 이제 집으로 돌아가요.

낮은 내게 싫증이 났다지만,

내가 어찌

낮에게 싫증을 느끼겠어요?

태양빛이 너무도 안온해서

나 거기서 살고 싶었지만,

아침은 나를 원치 않는대요. 지금은.

그러니

낮이여, 잘 자요!

— 에밀리 디킨슨

1장

"옛날과 별로 달라진 게 없지?" 방이 내게 묻는다. "그래? 안 그래?"

방에는 침대가 두 개 놓여 있다. 여성용 큰 침대와 그 맞은편으로 남성용 좀 작은 침대. 세면기는 커튼에 가려져 있다. 방은 꽤 큰 편이다. 싸구려 호텔에서 나는 냄새가 아주 희미하게 내 코를 스친다. 호텔 밖에 자갈을 박아 포장한 좁은 도로는 가파르게 경사져 올라 몇 개의 계단과 만나게 되어 있다. 막다른 길이다.

내가 여기 머문 지가 오늘로 닷새째다. 나는 이미 점심을 먹을 식당, 저녁을 먹을 식당, 저녁 식사 후 술을 마실 술집들을 다 정해 놓았다. 다시 말하면, 내 이 보잘것없는 인생도 질서 정연하게 계획대로 움직이는 거다.

저녁 식사 후 술을 마실 곳…… 잠깐, 그런 장소를 결정하는 데도 세심한 배려가 필요해. 이런 것들이 매우 중요하니까.

예를 들면, 어젯밤에, 그래, 어젯밤엔 정말 낭패를 보았지. ……바로 옆 식탁에 앉아 있던 여인이 내게 말을 걸기 시작했어. 마흔 살쯤 돼 보이는 검은 얼굴의 마른 몸매를 가진 여인이었지. 옷을 잘 차려입고 악보 하나를 가지고 있었어. 그녀는 손가락으로 식탁을 두드려 박자를 맞추면서 작은 목소리로 노래를 흥얼거리고 있었지.

"그 노래 듣기 좋군요."

"그렇죠? 그런데 슬픈 노래예요.「우울한 일요일」이라는 노래죠." 그녀가 웃었다. "슬픈 노래지요."

그녀는 친구를 기다리고 있다고 말했다.

그녀의 친구가 왔다. 그는 미국인이다. 그가 내게 브랜디와 소다를 섞은 칵테일을 한 잔 샀다. 그걸 마시며 나는 울기 시작했다.

"옛 기억이 떠올라서." 내가 말했다.

검은 얼굴의 여인은 앉은 자세를 똑바로 하더니 가슴을 앞으로 쭉 내밀었다.

"저도 이해는 해요." 그녀가 말했다. "물론 이해는 하지만, 그렇긴 해도……. 때로는 저도 부인만큼 불행하답니다. 그렇다고 해서, 모든 사람에게 제가 불행하다는 걸 보일 필요는 없지요."

울음을 그칠 수가 없어서 나는 아래층 화장실로 내려갔다. 언젠가 와본 낯설지 않은 곳이다. 다행히도 화장실은 비어 있었다. 한 늙은 여인이 화장실 밖 공중전화 옆에서 어린 소녀와 대화를 나누고 있었다.

나는 거울 속에 비친 내 얼굴을 뚫어지게 쳐다보며 화장실에 서 있었다. 무엇 때문에 내가 울었던 거지? 불행했기 때문이었나? ……그 반대겠지. 오늘 같이 정신이 온전할 때, 평소보다 한두 잔의 술을 더 마시고도 아직 정신이 말짱할 때, 그럴 때 나는 내가 얼마나 행운의 여인인가를 깨닫는다. 반쯤은 익사 상태로, 깊고 어두운 강물 속 같은 삶을 살다가 어느 날 낚아 올려져 구조되고 구원받은 나. 마른 옷가지들을 걸치게 됐고, 머리는 샴푸로 깨끗이 감겨져 보기 좋게 정돈까지 되었으니. 아무도 내가 그런 험악한 상황에 놓여 있던 것을 모른다. 물론, 무언가가 완전히 사라지지 않고 찌꺼기처럼 남았다는 사실을 제외하고는. 그래, 언제나 찌꺼기가 남는 거야. ……그래도 괜찮아. 여기 내가 있는걸. 정신도 말짱하고, 옷도 뽀송 뽀송 말라 있어. 몸을 숨길 나만의 장소도 있고. 내가 이 이상 무얼 더 바란단 말인가? ……내 모습이 좀 자동인형 같긴 하겠지. 그러나 분명 정신은 말짱해. 물속을 헤매는 것도 아니고, 냉철하고 멀쩡해. 나는 이제 어두운 골목길도, 깜깜했던 강도, 고통도, 투쟁도, 술독에 빠졌던 일들도 모두 잊었어. ……잘못 생각하지 마. 내가 말하는 뜻은, 우리가 몸이 튼튼하고 수영도 잘하는데다, 강둑 위에서 기다리던 친구들이 우리가 조금이라도 이상해 보이면 물속으로 뛰어들어 우리를 기꺼이 구해 줄 준비가 되어 있을 때 물과 벌이는 투쟁을 말하는 게 아니니까. 내가 말하는 것은 정말 어두운 강과 같은 인생과의 실질적 투쟁을 말하는 거지. 나를 기꺼이 구해 줄 친구가 한 명도 없을 때, 강물 속으로 뛰어든다고 생각해 봐. 게다가 물속으로 가라앉아 가는데도 주위 사람들은 그걸 보고 박장대소할 때를 말하는 거지.

유료 화장실. ……내 일생에서 내가 거친 화장실에 대해 자세히 설명해 볼까? 변기만 덩그렇게 놓인 변소들, 여성들을 위한 화장실들. ……검은색과 흰색으로 꾸며진 런던의 화장실. 엄격한 얼굴을 한 화장실 도우미를 무시하고, 감히 줄을 이탈해 새치기를 할 용기가 없는 열다섯 명의 여인들이 동전 한 닢을 들고 한 줄로 나란히 서 있었지. 그걸 가리켜 나는 '훈

련'이라는 단어를 쓸 수밖에 없어. ……플로렌스의 화장실. 아주 예쁘고 환상적으로 차려입은 아가씨가 정신없이 뛰어 들어오더니 그곳에서 기다리던 늙은 여인을 부드럽게 포옹하고 키스를 했지. 그러더니 종이 봉지에서 케이크를 꺼내 그 늙은 여인에게 먹여 주던 생각이 나는군. 무용수 딸을 가진 어머니였나? ……파리의 아늑하고 작은 규모의 화장실. 그곳의 도우미가 약을 팔았던 생각이 난다. 상처받은 가슴을 달래는 약.

내가 다시 위층 내 테이블로 돌아왔을 때, 그 미국인 남자와 검은 얼굴의 여인은 가고 없었다. "옛날 일이 떠올라서." 내가 웨이터에게 말했다. 그는 무표정한 얼굴로 나를 바라보았다. 나를 비웃을 관심도 없는 듯. 놀란 기색도, 어떤 감정의 표현도 없는 무표정한 얼굴로.

그게 바로 어제저녁의 일이다.

나는 침대에 누워 어제 일을 생각한다. 시도니가 내게 꾸어 준 돈과 그녀가 내게 뱉은 말들도 생각한다. "네 꼴을 차마 볼 수가 없군." 그녀는 그 말을 하며 눈을 반쯤 감고 있었다. 그녀의 미소는 마치 "저 친구도 이제 늙어 보이는군. 술을 너무 많이 마셔서 그래."라고 말하는 듯했다.

"체면이니 교양 같은 걸 생각하기에는 우리가 너무 오랫동안 친구라고 생각하지 않니, 사샤?" 그녀가 말했다.

나는 그때 메클렌버 광장을 돌아 그레이스 인 가를 따라 걷는 나만의 건강 산책을 막 끝내고 집에 들어온 직후였다. 나는 산책을 하며 이것저것을 보기도 하고, 길을 걷는 사람들을 바라보기도 했으며, 인조 다리와 인조 팔들을 진열한 가게의 쇼윈도를 물끄러미 들여다보기도 했다. 결국 나는 "이런 모습을 하고 있는 너를 차마 볼 수가 없구나."라고 말하는 시도니를 만나러 집으로 돌아온 것이다.

"이런 모습이라니, 어떤 모습?" 내가 물었다.

"내 생각엔 네게 변화가 필요해. 왜 잠깐만이라도 파리에 가 있지 그러니? ……새 옷도 몇 벌 사지그래? 확실히 너는 새 옷이 필요해. ……내가 돈을 좀 빌려 줄게." 그녀가 말했다. "내가 다음 주에 파리에 가거든. 네가 좋다면 방을 구해 놓을게."

시도니를 못 본 게 몇 달이었는데, 그녀는 높은 곳에서 갑자기 날아온 독수리처럼 나를 낚아채어 파리로 데려왔고, 이제 나는 여기에 있다. 사람이 등 시리고 배고프면 정신이라도 좀 이상해져야 하건만, 정신이 말짱하면 그저 남이 하라는 대로 수동적으로 움직이게 되는 것이다. (걱정은 해서 뭘 해, 왜 걱정 따위를 해.)

침대에 누웠지만 잠을 잘 수가 없다. 이리저리 뒤채기만 한다.

우리는 빅토르 – 쿠쟁 가의 모퉁이에서 살았다. 에노가 내게 러시아인이 쓰는 코사크 모자와 가짜 아스트라한 코트를 사주었던 것이 1923년이었던가 아니면 1924년이었던가? 그때부터 나는 내 이름을 사샤라고 부르기 시작했다. 이름을 바꾸면 행운이 찾아올지 모른다고 생각했던 것이다. 그런데 이름을 바꾸고나서 행운이 나를 찾아왔나? 궁금하군.

그게 1926년이었나 아니면 1927년이었나?

방의 불을 켰다. 침대 곁 작은 테이블 위에 놓인 에비앙 생수 한 병, 수면제가 든 약병, 두 권의 책, 창턱에서 째깍거리는 시계, 그리고 빨간 커튼…….

시도니가 이런 모습의 호텔을 조심스레 찾아다니는 모습을 상상할 수 있다. 시도니는 이게 내 취향이라고 생각한다. 하느님 맙소사! 이건 내게 모욕이다. 컴컴한 방들과 붉은 커튼들…….

모든 것을 동일한 표준에 의해 평가해서는 안 되는 거지. 그게 시도니가 좋아하는 말이다. 모든 사람을 동일한 표준에 의해 평가해서도 물론 안 되는 거다. 안 되고말고. 그리고 이것이 바로 내가 평가받아야 할 기준이다. ……**왼쪽에서 네 번째**,[1] 그리고 양탄자에 난 구멍에 걸려 넘어지지 마세요. 그게 바로 나니까.

벽에 까만 점들이 찍혀 있다. 자세히 바라보니 그 검은 점들은 움직이고 있다. 그래, 지금쯤 벌레 몇 마리 정도는 무시할 줄 알게 됐어야지. '모든 걸 똑같은 표준으로 평가해선 안 돼…….'

나는 자리에서 일어나 자세히 들여다본다. 벌레가 아니고 흙이 튄 자국이다. 벌레가 나돌아 다니기에는 아직 계절이 이르다.

나는 수면제를 몇 알 더 입에 털어 넣고 불을 끈다. 그러곤 이내 잠든다.

나는 런던의 지하철 통로를 걷고 있다. 많은 사람이 내 앞에서, 또 내 뒤에서 걷고 있다. 어디를 보나 붉은색 글씨가 적힌 플래카드 천지다. 박람회장으로 가는 길. 박람회장은 이쪽으로. 그러나 나는 박람회장으로 가는 길로 가고 싶지 않다. 나는 이곳에서 벗어나고 싶다. 오른쪽으로 가는 길, 왼쪽으로 가는 길의 표식이 있지만 밖으로 빠져나가는 길은 전혀 없다. 어디를 보나 손가락들이 박람회장으로 가는 길을 가리키고, 플래카드들은 "박람회장으로 가려면 이쪽으로."라고 말한다. ……나는 바로 내 앞에서 걷는 남자의 어깨를 건드린다. "나가는 길이 어디예요?" 그 남자는 강철로 만든 손을 들어 단지 플래카드를 가리킬 뿐이다. 나는 머리를 숙인 채 걷고 있다. 부끄러운 생각이 들었다. '꼭 나 같군. 언제나 다른 사람들과는 좀 달라 보이고 싶어 하는 모습이.' 길게 뻗은 석재 통로를 따라 강철로 만든 손가락들이 한곳을 가리키고 있다. 이쪽으로 – 이쪽으로 – 박람회장은 이쪽으로.

이제 들창코에, 키가 작달막하고, 수염이 난 데다, 흰색의 긴 잠옷용 셔츠를 입은 남자가 내게 열심히 말을 건넨다. "내가 네 애비다." 그가 말한다. "내가 네 애비인 것을 잊지 마라." 그런데, 그의 이마에 난 상처에서 피가 줄줄 흐르고 있다. "살인이오." 그가 소리친다. "살인이다, 살인이야." 나는 어찌할 바를 모르고 흐르는 피를 바라보고만 있다. 드디어 목소리가 내 가슴으로부터 터져 나온다. "살인이에요, 살인. 도와주세요, 도와주세요." 내가 질러대는 소리가 방 안을 가득 채운다. 나는 잠을 깼다. 밖에서는 한 남자가 「서커스의 어릿광대」에 나오는 왈츠를 부르고 있었다. "사방을 둘러싼 대기 속을 흐르는 사랑이여." 남자가 노래를 한다.

밖의 날씨는 좋을 것이다. 단지 이 방의 전깃불이 하도 희미하다 보니 밖의 날씨를 확실히 알지 못하겠다. 전기가 켜져 있지 않으면 복도도 거의 보이지 않을 정도다. 층계를 올라오면 꽤 넓은 공간이 펼쳐지지만, 빗자루니 물통이니 더러운 시트들이니 이런 것들로 지저분하게 어질러져 아침부터 저녁까지 정리된 모습을 보여 주지 못한다. 아래층의 그 화려한 아름다움이 유지되기 위해 쓰레기 더미가 이곳에 모여 있나 보다.

내 바로 옆방을 쓰는 남자는 흰 가운을 걸친 채 평상시처럼 복도를 어슬렁거리고 있다. 그는 복도를 떠나지 못하고 항상 맴돈다. 그는 내가 사는 층의 유령과 같은 존재다. 나는 항상 이 남자와 마주치게 된다.

해골처럼 바짝 마른 몸매 때문인지, 좁은 얼굴은 새를 연상시킨다. 쑥 들어간 눈의 검은 동자는 특이한 빛을 띠고 있고, 항상 굽실거리며 비위 맞추는 태도를 취하지만, 때론 무얼 다 알고 있다는 듯 의미심장한 모습을 보이기도 한다. 왜 나를 저런 눈으로 바라보는 거지? ……그는 언제나 가운을 걸치고 있다. (음식을 흘린 자국이 검게 남아 있는 푸른색 가운과 그 유명한 흰색 가운.) 평상복을 입은 그 남자를 나는 상상할 수도 없다.

"안녕하세요."

"안녕하세요."

나도 작은 목소리로 대답한다. 나는 이 남자가 정말 싫다.

내가 아래층으로 내려가자 프런트의 직원이 내 여권을 보자고 한다. 내가 여권번호를 숙박계에 쓰지 않았다는 것이다.

이 직원의 모습은 렌 가에 있는 전당포의 직원과 흡사하다. 손님을 찡그린 얼굴로 대하고, 물건의 가치를 평가하기 위해 손님이 어렵게 내놓은 물건을 낚아채듯 가져가는 그런 식의 사람 말이다. 어항 속에서 왕 노릇을 하며, 흐리멍덩하고 의심 많은 눈으로 어항 밖의 세상을 바라보는 금붕어 같은 남자.

제가 숙박계를 잘못 썼어요? 저는 잘 채워 넣었다고 생각하는데요. 이름 아무개, 국적 어느 나라. ……국적, 그게 바로 직원이 확실히 알고 싶은 부분이라고 했다. 내가 남편의 국적을 써야 한다는 거다.

나는 직원에게 이따 오후에 내 여권을 보여 주겠다고 약속한다. 그러자 그는 음침하고 못마땅한 눈으로 내가 쓴 모자를 뚫어지게 쳐다본다. 그를 비난할 의사는 없다. 왜냐하면 내 모자가 "영국인이에요."라고 소리치고 있으니까. 게다가 내가 입은 옷이 그를 압도하기 십상이다. 그뿐인가, 이놈의 털 코트가 모자나 옷보다도 더 큰 목소리로 떠들고 있지 않은가. 결정적인 바보짓이야. 모순을 대표하는 결정적 물건이고.

잘못 생각하지 마. 나도 이제 돈이 좀 있긴 해. 아마 옷 문제를 해결할 수 있을 것 같기도 해. 날씨가 화창한 가을날의 정오. 걱정거리라고는 하나도 없는 가을날의 정오. 쓸 돈도 있겠다, 걱정거리는 없겠다.

그러나 조심해야 해! 너무 흥분하면 안 돼. 지나치게 흥분하면 무슨 일이 발생하는지 너도 알고 있지? 그래. ……그렇게 되면, 바늘 침을 맞은 풍선처럼 너는 쭈그렁 망태기가 되잖아. 너를 지탱할 힘을 단번에 잃어버리고. ……맞아, 바로 그거야. 그러니 흥분은 자제하자. 약 2주간 조용히, 제정신을 지키며 살아야 해. 술도 많이 마시면 안 돼. 어떤 카페에는 들어가면 안 되는 거야. 어떤 길도 피해야 하고, 어떤 지역도 가면 안 돼. 그러면 모든 건 아주 멋지게 굴러가겠지.

중요한 건 계획을 짜서 그대로 움직이는 거라고. 우연에 무얼 맡기면 곤란해. 촘촘히 계획을 짜야지, 구멍이 나지 않게 말이야. 괜히 몸을 질질 끌며 목적 없이 길을 방황하지 마. 머릿속에서 유치한 옛날 레코드판이나 틀어가며 추억에 잠기지 말라고. "여기서 이런 일이 있었지, 여기서는 저런 일이 있었고." 따위의 회상은 집어치워. 무엇보다도, 공공장소에서 눈물을 보이는 일은 제발 하지 마. 할 수만 있다면 공공장소고 뭐고 우는 짓은 아예 하지 말아야지.

이런 생각을 하며, 나는 저녁을 먹은 후 술을 마시는 바로 그 술집을 지나쳐 걷고 있었다. 항상 텅텅 비어 있는 듯한 천문관측소 같은 길에 이 술집도 있다.

나는 관측소가 늘 비어 있었다고 기억한다.

아무래도 카페에 들러 페르노 한 잔을 마셔야 될까 보다. 딱 한 잔. 딱 한 잔만, 행운을 위해. ……그래, 기적이 발생할지도 몰라. 술을 마시며, "기적을 위하여."라고 말해야지.

아랍인으로 보이는 남자가 우울해 보이는 안경 쓴 여인을 데리고 카페 안으로 들어온다.

"정말 살기 힘들군." 아랍인이 말한다.

"맞아요. 인생이란 게 쉽지가 않군요." 여자가 말한다.

긴 침묵이 흐른다.

"인생을 잘 살아내기 위해선 상당한 용기가 필요해." 아랍인이 말한다.

"그래요. 나도 당신의 말을 믿어요." 여자가 고개를 흔들며, 혀를 찬다.

그들이 베르무트를 다 마시고 밖으로 나가자 나는 정갈한, 그러나 텅 빈 넓은 술집에 홀로 앉아 있다. 묵은《일러스트레이션》잡지를 뒤적이며 나는 이 세상에서 내가 걱정해야 할 일은 아무것도 없다고 생각한다. 단지 내일이 일요일이라는 것을 빼곤. 어디를 가나 일요일은 곤란한 날이지. 우울한 일요일…….

나는 완벽하게 모든 계획을 세워놓았다. 먹고, 영화를 한 편 보고, 또 먹고, 술을 한잔하고, 한참을 걸어 호텔로 돌아오는 거다. 침대에 누워, 수면제를 몇 알 먹는다. 그리고는 곧바로 자면 돼. 그냥 자는 거야, 꿈도 꾸지 말고.

다음 날 오후 4시, 나는 스케줄에 따라 샹젤리제에 있는 영화관에 앉아 있다. 적당한 장면에서 기분 좋게 웃어 젖히기도 한다.

영화는 아주 훌륭하다. 나는 그 영화를 연속해서 두 번 본다. 내가 영화관을 나왔을 때 가로등은 모두 켜져 있다. 나는 그게 좋다. 혼자서 먼 길을 걸어야 한다면, 가로등이 환히 켜져 있는 것이 도움이 되니까.

오늘 밤 파리의 밤 경치는 매우 아름답다. ……도시여, 오늘 밤 너는 너무 멋있구나. 나의 아름답고 사랑스러운 파리. 그러나 못된 여인처럼 네가 얼마나 사악할 수 있는지 나는 알지. 그렇지만 너는 나를 결국 죽이지 못했어, 그렇지? 그리고 그들도 나를 죽이지 못했고…….

여기쯤이었나? 우리가 아나톨 프랑스의 장례행렬이 지나가는 걸 보려고 몇 시간이나 서서 기다렸던 곳이. 에노가 말했지. 대문호를 마지막 보내는 길에 우리가 충심 어린 경의를 표하지 않을 수는 없다고.

우리는 부드럽게 대화를 나누며, 아나톨 프랑스에게 마지막 인사를 했지. 장례행렬을 따라 걷던 많은 사람도 마치 점심이나 저녁 약속을 하듯 상냥한 미소를 띠며 대화를 나누고 있었어. 우린 모두 이렇게 이 세상을 하직하고 떠나는 대문호에게 마지막 예를 갖추었던 거야.

나는 길을 따라 걸으며 이런 생각 저런 생각을 한다. 어디 싸구려 식당이 없나 찾으면서. (이 근방에서 싸구려 식당을 찾기는 쉽지 않다.) 머릿속에서는 축음기의 레코드판이 커다랗게 울린다. "여기서 이런 일이 있었지, 여기서는 저런 일이 있었고……."

이 길에서 옆으로 꺾어지면 거기에 내가 전에 일했던 옷가게가 있다.

매일 아침 8시 30분이면 롱 – 푸앙에 있는 지하철 입구를 빠져나오는 내 모습을 지금도 볼 수가 있다. 마리니 가를 따라서 걷다 왼쪽으로 돌고, 다시 오른쪽으로 돌아 걷는 내 모습. 코트와 모자를 보관실에 두고, 좁은 복도를 따라 걷는다. 그리고 이렇게 하루를 시작한다. "좋은 아침이에요, 사모님. **도와드릴 여직원이 필요하세요?**"

*

……옷가게는 흰색과 금색으로 색칠이 되어 있었고, 검은색 바닥은 광택이 났다. 루이 15세풍 의자의 모조품들이 몇 개 있었고, 그림이 그려진 병풍과 서너 개의 인형이 있었다. 팔과 다리를 길게 늘려놓은 것 같은 이 인형들은 아름답게 옷이 입

혀져 있었다. 달걀형 얼굴 위에 매혹적이면서도 악의 어린 표
정을 한 인형들.

손님이 들어올 때마다 제복을 입은 수위가 벨을 울렸고, 벨
은 내가 앉은 자리의 바로 위에서 딸랑거렸다. 나는 현관을 향
해 내려가는 세 개의 계단이 시작되는 곳으로 걸어가 그곳에
서서 잔잔하고 사려 깊은 미소를 짓도록 되어 있었다. 나는 "
안녕하세요, 사모님. ……물론이지요, 사모님."이라고 말하곤
했다. 그렇지 않으면, "안녕하세요, 사모님. 메르세데스 양이
사모님의 전화 메시지를 받아서 모든 걸 준비해 놓았습니다."
혹은 "물론이지요, 사모님. ……사모님, **도와드릴 직원**을 불러
드릴까요?"라고 말했다.

그러고 나서 나는 손님을 모시고 위층으로 올라간다. 이곳
에서 모든 거래가 실질적으로 이루어진다. 나는 메르세데스
양이나 헨리에타 양을 부르고 경우에 따라서는 페론 부인을
부르기도 한다. 내가 만일 손님의 얼굴을 알아보지 못했거나,
대기 중에 있는 판매원에게 새로 온 손님을 순서대로 연결시
키지 못하면, 옷가게에서는 난리가 나곤 했다.

그 옷가게에는 엘리베이터가 없었다. 아마 그 이유 때문에
내가 그곳에 필요했을 수도 있다. 그 가게는 프랑스인들 사이
에서는 아직도 명성을 유지하는 그런 곳 중 하나지만 손님의

수는 해마다 줄었다.

나는 그곳에서 겨우 3주를 일했다. 일은 정말 지루했다. 책을 읽을 수도 없었다. 그들이 싫어하니까. 나는 내가 마치 무슨 약을 먹고 취해 앉아 있는 것처럼 느끼곤 했다. 그리고 그놈의 인형들을 쳐다보며, 비단결 같은 피부와 부드러운 머리카락, 벨벳처럼 부드러운 눈길, 톱밥으로 빵빵하게 채운 가슴을 가진 저들이 정말 사람이었다면 얼마나 성공적인 삶을 살 수 있었을까를 상상하곤 했다. 제복을 입고 문가에 서 있는 수위를 부러워한 적도 있다. 그는 최소한 길을 걷는 사람들을 구경할 수라도 있지 않은가. 그러나 또 한편으로 생각하면, 그 직업은 온종일 서 있어야만 한다.

그래, 오히려 내게는 지금 하고 있는 일이 더 나을 거야.

옷가게에서는 언제나 매우 강한 향수 냄새가 났다. 나는 항상 다양한 냄새를 구별해 맡을 수 있는 능력이 있는 척했다. 오늘은 '푸른 시간', 어제는 '중국의 밤'……. 그곳에서는 마루 광택제의 냄새도, 오래된 가구가 뿜어내는 냄새도, 그리고 인형들이 입고 있는 옷에서 나는 냄새도 있었다.

이 옷집은 런던에 분점을 가지고 있었다. 그런데 런던 분점의 주인이 파리의 본점까지 몽땅 사버린 것이다. 3개월에 한 번씩 주인은 프랑스의 본점을 방문했고, 어떤 날 그가 또 나타나리라는 소문이 자자했다. 어떤 사람이야? 그 사람? 진짜 영국적 기질을 가진 그런 영국인 있지, 그런 사람이야. 아주 좋은 신사, 진짜 멋쟁이고, 철저한 사업가야…….

오! 하느님, 사람들이 어떤 사람을 가리켜 진짜 영국인 타입이라고 말할 때 나는 그 사람이 어떤 사람인지 이제 안다.

그가 도착했다. 중절모를 쓰고, 당당하고 위엄 있는 바지통, 하느님 맙소사 하는 표정, 웃는 눈. 나는 그를 보자마자 금방 그가 어떤 사람인지 알아본다. 그가 층계를 올라오고, 그 뒤를 살바티니가 걱정 어린 얼굴로 졸래졸래 따라온다. (살바티니는 우리 가게의 점장이다.) 저 사람 눈에 띄지 않게 해야 해, 나를 쳐다보지 않게 해야 하는데. 내가 누구의 눈에도 띄지 않게 하는 방법이 있나요? 아무도 나를 보지 못하게 하는 길은 없나요? 물론 있지, 물론. 마음을 비워. 어떤 일이든 중립적 입장으로 대해. 그러면 너의 얼굴도 무표정해지고, 매우 중립적이고 불분명해 보이니까. 그럼 너는 남의 시선을 끌지 못하게 되는 거야. 안 보이니까.

다 소용없는 짓이다. 그가 내 책상으로 가까이 온다.

"좋은 아침입니다, 좋은 아침이에요. 이름이……?"

"잰슨 부인입니다." 살바티니가 말한다.

일어서야 하는 거야? 앉아 있어야 하는 거야? 물론 일어서야겠지. 나는 자리에서 일어선다.

"안녕하세요." 나는 그에게 미소를 보낸다.

"그런데 몇 개 국어를 하지요?"

그는 상당히 만족한 표정이다. 내게 미소를 보내기도 한다. 상냥한 태도다. 상냥한 태도? 맞아. 그 말이 꼭 맞는 표현이야. 그랬기 때문에 나는 그가 그런 질문을 할 때 농담을 한다고 생각한다.

"한 가지 언어밖에는."

내가 말한다. 연신 미소를 지으며.

지금, 무슨 일이 벌어진 거지? ……오, 그래. 바로…….

"프랑스어를 아주 잘 이해할 수 있어요."

그는 코트의 단추를 만지작거리며 서 있다.

"내가 듣기로는 잰슨 부인이 프랑스어와 독일어를 아주 자유자재로 한다고 들었는데." 그가 살바티니를 향해 말한다.

"잰슨 부인은 프랑스어를 아주 잘합니다." 살바티니가 말한다. "그 정도면 충분하지요. 충분하고말고요."

블랭크 씨가 눈썹을 치켜올린 채 나를 바라본다.

"때에 따라서는 잘해요." 나는 바보스러운 대답을 해버린다.

맞는 말이다. 때때로, 내가 술에 잔뜩 취했거나, 그렇지 않으면 내가 잘 아는 사람이나 내가 좋아하는 사람과 담소할 때 나의 프랑스어는 유창하다. 보통 때는 그저 그런 정도다.

외국어를 잘해서 내가 여기에 있다고 생각한다면, 미안하지만 사장님께서는 오해를 하셨네요. 제가 여기에 있는 것은 제 친구 하나가 살바티니의 애인과 가까운 사이이기 때문이랍니다. 살바티니의 애인이 살바티니에게 내 이야기를 했고, 면접이 있던 날 다행히 내 모습이 영 추하지 않았고, 살바티니의 기분이 아주 좋았기 때문이지요. 나의 프랑스어나 독일어 능력과는 전혀 상관이 없었던 거지요. 전혀. 내가 여기에 있는 이유는 내가 여기에 있기 때문에, 말하자면 내가 여기에 있기 때문에 여기 있는 거라고요. 제가 프랑스어를 할 줄 안다는 것을 증명하기 위해 노래 하나를 불러드릴까요? "일이 어떻게 될지 만일 당신이 안다면, 만일 당신이 안다면."

원, 세상에 맙소사. 정신 차려. 나는 생각한다.

"프랑스어는 꽤 잘해요. 파리에서 8년간이나 살고 있는걸요."

안 먹힌다. 그가 나를 의심하고 있다. 짧고 예리한 질문들이 쏟아진다.

"여기서 일한 지 얼마나 됐지요?"

"3주 정도요."

"여기 오기 전에는 무얼 했나요?"

“벤돔 광장에 있는 메종 쇼즈에서 일했는데요.”

“오! 정말? 쇼즈에서 일했었군요.”

그의 목소리에 존경심이 들어 있다.

“거기서도 접수원이었나요?”

“아니요. 마네킹 노릇을 했는데요.”

“당신이 마네킹 노릇을 했다고요?”

그의 눈이 내 몸을 위에서 아래로, 아래에서 위로 훑는다.

“그게 언제 일이지요?”

그게 얼마나 오래전 일이었지? 이제 내 머릿속은 비어간다. 몇 년, 몇 월, 몇 일이었지? 내 머리는 하얗게 비어 있다. 얼마 전이었더라? 모르겠다.

“한 4, 5년 전이에요.”

“얼마나 오랫동안 일했지요?”

“약 3개월간 일했어요.”

내게서 더 많은 정보를 듣고 싶다는 태도다.

“3개월 일하고 제가 그냥 그만두었어요.”

나는 한 톤 높은 목소리로 대답한다. (확실히 오늘은 내 컨디션이 좋은 날 중 하나군. 오늘은 내가 모든 것을 똑바로 정확하게 말할 수 있는 몇 안 되는 날 중 하나야.)

“자신이 그만두었다?”

“네, 제가 그만두었어요.”

그래요, 사장님. 제가 제 의사로 그만두었어요. 일에 싫증이 나서 제가 그들을 떠났다고요. 그러나 그건 4, 5년 전의 일이고 5년이면 그 안에 많은 일이 생길 수가 있는 거예요.

제가 이 직장을 그만두고 싶은 의사는 추호도 없답니다. 그건 제가 확실히 말할 수 있어요. 그리고 사장님도 추호의 의사가 없기를 희망해요, 추호도 그런 의향이 없기를. 내 양손이 갑자기 차디차지더니 심장이 무섭게 뛰기 시작했다.

“쇼즈에서 그만두고 우리에게 오기 전에 다른 데서 일한 적이 있나요?”

“아니요, 없는데요.”

“그랬었군.” 그가 말한다. 그의 몸이 곧 내게로 넘어져 나를 덮칠 나무처럼 앞뒤로 흔들거린다. 그러더니 갑자기 “허” 하는 소리를 내며 뒤쪽에 있는 방으로 들어간다. 그 뒤를 또 살바티니가 따른다.

일이 아주 나쁘게 꼬여버렸군. 속일 수가 없어. 이 이상 더 나쁠 수가 없다고 할 정도로. 그러나 어쨌든 사장과의 불안한 면담은 끝이다. 이제 나를 알아볼 일은 없을 거다. 나를 곧 잊어버리겠지.

늙은 영국인 부인이 딸과 함께 들어온다. 나는 그들을 2층으로 안내하고 다시 내려와 뒤에 자리한 진열장 안의 물건들을 이것저것 정리한다. 한 시간여가 지나자 그들이 내려온다. 그들은 진열장이 늘어선 곳으로 다가온다. 노부인은 열심히 진열장 안의 물건을 들여다보고 있지만 딸은 통 심드렁한 표정이다.

“이 예쁜 것들을 좀 보여 주세요.” 노부인이 말한다. “저녁에 외출할 때 머리를 장식할 게 좀 있었으면 해서.”

노부인이 모자를 벗자 그녀의 머리칼 하나 없는 정수리가 그대로 드러난다. 하얗게 벗겨진 맨머리의 정수리, 흰 머리칼 몇 올이 대머리가 된 정수리 주변을 장식하고 있다. 딸은 진열장 옆으로 다가서지도 않고 멀찌감치 뒤에 서 있다. 이제 부끄러움도 다 초월했다는 표정이다. 자신과는 관계가 없다는 듯. 그러나 우울한 표정이다.

“어머니, 가요. 제발 가자고요. 바보같이 굴지 마세요. 여기 뭘 살 게 있다고 그래요.”

두 개의 창문 사이 벽에 긴 거울이 붙어 있다. 노부인은 여유작작하게 숱이 성근 머리에다 이것저것을 꽂아보고 있다.

거울 안에서 딸의 눈길과 나의 눈길이 마주친다. 엄청 늙고 못났지요? 웃기지 않아요? ……나는 그녀를 냉담한 눈길로 바라본다.

노부인은 대머리나, 늙음이나, 못생긴 것에 전혀 관심이 없다는 태도다. 그저 진열장 안에 있는 여러 물건들을 손가락으로 가리키며 이렇게 말한다. "저것 좀 보여 줘요. ……이것 좀 보여 줘요." 늙고 억센 풍채에 즐겁고 당돌한 눈빛을 가진 여인.

노부인은 헤어밴드를 차보고 스페인에서 수입된 빗, 꽃 장식 등을 머리에 꽂아본다. 초록색 깃털이 그녀의 맨 정수리 위로 살랑살랑 흔들린다. 부인은 평온한 태도에 다른 사람을 전혀 의식하지 않는다. 조금 아까 머리에 해본 장식품은 그녀를 로마의 황제처럼 보이게 한다.

"어머니, 이제 그만 하세요. 가요."

노부인은 딸의 말을 들은 척도 하지 않고 두 개의 진열장 안에 놓인 물건의 거의 대부분을 꺼내도록 하고 나서야 가게 문을 나선다.

"아유, 정말 미안하게 됐어. 일을 너무 많이 시킨 것 같구먼." 그녀가 말한다.

"일이라니요. 전혀 아니에요, 사모님."

현관 쪽을 향해 걸어가다 딸이 드디어 참았던 감정을 터트린다. 크고 매섭게 "쳇" 소리를 내더니, "어머니는 또 바보짓을 하셨어요. 가게 안의 모든 사람이 어머니를 보고 킬킬거리게 만들었잖아요. 앞으로 또 그렇게 하고 싶으시면 혼자서 하세요. 나를 데리고 다니며 바보짓을 하는 건 절대 거절이에요. 거절이라고요.”

노부인은 대답하지 않는다. 나는 거울 속에 비친 부인의 얼굴을 본다. 눈빛을 보아서는 전혀 기세가 꺾이지 않았지만, 입과 턱 부분에서 뭔가가 부서져 주저앉아 버리는 것 같다. ……그러면, 자기 어머니에게 가발을 사드리던지, 멋있는 옷 몇 벌을 사드리지그래. 마실 수 있는 만큼 샴페인도 사드리고, 좋아하지만 먹으면 안 되는 음식도 사드리고, 원하면 제비족도 하나 얻어드리고. 마지막으로 불길이 확 타오르도록 도와드리는 거지. 그러면 6개월 후에 당신의 어머니는 죽게 되겠지, 그것도 비명횡사로. 그게 딸인 당신이 원하는 것이 아니던가? 그게 아니라고? 어머니가 천천히 죽어야 한다고? 피 한 방울 흘리지 않고, 당신 양심에 가책의 흔적을 티끌만큼도 남기지 않은 채…….

나는 꺼내놨던 장식품들을 진열장 안으로 천천히, 조심스럽게 집어넣는다. 그것들을 원래 있던 자리에 그대로 놓고 정리한다.

정리가 끝나니 점심 먹을 시간이다. 나는 위층으로 올라간다. 이곳에는 기다란 식탁이 하나 놓여 있다. 마네킹 노릇을 하는 여자들과 판매원들이 모두 섞여 있다.

물론, 영국인 마네킹도 있다. "친절하디친절한 그리고 부드러운 여인."(이 또한 터무니없는 거짓말이다. 그러나 그녀는 아주 아름답다.) "유리로 만든 꽃처럼 아름답다." 그리고 내가 너무 좋아하는 또 다른 여인, 키가 자그마한 프랑스인 마네킹. 그녀는 "땅에 핀 꽃처럼 아름답다."

나는 아직도 이곳에서의 식사를 기억한다. 나는 얼마간 빵과 커피로 연명해 오고 있었는데, 그런 식사는 내 위를 팽창시켰다. 전채, 오늘의 요리, 온갖 야채들, 그리고 후식. 커피와 포도주 1/4병은 돈을 따로 내야 했지만, 금액이 그리 부담스럽지 않아서 모두가 사서 마셨다.

아무도 영국에서 온 블랭크 씨에 대해 언급하지 않는다. 경계심으로 가득한 침묵이다.

나는 정신이 좀 멍하고 행복한 상태로 아래층으로 내려온다. 서서히 행복은 사라지고, 나는 단지 멍한 상태가 된다.

내가 앉은 자리 뒤편 문에서 살바티니가 고개를 쑥 내밀더니 내게 말한다.

"블랭크 씨가 보자고 하시는데."

나는 곧 내가 독일어를 할 수 있는지 알아보기 위해 그가 나를 찾는 거라고 결론 내렸다. 몇 마디 안 되지만 내가 알고 있는 독일어 표현들이 내 머리에서부터 날아가 버리는 것 같았다. 주님, 도와주세요! 네, 네, 아니요, 아니요, 값이 얼마예요, 빈은 매우 아름다운 도시입니다, 부다페스트도 역시 매우 아름답지요, 아름답습니다, 주인님, 제가 꽃을 잊었네요, 제 커다란 고통으로부터, 인간은 인간에게 늑대, 제 거대한 고통을 바탕으로 저는 작은 노래를 만들었어요, 인간은 인간에게 늑대(최소한, 이건 알고 있어.), 제 크나큰 고통으로부터 인간은 인간에게 도 레 미 파 솔 라 시 도……[2]

그는 책상에 앉아 편지를 쓰고 있고, 나는 거기 서 있다. 그는 분명 내가 지금 신고 있는 구두가 얼마나 형편없는 것인지 알아챘을 것이다.

살바티니가 나를 올려다보더니 내게 은밀한 미소를 보내고는 눈길을 딴 데로 돌린다.

자, 똑바로 서. 고개를 들고, 미소를 지으라고. ……아니야, 미소를 지어서는 안 돼. 네가 웃으면 그는 네가 수작을 떨 요량이라고 생각할 거야. 나는 이런 종류의 남자들을 잘 알아. 그가 내게 어떤 호의도 베풀지 않을 것임은 너무도 자명하다. 그러니 미소 짓지 마라. 단지 네가 아주 이 직업에 열심이란 걸, 그리고 정신을 똑바로 차리고 있으며, 그의 말에 귀 기울이고 있다는 걸 보여 줘. ……빨리 문 밖으로 달아나서, 먼 곳으로 가버려. ……바보, 똑바로 서라니까. 네가 맡은 일을 그만

두지 않고 계속 열심히 하기 원한다는 걸 보여 줘야지. 열망과 방심하지 않는 태도, 그리고 보스의 말에 귀 기울이고 있음을 보여 줘. ……아니야. 자, 보라고. ……그는 괜히 너를 괴롭히는 거야. ……아니지, 그가 괜히 날 괴롭히는 것은 아니야. ……그는 단지 지금 편지를 쓰고 있는 거라고. 그래, 그래. 편지를 쓰고 있지. 나를 괴롭히기 위해 일부러 그러는 거야. 나는 알아. 느낄 수 있으니까. 나는 벌써 5분 동안 이렇게 서 있다. 이건 생각할 수도 없는 어처구니없는 일이다.

"블랭크 씨, 저를 보자고 하셨어요?"

그는 눈을 치켜떠서 나를 바라본다. 그러더니 날카롭게 말한다.

"그래요, 맞아요. 무슨 일이에요? 내게 볼일이 있어요? 조금만 기다려요, 조금만."

금방 나는 알아차린다. 그가 내게 원하는 것은 내가 독일어를 하느냐가 아니다. 그는 나를 해고시키려는 것이다. 좋아, 빨리 서둘러줘. 빨리 끝내자고.

아무것도 생각할 수 없다. 나는 단지 거기 서 있다. 이제 공포가 나를 엄습한다. 손이 떨리고, 심장이 방망이질하며, 손은 얼음장이다. 빨리 도망치자. 날아가듯 도망치자. 이 잔인한 목소리들로부터, 이 혐오스러운 눈들로부터……

그는 편지쓰기를 끝낸다. 또 다른 종이에다 두어 줄 끼적거리더니 그 종이도 같은 봉투에 넣는다.

"이걸 카이즈에 갖다 주겠어요?"

카이즈에 갖다 주라고? 카이즈에게? 나는 살바티니를 바라본다. 그는 나를 격려하는 미소를 짓는다.

블랭크 씨가 주절거린다. "될수록 빨리 서둘러줘요. 미세스……, 부탁해요. 고마워요."

나는 돌아서서 정신없이 문을 열고 나간다. 화장실이다. 블랭크 씨와 살바티니가 내가 화장실에서 나와 다른 문으로 나가는 걸 보고 냉소적인 표정을 짓는다.

나는 복도를 따라 좀 걷다가 벽에 등을 기대고 선다.

이 집은 꽤 오래된 집이다. 두 개의 오래된 가옥을 연결해 사용한다. 2층과 가게는 신식으로 고쳐놓았다. 쇼룸, 가봉 실, 마네킹들이 있는 방……. 1층에는 작업실, 사무실 그리고 열두 개도 넘는 작은 방들이 있다. 복도가 있지만 어떤 것은 막혀 있다. 복도를 통해 모두 연결된 것은 아니다. 층계도 위로 올라가는 것과 아래로 내려가는 것들이 있다.

카이즈─카이즈……. 이건 내게 전혀 의미 없는 단어다. 블랭크 씨는 이 단어가 무엇을 의미하는지 내가 상상도 할 수 없는 상황에 나를 몰아넣었다.

자, 당황하면 안 돼. 이 봉투에는 분명 받는 사람의 이름이 적혀 있을 거야. ……L. 그루세 씨.

이 빌딩 어딘가에 L. 그루세 씨가 있겠지. 나는 이 봉투를 그분에게 전해야만 하는데. 조심. 그의 방이 어딘지 누군가는 내게 말해 줄 수 있겠지. 그루세, 그루세.

나는 오른쪽으로 방향을 틀어 복도를 따라 걷다 층계를 내려간다. 작업실이 여러 개 있다. 안 돼. 여기서 물어볼 수는 없어. 작업실 여자들이 나를 모두 쳐다볼 거야. 내가 바보같이 보이겠지.

나는 다른 복도로 접어든다. 이 복도는 화장실로 연결된다. 막다른 골목이다. 이 집에는 화장실이 많기도 하다. **놀라운 일이다.** ……코너를 돌아서니 처음 시작한 장소로 되돌아왔고 나는 엉겁결에 처음 보는 젊은 남자와 부딪힌다. 그는 나를 불쾌한 눈으로 바라본다.

"그루세 씨를 어디서 찾아야 하는지 좀 도와주실래요?"

"**모르겠는데요.**" 젊은이가 말한다.

그 후로 모든 것은 악몽과 같다. 나는 계단을 다시 올라와, 복도를 따라 걸으며 사무실 문들을 기웃거린다. 모두 같아 보이는, 혹은 모두 달라 보이는 사무실들. 내가 해야만 하는 아주 긴박한 심부름이 있는데. 그런데 한 명도 지나가는 사람이 없고 사무실 문은 모두 닫혀 있다.

이러다가 큰일 나겠다. 이놈의 봉투를 집어던져 버리고 도망갈까? 그리고 그냥 모두 잊어버려?

"네가 해야만 하는 게 뭔지 알아?"

나는 내 자신에게 말한다. "되돌아가서 이렇게 말해. 아주 침착하게. '죄송한데요, 저보고 이 봉투를 어디에 갖다 주라고 하셨는지 제가 잘 이해를 못 했습니다.'"

나는 사무실 문에 노크를 한다.

"들어와요."

그가 큰 소리로 말한다. 내가 들어간다.

그는 내 손에서 편지를 빼앗았다. 그는 마치 몇 년 묵은 뼈다귀를 물고 와 주인에게 바친 개를 바라보듯 나를 바라본다. (뭐라고 말 좀 하세요. 뭐라고 말을 하라니까요…….)

"그 사람을 찾을 수가 없었어요."

"그 사람을 찾을 수 없다는 말이 도대체 무슨 말이지? 그 사람이 거기 없더라는 말인가요?"

"죄송해요. 그 사람을 어디서 찾아야 하는지 통 모르겠어서……."

"경리과가 어딘지 찾을 수가 없었다? 돈 관리하는 곳을 찾을 수 없었다고?"

“카이스.”[3]

살바티니가 말한다. 도움이 되었다. 그러나 너무 늦었다.

그러나 내가 만일 블랭크 씨의 잘못된 발음 때문에 혼동했다고 말한다면, 나는 너무 버릇없는 사람으로 보일 것이다. 차라리 가만히 있는 것이 낫다.

“그래서, 경리과가 어딘지 모른다고?”

“알아요. 물론 알지요.”

내 대답은 곧 무슨 뜻이냐 하면, 경리과가 어딘지 오늘 아침에는 알았다는 뜻이다. 경리과는 우리가 코트와 모자를 보관하는 곳에서 별로 떨어지지 않은 곳에 있다. 그러나 지금은 그 망할 놈의 장소를 모르는 사람이 된 것이다. ……그들의 눈을 피해 달아나 버려. 달아나. 그들의 목소리가 들리지 않는 곳으로 도망치라고. 빨리 뛰어…….

우리는 서로를 뚫어지게 쳐다보았다. 나는 숨을 깊이 들이쉬었다가 다시 내쉬었다.

“참 별일이군.”

그가 천천히 말했다.

“정말 특출해. 내가 바보들에게 익숙해 있다는 건 하느님도 아시지만, 이런 완벽한 백치에게……. 이 여인은 내가 평생 만난 바보 중에서도 가장 으뜸가는 바보라니까. 머리가 모자라.

아주 희망이 없어. 그렇지 않나?”

그가 살바티니에게 말한다.

살바티니가 그의 머리와 어깨와 그리고 눈을 공 굴리듯 돌렸다. 그 행동은 “나도 그 말에 동의합니다. 정말 한심하군요. 한심한 일이에요.”라는 뜻이다. 그렇지 않다면 이런 의미일 수도 있다. “블랭크 씨가 생각하는 것처럼 그렇게 바보는 아닌데요.” 혹은 “오! 하느님. 이게 다 웬일이람. 뭐 이런 날이 있어! 이런 날이! 도대체 이 난리가 언제나 끝나는 거지?” 뭐가 됐든, 살바티니가 어깨를 들썩한 것은 그런 뜻이다.

이 남자 앞에서 울면 안 돼. 모든 걸 다 해도 그것만은 안 돼. 무슨 말이건 해. ……아니, 아무 말도 하지 마. 그냥 방에서 걸어 나와.

“가지 마요. 잠깐만 기다려요.”

그가 말한다.

“이 봉투를 가지고 나가야지. 이젠 이걸 누구에게 가져다주어야 하는지 알겠죠? 경리과에 말이죠.”

“네.”

그가 나를 노려본다. 뭔가 좀 다른 것이 그의 눈빛 속에 들어와 있다. 그는 내 감정이 어떤지를 알고 있어. 그래, 그는 잘 알고 있어.

"당신은 단지 희망 없고 가련한 바보야. 그렇지?" 재미있게 말하는군. 내게 농을 거는 거야? 겉으로는 그렇지만 속으로는? 아니야. 나는 그렇게 생각하지 않아.

"어때? 그렇지?"

"그래요, 그래요, 그래요, 그렇다니까요. 그렇고말고요."

나는 갑자기 눈물이 난다. 손수건도 없는데.

"이런!" 블랭크 씨가 말한다.

"나가세요, 나가요." 살바티니가 말한다. "나가라니까."

나는 그곳에서 도망쳐 가봉실로 들어간다. 이 방은 거의 사용하지 않는 방이다. 이 방이 사용되는 경우는 위층의 방들이 손님들로 가득 찼을 때다. 나는 문을 잠가버린다.

나는 거기서 오랫동안 눈물을 흘린다. 내가 불쌍해서. 그리고 그 정수리가 대머리가 되어버린 노부인이 가엾어서. 이 저주받을 세계에 내재하는 모든 슬픔을 생각하며 울고, 또 모든 바보들과 투쟁에서 진 불쌍한 사람들을 위해서 운다.

이 가봉실 선반에는 드레스 한 벌이 있다. 마네킹들이 여러 번 입었던 옷이고 이제는 400프랑에 팔려나갈 옷이다. 판매원이 그 드레스를 내게 팔겠다고 약속했었다. 나는 그 옷을 입어보았고, 그 옷을 입은 내 모습을 거울에 비춰본 적도 있다. 까만색에 넓은 소매가 달려 있고, 소매에는 빨강, 초록, 파랑, 보라색으로 수가 놓여 있다. 이 드레스는 내 것이다. 내가 이 옷을 입고 있었더라면 나는 그들 앞에서 말을 더듬지도 않았을 것이고, 바보같이 보이지도 않았을 텐데.

나는 이제 울음을 그친다. 이제 나는 그 드레스를 절대 사지 못하게 될 것이다. 오늘, 이 날, 이 시간, 이 순간에 나는 완벽하게 패배한 자다. 당할 만큼 당한 거다. 이것으로 족하다.

이젠 모든 게 끝났어. 이상하게도 더는 블랭크 씨가 두렵지다. 나는 그와 전혀 상관이 없다. 오늘 아침 그가 가게로 들어오는 순간에 그는 나를 알아보았고, 나도 그를 알아본 것이다……

나는 그가 있는 방으로 들어간다. 이번에는 노크도 하지 않는다. 살바티니는 거기 없다. 블랭크 씨는 아직도 편지를 쓰고 있다. 그가 알고 있는 파리의 모든 아가씨들에게 편지를 쓰는 건가? 분명 그런 거야. 내가 거기에 돈을 걸 수도 있어.

그가 혐오스럽다는 눈길로 나를 본다. 오늘의 요리—차게 식힌, 삶은 눈알들.

그래요, 제가 제 논지를 펴게 해주세요. 사회를 대표하시는 블랭크 씨는 한 달에 400프랑의 월급을 제게 주실 권리가 있어요. 그게 제 시장 가치니까요. 왜냐하면, 저는 사회에서 비능률적인 일원이고, 이해가 더디고, 제 자신에게 확신이 없고, 인

생이란 투쟁에서 져서 약간 파손된 인물이기도 하니까요. 그
걸 부정할 생각은 없어요. 그래서 저는 블랭크 씨가 제게 주는
한 달 월급 400프랑으로 어둡고 콧구멍만 한 방에서 살면서,
형편없는 옷가지로 몸을 감싸고, 걱정과 단조로움과 만족되지
못한 갈망으로 자신을 항상 괴롭히는 인간이 되어버렸어요.
저를 쳐다보기만 해도 얼굴이 빨개지고, 말 한마디에도 눈물
이 나는 사람으로 저를 만들 권리가 블랭크 씨에겐 있는 거죠.
세상 사람들이 모두 행복할 수는 없어요, 우리 모두가 부자로
살 수도 없고요. 우리 모두가 행운을 잡을 수도 없겠죠. 만일
그렇다면 인생을 사는 재미가 훨씬 덜하지 않겠어요? 그렇겠
지요, 블랭크 씨? 밝은 색깔이 더욱 선명하게 두드러지기 위
해선 배경이 어두워야 하지 않겠어요? 우는 사람이 있어야 껄
껄대는 사람이 있듯이. 희생자는 반드시 필요 불가결한 것이
겠지요…… . 자, 생각해 보세요. 블랭크 씨가 제 다리를 잘라버
릴 수 있는 신비한 권한을 가졌다고 해서 절름발이가 된 저를
보고 웃을 권리도 있을까요? 저는 그렇게 생각하지 않는데요.
그런데도 블랭크 씨는 그 가져서는 안 되는 권리를 가장 귀중
한 권리로 주장하고 계시는군요. 당신이 노동을 착취한 그 당
사자들을 경멸할 권리 또한 당신이 갖고 계신 것이 틀림없군
요. 저는 블랭크 씨에게 많은 역경이 도래하기를 기원할게요.

우선, 이 저주받을 가게가 망하기 바라요. 할렐루야! 내가 이 말을 정말 했냐고? 물론, 못했지. 그런 말을 할 생각도 못한걸.

나는 단지 내가 몸이 아파서 직장을 그만두겠다고 말한다. 그리고 그도 내가 가장 현명한 결정을 내렸다고 생각한다며 내 의견에 동의한다.

"후회 안 하지요?"

"아니요."

그리고 나는 한 달 치 월급 400프랑을 손에 쥔 채 마리니 가에 서 있다. 대기는 너무나 상큼하다. 이런 달콤한 공기는 파리에서나 맛볼 수 있는 것이다. 계절은 가을이다. 마른 잎새 들이 바람에 불려 여기저기로 굴러다니고 있다. 날아라. 높게, 낮게, 앞으로 또 뒤로…….

내가 그동안 거쳐 간 직장들을 생각하면…….

'젊은 영국인'이라고 하는 가게에서 일한 적이 있다. X 플러 스 ZBW. 그건 68프랑 60상팀[4]이라는 뜻이었다. 그것 말고도 이상한 상형문자 같은 것도 있었다. XQ 15tn. 그건 다른 뜻이 었는데. 112프랑 75상팀. 소년들을 위한 해군복 스타일의 옷 도 팔았고, 젊은 신사들을 위한 노퍽 신사복도 팔았다……. 그 런데 일주일 만에 나는 해고를 당했다. 나는 그걸 다행이라고 생각했다.

또 다른 일을 한 적도 있다. 여행 가이드 노릇이다. 오페라 광장 한복판에 서서는, 평화의 길로 가는 방법을 모르고 당황해하던 가이드. 동서남북, 이게 내게 무슨 의미가 있단 말인가. 여행객들은 어슬렁거리기를 원한다. 뚱뚱한, 그러나 조용하고 차분한 어머니와 좀 덜 조용한 딸. 그들은 파리의 아름다운 태양빛 아래서 천천히 평화의 길로 이동하기 바란다.

나는 정신을 차리고 그들을 이끌어 평화의 길에 도착한다. 우리는 영국 옷을 파는 프랑스 가게에 들어갔고, 프랑스 옷을 파는 프랑스 가게에도 들렀다.

그러자 모녀는 점심을 먹어야겠다고 말한다. 나는 그들을 광장에 있는 식당으로 인도한다. 모녀는 엄청난 부자다. 딸도 어머니도 둘 다 모두 엄청난 부자지만 그들은 슬픈 여인들이다. 행복한 것이 무엇인지, 즐겁게 산다는 것이 무엇인지, 딸도 어머니도 전혀 상상하지 못한다.

식당에서 웨이터가 럼 소스를 곁들인 팬케이크를 후식으로 권한다. 모녀는 술을 전혀 마시지 않지만 럼이 든 소스는 거의 핥아먹을 정도로 즐기고 있다. 후식을 곱빼기로 먹은 후 그 어머니가 보여 준 모습처럼, 나는 이렇게 감정의 기복이 많은 사람들을 본 적이 없다.

"정말 맛있는 소스인걸!" 벌써 세 번째 같은 후식이다. 그들의 눈이 휘둥그레지며 바삐 움직인다. 딸의 눈이 말한다. "정말 맛있어. 정말이야." 어머니의 눈이 말한다. "더 먹을까?"

"저렇게 슬프게 보일 수 있다니 너무 신기하지 않아요? 오후의 햇볕이 말예요. 안 그래요?"

"그렇군요. 슬프게 보일 수도 있지요." 내가 말한다.

그러나 부드러운 감정은 지속되지 못한다.

커피 한 잔에다 물 한 잔을 마시더니 어머니는 그녀 자신으로 되돌아온다.

이제 그녀는 로이에 풀러 회사가 전시하는 옷감 전람회에 데려다 달라고 말한다. 그 외에도 독일 국내에서만 살 수 있다는 독일제 카메라를 파는 곳으로 인도해 달라고 조른다. 그뿐인가. 그녀는 사용하기에 불편하지 않으면서도 그녀가 알고 있는 사람들이 보면 깜짝 놀라 충격을 받을 정도의 멋있는 모자들을 파는 가게로 인도하라고 한다. 그것으로 끝난 것이 아니다. 그녀는 어떤 미술 전람회에도 가겠다고 말한다. 그러나 그녀는 화가의 이름이 무엇인지, 전람회장이 어디에 위치하는지는 모른다고 한다. 그렇지만 누가 이름을 말해 주면 곧 생각이 날 것이라고 주장한다. 난감하다.

나는 이 장소들로 모녀를 잘 안내하려고 노력한다. 그래서 웨이터들에게 묻고, 화장실에서 본 여인들에게도 묻고, 가게의 판매원들에게도 질문을 한다. 부자들을 뜯어먹고 사는 사람들 사이에는 어떤 본능적 공감대가 성립하는 모양이다. 나는 내가 할 수 있는 일을 다 했다. 모자 가게를 찾는 일 빼곤.

그러나 그녀는 나를 꿰뚫어 보았다. 그녀는 내게 겨우 20프랑의 팁을 주었고, 나는 아메리칸 익스프레스로부터 더는 가이드 일을 배당받지 못했다. 그것이 내가 가이드로 일한 첫 번째이자 마지막이다.

나는 잘해 보려고 애를 쓰지만, 그들은 항상 내 능력을 속속들이 알게 되고, 내가 가는 길은 결코 다른 길로 연결되지 못한다. 항상 막다른 골목이다. 문들은 늘 닫혀 있다. 나는 안다 …….

이제 나는 그 까만색 드레스에 대해 생각하기 시작한다. 미치게 화가 날 정도로 나는 그 옷을 갈망한다. 그걸 손에 쥘 수만 있다면, 모든 것은 달라질 텐데. 혹 내가 아는 사람의 아는 사람을 통해 페론 부인이 그 옷을 나를 위해 보관해 주도록 청하면 어떨까? ……돈을 꼭 구할 거라고. 그 옷을 살 돈을 반드시 구할 거라고.

나는 검은 집들이 마치 괴물처럼 나를 내려다보는 어두운 밤길을 걸어간다. 돈과 친구가 있을 때 집들은 층계와 정문을 가진 그냥 보통집이다. 현관문이 열리고 누군가가 반겨주며 미소를 짓는 그런 정다운 집. 모든 것이 안정되고 뿌리를 든든히 내린 사람이라면, 집도 그걸 알아차린다. 집들은 겸손한 태도로 가만히 서 있는 듯하지만 친구 하나 없고 돈 한 푼도 없는 불쌍한 녀석이 들어오려 하면, 그동안 얌전히 기다리고 있던 집들이 눈살을 찌푸리고 밟아 죽이기라도 할 듯 앞으로 한 발짝 다가선다. 반기는 문도, 불 켜진 창문도 없이 그저 눈살을 찌푸리는 어둠만 존재할 뿐이다. 얼굴을 험악하게 찌푸리고 곁눈질하며, 빈정거리면서 놀려대는 집들. 하나가 시작하면 이집저집들이 돌아가며 놀려댄다. 어둠으로 만들어진 키 큰 사각형의 집, 꼭대기에 달린 두 개의 눈이 불을 켜고 나를 놀려대는 집. 집들은 누구에게 인상을 쓸지 그걸 알고 있다. 집들만 아는 게 아니라 길가 모퉁이의 경찰들도 그걸 안다. 그러나 너무 걱정할 필요는 없다…….

어둠 속을 걸어 호텔로 간다. 항상 그 똑같은 호텔로. 초인종을 누른다. 문이 열린다. 위층으로 올라간다. 항상 똑같은 층계, 항상 똑같은 방…….

층계 위는 텅 비어 있다. 밤중 이 시간에는 물동이도, 빗자루도, 더러운 시트도 없다. 내 옆방의 남자는 그의 신발을 방

밖에 내놓았다. 길고, 끝이 뾰족하고, 볼썽사납게 갈라진, 에나멜 구두. 때로는 정장을 하는 모양이군……. 나는 이 남자에 대해 궁금해진다. 혹, 현재 일이 없어 쉬고 있는 전직 외판원인가? 혹 가운을 입은 채 외판원 노릇을 하나?

이제, 조용히, 조용히……. 제정신을 차리고 보내는 멋진 2주일이 되어야 해. "조용히, 조용히." 나는 시계의 태엽을 감아주며 시계에게 말한다. 시계태엽은 트림과 낄낄거림의 중간쯤 되는 소리를 내며 감긴다.

*

이 호텔의 목욕실은 1층에 있다. 나는 욕조 안에 누워 호텔 주인이 손님과 말하는 소리를 듣는다. 손님은 자기의 여자친구를 위해 방이 필요하다고 말한다. 먼저 방을 둘러본 뒤에 정하겠다고 한다.

"방 있어요? 좋은 방이요."

나는 바퀴벌레들이 양탄자 밑에서 기어 나오더니 다시 양탄자 밑으로 들어가는 모습을 본다. 이 욕실에는 꽃무늬가 현란한 양탄자가 깔려 있고, 낡은 의자가 두 개, 얼룩덜룩 잔뜩 때가 긴 거울이 달린 옷장 하나가 있다.

“좋은 방 있어요?” 물론 손님은 **좋은 방**을 원한다. 프런트의 직원은 2층에 아주 예쁜 방이 있으며 한 달 정도 기다리면 방이 비게 될 것이라고 말한다.

일이 그렇게 되는 거군. 그렇게 되어가는 거야. 그런 식으로 방의 주인이 바뀌어왔군. ……방. 좋은 방. 아름다운 방. 욕실이 달린 아름다운 방. 욕실이 달린 아주 아름다운 방. 거실에다 욕실을 겸비한 좋은 방. 어지러울 정도로 높은 층에 있는 스위트룸. 침실이 두 개나 있고, 거실이 있으며, 욕실에다 현관방까지 달린 스위트룸. (작은 방은 당신이 나랑 같이 있고 싶지 않을 때나, 나보다 더 좋아하는 여자를 만나 밤늦게 들어왔을 때 사용하면 돼.) 룸서비스로 무엇이고 시킬 수 있지. (그러나 아, 슬프도다! 웨이터의 목 언저리에 이 한 마리가 기어가고 있네. 그의 옷깃에 매달린 것이 뭐지? ……**괜찮아, 여보게. 괜찮아.**[5]) 상상의 날개를 높이, 높이. ……그리고 이제 천천히 내려와. 욕실이 달린 아름다운 방. 욕실이 달린 그저 그런 방. 욕실이 없는 좋은 방. 그냥 방…….

지금 그들이 뭐라고 말했지? “**마사, 12번 방을 보여 드려요.**” 방값이 얼마라고? 한 달에 400프랑. 나는 4층에 있는 내 방세로 그 세 배를 더 내고 있는 거야. 그렇다면, 시작이 어떠했었든지 나도 꽤 성공한 여인이 된 거군. 내 모습을 보면, 그만 방

값이 올라가 버리니. 전람회가 끝나고 관광객들이 떠나면, 나
는 어디에 살아야지? 그전에 살던 방, 그레이스 인 가에서 옆
으로 꺾어지면 있던 그 방에서 살아야겠지. 평상시처럼 죽도
록 술이나 퍼마시며 살게 되겠군.

내가 2층으로 올라가자 옆방 남자가 층계 꼭대기에 나와서
는 소리쳐 마사를 부르고 있다. 그가 입고 있는 플란넬 잠옷은
무릎을 가리지도 못한다. 나를 보자 그가 싱긋이 웃으며 내 길
을 막는다.

"안녕하세요. 어떻게 지내세요?"

나는 대답하지 않고 그냥 지나쳐 방으로 들어온 후 방문을
꽝 닫는다. 나는 이 모든 것이 웃어넘길 수 있는 장난에 불과
하기를 바란다. 그는 아래층에 사는 그의 친구들에게 "영국
관광객이 내 옆방에 들었는데, 그 여자와 재미를 보고 있다."
고 말하리란 것을 안다.

바로 길 건너편에 사는 여자가 창을 열어놓은 채 화장을 하
고 있다. 길이 하도 좁아 우리는 서로의 얼굴을 마주 볼 수 있
을 정도다. 나는 그녀의 방 안에 매단 빨랫줄에 양말이며 스타
킹, 속옷들이 걸려 있는 것을 볼 수 있다. 그녀가 눈길을 돌린
다. 표정이 굳어진다. 내가 만일 그녀가 화장하는 모습을 지켜
본다면, 다음에 내가 화장을 할 때 그녀도 똑같은 행동으로 보

복할 것임을 안다. 나는 창문을 반쯤 닫고 창에서 몸을 돌린다. 끔찍한 호텔이다. 사람이 살기엔 정말 나쁜 호텔이다. 여기를 빠져나가야 하는데. 나같이 불쌍한 사람이나 이곳에 자리를 잡지. 그리고 나같이 가난한 사람이나 이곳에 죽치고 살지……

내가 옷을 다 입었을 때 누가 노크를 한다. 바로 그 외판원이다. 흠잡을 데 없이 깨끗하고 통이 넓으며 치렁치렁 늘어진 소매가 달린 그 아름다운 가운을 입고 있다. 나는 그가 어떻게 이런 가운을 갖게 되었는지 궁금하다. 틀림없이 여자에게 받았을 것이다. 그는 어색한 미소를 지으며 문 앞에 서 있다. 나는 그를 똑바로 응시한다. 그는 마치 추잡스럽고, 이해하기 어려운 어떤 종교의 사제처럼 보인다.

"무슨 일이시죠? 원하는 게 뭐죠?"

나는 용기를 내 묻는다.

"아무것도 없어요. 아무것도 아니에요."

"가세요, 그럼."

그는 대답도 하지 않고, 움직이지도 않는다. 그저 문 앞에서 미소를 짓고 서 있다. (자, 당신이나 나나 서로 이해하고 있지? 안 그래? 모르는 척하지 말자구.)

나는 그의 가슴을 밀어 문밖으로 몰아내고 나서 꽝 하고 문을 닫아버린다. 아주 쉽게 해치웠다. 종이로 만든 인간이나 유령, 혹은 이 세상에 존재하지 않는 것을 밀어내는 것처럼 그의 무게가 느껴지지 않았으니까.

나는 이 어두침침한 방 안에 있다. 안엔 여성용 침대와 남성용 침대가 놓여 있고, 밖엔 좁디좁은 막다른 골목뿐인 이 어두침침한 방에서 나는 사제의 제의 같은 그 남자의 흰색 가운을 생각하고 있다. 꼭 악몽을 꾼 것처럼 두려움에 떨면서…….

오늘 아침 복도는 런던에 있는 싸구려 터키탕의 냄새를 풍긴다. 외관은 꽤 점잖고 깨끗해 보이려고 노력한 흔적이 남았고, 안으로 들어가는 복도에선 항균제의 냄새가 나며, 손님을 맞는 여인은 간수와 집사를 반반씩 섞어놓은 것 같은 모습이고, 모든 사람이 눈을 아래로 깔고 속삭이듯 말하는 그런 장소다. "사모님, 거품탕으로 하시겠어요, 터키탕으로 하시겠어요?" 그러고 나서 터키탕으로 들어가면, 아마 10년 내지 20년은 묵은 것 같은 퀴퀴하고 들큰한 냄새를 머금은 안개가 꽉 찬 곳.

남자 매니저와 여자 매니저 그리고 두 명의 소제부들이 프런트 뒤편에 있는 방에서 식사를 하고 있다. 그들의 친구도 몇 명 있다. 그들은 큰 소리로 떠들고 웃기도 한다……. "'아버지는 감히 못 하실 거예요.' 딸애가 내게 말했어요. '바보!' 딸애가 그렇게 말하더라니까요. 뭐라고? 내가 감히 못 할 거라고? 내가 딸애에게 뭐라고 얘기했는지 보세요. '기다려봐, 기다려보라고. 얘야. 너는 내가 감히 하는지 못 하는지 보게 될 거다.' 그러고 나서 내가 어떻게 했는지 아세요? 나는……."

그의 목소리가 호텔 밖까지 나를 따라오는 듯했다. "기다려봐, 기다려보라고. 얘야……."

다른 호텔을 찾아봐야 해. 몸이 아프고 어지럽다. 택시를 타야 할까 보다. 어디로 가지? 나는 내가 핸드백 어디엔가 주소를 가지고 있다는 것을 기억한다. 사진이 있는 소책자였나? 무슨 홀, 무슨 식당, 무슨 라운지, 욕실이 달린 침실, 욕실이 없는 방 등등. 수준급의 모든 것들. 그게 바로 내게 어울리는 장소지…….

현관에는 수위가 있고, 접대용 책상에는 흰머리가 희끗한 여인과 날씬한 스타일의 젊은 남자가 앉아 있다.

"오늘 밤 묵을 방이 필요해요."

"방이요? 욕실이 있는 방으로요?"

여전히 몸이 아프고 어지럽다. 나는 몸을 앞으로 좀 굽히며 자신감 있게 말한다.

"환한 방으로 주세요."

젊은 남자가 눈썹을 치켜 올리며 나를 응시한다.

나는 다시 한 번 말한다.

"호텔 중앙에 있는 정원이 내다보이는 방은 싫어요. 빛이 충분히 들어보는 밝은 방으로 주세요."

"밝은 방 말씀이죠?"

흰머리의 여자가 생각에 잠겨 말한다. 그녀는 자기 앞에 놓인 책의 책장을 넘기며 환한 방을 찾는다.

"219호실이 있네요. 욕실이 달린 아주 아름다운 방이지요. 하룻밤에 75프랑입니다. (맙소사. 내겐 너무 비싸.) 너무 예쁜 방이랍니다. 게다가 욕실까지 있고. 창문이 두 개 있고, 아주 환한 방이에요."

그녀는 상당히 설득력 있는 태도로 말한다.

여직원을 불러 내게 방을 보여 주라고 한다. 우리가 엘리베이터를 향해 걸음을 막 옮기려고 하자 젊은 남자가 흰머리 여자에게 살짝 말한다.

"그 방은 아직 비지 않았는데, 모르세요?"

"그럴 리가 없는데. 219호 손님이 그저께 계산서를 받아갔는데요. 내가 확실히 기억해요. 내가 직접 손님께 계산서를 드렸거든요."

나는 열심히 그들의 대화에 귀를 기울인다. 갑자기 나는 내가 219호실에 들어가야만 한다고 느낀다. 219호실. 욕실이 달린 방. 장밋빛 커튼이 달려 있고, 양탄자가 깔려 있으며, 욕실이 있는 방. 내가 단지 이틀간만이라도 이 방에 머무를 수 있다면, 내 존재 양상은 다른 차원으로 바뀔 것이다. 이 방은 내게 예언적 징조로 작용하게 될 거다. 누가 인간은 운명을 피할 수 없다고 했던가? 나는 내 운명에서 탈피해 219호실로 들어가야 해. 내가 운명을 피하나 못 피하나 눈여겨보라고. 내게 운명을 피할 기회를 주라고.

"손님이 계산서를 요청했어요. 그래요. 그랬다고 손님이 나갔다는 뜻은 아니지요."

젊은 남자가 비난과 냉소적인 말투 속에 약간의 승리감까지 섞인 목소리로 말한다.

흰머리의 여인이 자신의 의견을 피력한다.

"손님이 계산서를 요구하면 그건 나간다는 뜻이 아닌가요?"

"그렇지요." 남자가 말한다. "*프랑스 사람들*[6]의 경우는 그 뜻이지요. 그러나 다른 손님들은 호텔이 그들을 혹 속이지나 않는지 확인해 보려고 요구하지요."

"오! 하느님. 외국인들, 외국인들이라니……."

젊은이가 등을 돌린다. 마치 이 일과 자신은 전혀 관계가 없다는 듯이.

219호의 손님. 나는 이제 이 손님에 대해 다 알게 된다. 그 둘이 논쟁을 벌이는 동안 나는 219호실의 손님이 눈앞에 보이는 것 같다. 그가 입은 바지며, 그가 신은 신발이며, 그가 머리를 빗어넘긴 스타일이며, 그가 좋아하는 여자의 유형까지도. 그가 들고 다니는 가방은 옅은 노란색이고, 그는 올챙이처럼 배가 뚱뚱하게 나왔다. 그렇지만 그의 얼굴은 떠오르지 않는다. 그는 마스크를 쓰고 있다. 219호실이라는 마스크를…….

"334호실을 손님께 보여 드려요."

숙녀다운 기품의 여직원이 — 이곳에서 우리 여성은 다 기품 있는 숙녀들이다. — 나를 엘리베이터에 태우더니 편안하게 가구가 배치된 방으로 인도한다. 이 방에서 나는 무미건조하게 보이는 높은 울타리를 내다볼 수 있다.

"담으로 둘러싸인 정원이 내다보이는 방은 싫다고 말했는걸요. 나는 빛이 많이 들어오는 환한 방을 찾아요."

"이 방은 아주 환한 방인데요."

여직원이 침대 곁 램프의 불을 켜며 말한다.

"아니에요. 내가 말하는 뜻은 정말 *밝*은 방이에요. 어두운 방이 아니라고요."

여직원이 나를 뚫어지게 쳐다본다. 내 추측에는 내가 약간 정신이 나간 여자라고 생각하는 것 같다.

“수고했어요. 고마워요. 그렇지만 이 방은 아니에요.”

아래층의 접대원이 내가 가지 못하게, 아름다운 방이 있다고 나를 설득한다.

“예, 예. 전화할게요.”

나는 이렇게 말하고 성급히 그곳에서 빠져나온다.

욕실이 달린 아름다운 방? 욕실이 달린 보통 방? 좋은 방? 보통 방? ……그러나 방이라는 문제에 얽힌 진실은 결코 말하지 마라. 그렇게 되면 모든 거짓이 폭로될 것이고 사회체제의 토대는 허물어질 것이니. 방이 방이지 뭐 다를 게 있나? 모든 방이 사방에 벽을 가지고 있고, 문이 하나, 창문이 한둘, 침대 하나, 의자 하나, 그리고 혹 비데가 있을 뿐인걸. 방이란 게 무언가? 방 밖에서 느물거리는 늑대들로부터 나를 숨겨 주는 곳이다. 그게 모든 방들이 하는 역할이야. 방을 바꿀 생각을 할 요가 뭐가 있겠어?

내가 뭘 좀 먹고 호텔로 돌아오니, 내 방이 그런대로 괜찮아 보인다. 냄새도 그 정도면 참아줄 수 있고. 나는 이 모든 걸 상상했다…….

누구의 것인지는 몰라도《타임스가 선정한 문학 작품》이 편지꽂이 안에서 목을 빼고 나를 본다. 흰머리의 미국 여자와 소녀가 복도에서 대화를 나누고 있다. 어머니와 딸인 모양이다.

"여기 보세요. 이것 좀 보세요. 여기 랭보의 초상화가 있어요. 랭보가 여기 살았었대요. 여기 써 있어요."

"그리고 여기는 베를렌의 초상화가 있네. 그 사람도 여기 살았나?"

"맞아요, 여기 살았었대요. 두 사람이 다 여기 살았었대요. 함께 살았대요. 야! 정말 재미있네."

외판원이 층계에 서 있다. 그는 나를 보자 눈살을 찌푸리고는 방으로 들어가 문을 닫아버린다. 그래, 좋아. 그래도 상관없어. 서로가 마주치지 않도록 열심히 노력하면, 분명 우린 잘해 낼 수 있으니까.

방이 나를 환영하며 맞이한다.

"왔구나. 결국 나를 두고 떠나지 못했군."

방이 내게 말한다.

"못 갔어. 너를 잘 돌봐 줄게. 나는 이곳에 속한 사람이고 여기서 살 거야."

*

　그는 항상 그 술집을 피그앤릴리(Pig and Lily)라고 불렀다. 왜냐하면 술집 주인의 이름이 피칸엘리(Pecanelli)였기 때문이다. 술집은 몽파르나스 역 뒤쪽으로 뻗어나간 몇 개의 좁은 길 중 하나에 위치하고 있다. 오래된 영국식 주점을 흉내 낸 이곳엘 내가 다시 가지 못할 것이 없다고 생각한다. 나는 그곳에서 기절을 했다거나 울었다거나 하는, 남에게 보여 주지 말았어야 할 행동을 한 적이 없다. 내 기억으로는 그곳에서의 내 모습은 오점 없이 훌륭했으니까. 우리는 자주 그곳에 가곤 했다. 술을 한두 잔 마시고, 핫도그를 먹으며, 다음 전쟁이나 혹은 그런 따위의 얘기를 주로 했다. 울 일은 없었다.

　내가 '우리'라고 했나? 그래, 맞아. 그는 길고 야윈 얼굴에 매우 맑고 푸른 눈을 가진 그런 종류의 남자다. 스물다섯 살이 될 때까지 맨체스터 화물회사에서 일하던 그는 직장을 그만두고 파리로 와서 대학에서 의학으로 학위를 따기 위해 열심히 독학을 하고 있었다. 그를 사랑하는 친척 한 분이 그에게 돈을 댄다고 했다. 글쎄, 그가 내게 말해 준 여러 다른 이야기 중 하나가 그랬다는 말이다. 그렇지만 또 다른 이야기는 그가 카드 도박에서 번 돈으로 살아간다는 것이다. 아마도 그 말이 더 신빙성이 있을 것이다. 왜냐하면 그는 카드 게임의 도사였으니까.

그는 박람회, 장날, 바자 같은 것을 좋아했다. 몽마르트르 박람회, 심지어 벨포르의 사자에 있는 회전목마도 좋아했다. 그는 음악을 좋아해 보려고 눈물 나는 노력을 했다고 한다. 그가 가장 좋아하는 작곡가는 바하다. 다른 작곡가 중 그가 좋아하는 사람이 있냐고? 그는 "읽는 게 듣는 것보다 더 좋다."고 말하곤 했다. "귀에 들어오는 멜로디가 물론 달콤하지. 그러나 귀에 들리지 않는 멜로디가 더 달콤한 거야." 그는 늘상 그렇게 말했다. 그는 어딘지 비정상적인 데가 있었고, 때때로 나를 소름끼치게 했다. 길고 야윈 얼굴을 가졌음에도 불구하고, 그는 전혀 예민한 인간이 아니었다.

어느 날 그가 내게 말했다.

"당신을 데리고 가서 흥미로운 걸 보여 주려고 해."

여기저기 길을 헤매다 우리는 어떤 카페에 도착했다. 이곳에서 손님들은 술을 사는 게 아니라 잠을 잘 권리를 산다고 했다. 사람들은 바짝바짝 붙어 앉아 팔을 카운터에 올려놓고 머리를 팔에 묻은 채 잠들어 있었다. 방마다 사람들로 가득했다. 어떤 사람들은 바닥에 누워서 자고 있었다. 우리는 창문을 통해 그들을 엿보았다.

"안으로 들어가서 사람들을 직접 볼래?"

그는 마치 원숭이들을 전시하는 사람처럼 말한다.

"괜찮아, 들어가도 돼. 여기서 일하는 사람을 내가 잘 알아. 여기 오면 항상 있는 사람이 있거든. 술이나 몇 잔 사주고 기분을 살려 주면 유리잔을 씹어 먹어. 얼마나 신기한지 몰라. 당신이 그걸 꼭 봐야 하는데."

내가 "세상의 모든 걸 다 준다고 해도 그런 것은 보기 싫어."라고 말하자, 그는 내가 수줍음을 타거나 감상적이라고 생각했다.

"그래? 그럼. 당신이 유리잔을 먹는다면 그건 내가 즐겁게 봐줄 수 있어." 내가 말했다. 그는 그런 나의 반응을 별로 좋아하지 않았다.

그 사람에 대해 생각하는 동안 나는 바로 그 카페에 도착했고, 사람들로 흥성거렸던 홀로 올라갔다. 그러나 그곳은 텅텅 비어 있었고, 죽은 듯 흥이라곤 없었다. 주인도 바뀌었다. 뚱뚱하고 대머리가 벗겨진 새 주인은 전형적인 네덜란드인의 코를 하고 있었다. 그가 이 카페를 인수한 건 겨우 2년 전이라고 말했다.

이 집이 자랑하는 특선요리는 자바 섬의 음식이다. 벽에 그려진 영국의 사냥 장면은 상당히 이국적이고 색달라 보였다.

텔리 호, 텔리 호, 자, 사냥을 떠나자. ……냉정하고 카랑카랑한 목소리들, 냉혹하고 밝은 색의 눈동자들. ……텔리 호, 텔리 호, 텔리 호…….

손님 세 명이 들어온다. 남자 둘, 여자 하나. 남자 하나가 나를 쳐다본다. 그가 여자에게 말한다.

"저기 저 늙은 여자 알아?"

가만있어 봐. 저 남자가 누굴 말하는 거야? 나? 말도 안 돼! 내가 늙은 여자라고?

여자가 말한다.

"저 영국 여자 말이야? 아니, 몰라. 내가 저 여자를 알 거라는 상상을 왜 하는 거지?"

이건 내가 예상했던 답이지만, 내가 생각했던 것보다 사실 더 심하다. 늙고, 미친, 영국 여자. 몽파르나스를 헤매고 다니는 늙은 여자.

"파리에는 영국 여자들이 많아. 그럼, 그럼. 게다가 비루하고 빈털터리들이야……."

이건 정말 내가 생각했던 것보다 더 나쁘다.

나는 젊은 남자를 째려본다. 그는 당황해하더니 눈길을 돌린다. 프랑스 사람 같지는 않은데…….

사람들이 나를 어떻게 볼지 늘 생각해 왔지만 이건 정말

너무하다. 내가 5년 전 그 유명한 겨울에 런던으로 돌아왔을 때, 그런 말을 들은 적이 있었다. "왜 센 강에 빠져 죽지 그랬어?" 그 늙은 악마가 내게 말했다. "센 강 말이야." 그는 정확히 그렇게 말했다. 적절한 감정표현이었다고 해도, 그렇다고 그런 식으로 표현할 게 뭐람. 유치함의 극치로군. "우린 당신이 죽은 줄 알았다고. 센 강 물살에다 구멍을 뚫지 그랬어? 왜 센 강에 빠져 죽지 그랬어?" 이런 문구들은 존경할 만한 사람들의 입에서도 춤추듯 흘러나왔다. 그들은 감상적인 노래의 가사처럼 모든 걸 가볍게 생각한다. 그게 바로 그런 사람들이 보여 주는 끔찍한 부분이다. 내가 그들을 생각할 때 끔찍해하는 부분은 그들의 잔인성도, 그들의 교활함도 아니다. 특별히 힘든 걸 겪지 않은 때문인지 그들은 쉽게, 케케묵은 의식으로 생각하는 순진함을 지녔고 도대체 뭘 모른다는 점이다. 그들이 사는 이 망할 놈의 세상은 온통 진부하고 거짓투성이다. 그들의 모든 의식이 바로 이 깊이 없고 독창성이 결여된 진부함 속에서 태어나 자라고 그로 인해 살아남는다. 그들은 이 진부한 가증의 삶을 절대적으로 신뢰한다. 그러니 희망을 기대할 수 없다.

쓴 약의 입가심으로 사탕을 준다더니. 나는 매주 화요일마다 2파운드 10실링씩을 받도록 되었다는 소식을 변호사에게

서 들었다. 유산을 받은 것이다. 원금은 건드릴 수 없고……. 도대체 누가 내게 유산을 준 거지?

그 이름을 듣고 나는 정말 놀랐다. 그녀가 나를 좋아하리라는 생각은 해본 적이 없다. "행운인 줄 아세요." 변호사가 내게 이 말을 할 때 그의 표정을 보고, 나는 곧 그녀가 식구들을 괴롭히기 위해 나를 상속자로 지명했음을 알았다. 여태까지는 내 주소를 알 길이 없었기 때문에 그들이 내게 이 소식을 전하지 못했다. 내가 그에게 무슨 말을 하겠는가. 그저 "안녕히 가세요, 양탄자에 구멍이 났어요, 그 구멍에 걸려 넘어지지 않게 주의하세요."라고 말할 밖에.

정말 그의 입에서 나올 만한 말이라고 생각했다. 그는 나를 절대 사샤라고 부르지 않고, 소피라고도 부르지 않는다. 그러나 내 이름은 누가 뭐래도, 확실히 소피아다. 왜 센 강에 빠져 죽지 그랬어, 소피아? ……"소피아가 강물이 흐르는 곳까지 갔었대요. 광란의 소피아가……."

그러나 그게 인생의 막다른 골목이었다. 내 인생의 끝. 매주 받는 2파운드 10실링의 돈과 그레이스 인 가에서 조금 빗겨 나간 길가에 자리 잡은 작은 방. 도움을 받고 구조를 받아 숨을 수 있는 방을 가진 나. 그 이상 내가 무얼 원한단 말인가? 내가 누운 관 뚜껑의 마지막 못이 꽝 소리를 내며 박혀 버렸다. 이제 나는 사랑받기 원하지 않으며, 아름답기를 원하지도 않고, 행복이나 성공을 바라지도 않는다. 내가 원하는 것은 단지 한 가지다. 나를 가만히 놔두는 것. 내가 사는 방의 문을 발로 긁지 마, 문을 열고 들여다볼 생각도 하지 마, *그저 나를 가만히 놔둬*……. (그럴 거야. 걱정 마, 사샤.)

'처음엔 좀 두려웠어. 그들이 내 등 뒤에서 문들을 쾅쾅 닫아버리는 것 같아서 정말 두려웠어. 나는 알지 못하는 사람을 만나는 것도, 알지 못하는 장소에 가는 것도 다 두려웠어.'

내가 즐겨 읽는 책 중 하나인 『암말의 자서전』에서 인용한 글. 우리 영국 사람들은 동물을 의식하며 산다. 우리는 동물들이 어떻게 느끼는지 왜 그들이 그렇게 느끼는지를 본능적으로 알고 있다…….

바로 그때 기발한 생각이 떠올랐다. 술독에 빠져 세상을 하직하는 것이다. 유산으로 받은 돈이 이미 35파운드나 모였고, 그 정도의 돈이라면 죽는 재주를 부리기에 충분한 금액이었으니까.

나는 생각대로 행동에 옮겼지. 나는 차디차고 노란색의 악취 나는 점액을 땀처럼 쏟아내는 이 길들이 지겨웠지. 적개심으로 가득 찬 사람들, 매일 밤을 울다 지쳐 잠드는 내 자신을 보는 것에 지쳐버렸어. 나는 생각하는 것도, 기억하는 것도 충분히 했다고 생각해. 이제 내가 필요로 하는 건, 위스키, 럼, 진, 셰리, 베르무트, "술주정꾼 만세"라는 라벨이 붙은 포도주……. 부어라, 마셔라, 마셔……. 술에서 깨면 나는 또 마셔댔지. 어떤 때는 술이 목으로 넘어가지 않아서 억지로 넘기기도 했어. 내가 술에 취해 소름끼치는 광란의 상태를 경험했으리라고 혹 당신네들이 생각하겠지?

아무 일도 없었어. 내가 아마 참나무처럼 단단한 건강을 가졌나 봐. 그러나 눈물을 흘릴 때는 예외였지. 그땐 강하지 못했으니까.

나는 내 얼굴이 서서히 아름다움을 잃어가는 걸 느낄 수 있었어. 뺨은 부어오르고, 눈은 자꾸 작아지더군. 하지만 그게 뭐 어때서? 괜찮아. "우리가 살아 있는 동안, 우리를 살도록 두라." 포도주병들이 말하더군. 우리가 인생을 포기할 때, 우리가 포기하도록 두라. 그뿐인가. 이건 내 얼굴이 아니야. 단지 고문당하고 고통당한 가면에 불과해. 내가 원한다면 언제든지 가면을 벗을 수 있어. 벗어서 못에 걸어놓을 수 있다고. 그렇지 않으면 초록색 깃털이 달린 운두 높은 모자를 가면 위에 올려놓을 수도 있지. 베일을 덮어씌울 수도 있고. 그리고는 어두운 골목만을 골라 즐겁게 걸어다닐 수 있어. "내가 싫다고? 나도 당신이 싫은걸." 이렇게 당당하게 노래 부르면서. "나는 잼이 싫어, 햄도 램(양고기)도 싫고, 잼이 든 푸딩도 싫어……."
또 이런 노래를 부르며 당당히 걸을 수도 있지. "건너야 할 또
하나의 강이 있지. 그건 요단강, 요단강……."

나는 자존심이 없다. 자존심도 없고, 이름도 없고, 얼굴도
없고, 국적도 없다. 나는 어디에도 속하지 않았다. 너무도 슬프
다, 너무도. 괜찮아. 나는 여기 그냥 사는 거야. 마치 지푸라기
가 소용돌이의 가장자리에서 빙빙 돌며 떠다니다 점차 소용
돌이의 한복판으로 빨려 들어가듯. 그 죽음의 중앙부, 그곳에
서 모든 것은 정지 상태가 되지. 모든 것은 평온을 찾게 돼. 일
주일에 2파운드 10실링, 그레이스 인 가의 옆 골목에 자리 잡
은 내 방 하나…….

이런 생각을 하는 동안, 나는 메뉴를 읽고 또 읽는다. 이 집
이 전에는 핫도그, 슈크루트, 비엔나 스테이크, 웨일스식 토끼
요리 등을 팔았는데. 이제는 포부도 당당히 색다른 음식을 팔
고 있다. 자바식 특선요리(1인용). 자바식 정식(식찬 16가
지) – 25프랑. 어린이를 위한 정식(식찬 10가지) – 17프랑 50
실링. 나시고랭 – 12프랑 50실링……. 메뉴판의 뒷장은 나이
어린 여자들이 썼을 법한 낙서로 가득하다. "돈을 더 보내주
세요, 돈을 더 보내주세요." 흥미로운 낙서군. 마치 전보문이
울려대는 것 같은 느낌이다. "돈이 더 필요해요." 어떤 상황에

서도, 파리에서 보내진 전신전보는 끊임없이 소리를 내며 들어오고 있다. "돈을 좀 더 보내주세요."

옆 테이블에 앉은 세 사람은 경마에 대해 말하고 있다. 남자 두 명은 네덜란드인이다.

나는 핸드백에서 연필을 꺼낸다. 그리고 메뉴판의 한 귀퉁이에다 이렇게 쓴다. "이해하셨어요? 네, 이해했습니다. 이해하셨기를 희망해요. 네, 알아들었어요." 나는 메뉴판을 접어 핸드백 안에 넣는다. 작은 기념품으로.

문이 열린다. 다섯 명의 중국인들이 들어온다. 방 끝까지 한 줄로 서서 걷다가 멈춰 서서는 이야기를 나눈다. 그러더니 이번에는 엄숙한 표정으로, 그러나 겸손한 미소를 살짝 지으며 한 줄로 걸어서 나가버린다. 주인이 뭐라고 중얼거린다. 그는 가까이에 있는 테이블 위에 칼이며 포크를 가지런히 놓는 척하더니 우리에게 설명한다.

"중국인들이 술 주문도 하기 전에 벽난로에 먼저 불을 켜달라고 하지 않겠어요, 글쎄."

중국인들은 불꽃이 춤추는 것을 보고 싶어 했다는 것이다. 주인이 다시 입을 연다. 몽파르나스의 인간들이 모두 미쳐가는 걸 오래전부터 느끼기는 했지만 이건 정말 최악의 경우라는 것이다.

"모두 돌았어." 주인은 절망적인 어조로 말한다. "모두 미친 거야. 모두, 모두……."

호텔로 돌아오는 길에 나는 전처럼 슬프지 않다. 내가 런던에 있을 때 나를 향해 뱉은 "오, 하느님." 같은 표현 한마디도 나를 뻗어버리게 했던 걸 떠올리며, 나는 파리가 내게 주는 긍정적 영향에 대해 생각한다. 파리에서 마시는 술맛이 훨씬 좋기 때문일까?

나는 슬프지 않다. 그러나 생 미셸 대로에 도착할 때가 되니 피곤함을 느낀다. 나는 이 길을 따라 자주 걷곤 한다. 매번 피곤하다고 느끼면서……. 이곳에는 분수대가 있다. 분수대 안에서 뒷발로 뛰어오르는 말조각상들이 물을 뿜어내고 있다. 이곳에는 내가 술을 살 수 있는 담배 가게가 하나 있다. 나는 이곳에서 술을 사 옆에 있는 조각상 옆에서 술을 마시곤 한다. 그러니까 이 조각상은 내가 친구 삼아 술을 마시는 술 조각상이라고 해야 한다.

바로 그때 내 등 뒤에서 두 명의 남자가 내 양쪽 곁으로 다가와 나와 발을 맞춘다.

"왜 그렇게 슬퍼 보이세요?"

그래요, 나는 슬퍼요. 서커스의 사자처럼, 날개가 잘린 독수리처럼, 줄이라고는 달랑 한 개밖에 없는데 그나마 그 한 줄이 끊긴 바이올린처럼, 자신의 늙어가는 모습이 서러운 나이 먹은 여인처럼, 나는 슬퍼요. 슬프고, 슬퍼요. 아마 내가 내 인생을 가리켜 '개똥 같은 인생'이라고 말한다면, 내 슬픔을 잘 설명해 줄 수 있을까요?

그러나 나는 그런 말은 하지 않는다. 우리는 그저 침묵 속에서 걷고 있다. 그때 내가 입을 연다. "나는 슬프지 않아요. 왜 내가 슬프다고 생각하는 거죠?" 마치 하나의 의식이라도 되는 양 왜 사람들은 나를 보면 슬프냐고 묻지? 똑같은 질문에 나는 똑같은 대답을 해야 하나?

우리는 서로의 국적을 맞춰보기 위해 가로등 밑에서 발을 멈춘다. 그들은 그렇게 말했지만, 나는 그들이 내 얼굴을 가까이 보기 위해서 그런다고 생각한다. 그들은 내 국적을 추측할 수 없다는 듯 행동한다. 그들이 독일인들인가? 아니. 혹시, 스칸디나비아인들? 아니야. 키가 작은 청년이 말한다. 자신들은 러시아인들이라고. 그 말을 듣자 나는 술을 함께 마시자는 그들의 제안을 즉각 받아들인다. 러시아인들이라……. 오늘 밤을 멋지게 마무리 지을 수 있겠군.

내가 사는 호텔 가까이에는 두 개의 카페가 서로 마주 보고 있다. 한 카페의 주인은 내게 적개심을 가지고 있고, 또 한 곳의 주인은 중립적 태도를 보인다. 내가 두 청년들을 절대 가서는 안 되는 카페로 끌고 갔으니 내가 정말 취했었나 보다.

겉으로 보기에 너무도 단순하고 단조로워 보이는 내 인생도 들여다보면 복잡하게 얽혀 있다. 즉 나를 좋아하는 카페와 나를 싫어하는 카페, 내게 친절한 길과 불친절한 길, 내가 행복할 수 있는 방과 그렇지 않은 방, 내 모습이 괜찮아 보이는 거울과 그렇지 않은 거울, 내게 행운을 가져다주는 옷과 불행을 가져다주는 옷가지들로 복잡하게 얽힌 인생이 바로 내 인생이다.

그러나, 돈도 쪼들리는 판에, 길을 잘못 들어 이 적개심으로 가득한 주인의 술집으로 들어왔으니. 혼자가 아니니 별 문제가 될 일은 아니지만.

두 명의 러시아 청년 중 좀 더 나이가 어린 친구는, 부드럽고 우울해 보이는 잘생긴 얼굴을 하고 있다. 그는 몇 년 전에 나왔던 독일 영화에서 스파이 역을 한 배우와 어딘지 닮아 보인다. 머리통의 생김이 닮은 듯하다. 다른 한 청년은 키가 작고 얼굴이 희며, 아주 푸른 눈을 가지고 있다. 그는 코에 거는 안경을 끼고 있다. 이 청년이 다른 청년보다 훨씬 명랑하고 생동감 있다. 나는 줄곧 그 사람을 바라보며 그와 많은 말을 나누게 된다.

그저 늘상 하는 평범한 대화……. 나는 슬프지 않다고 말한
다. 나는 내가 매우 행복하고 편안하며, 약 2주간 파리에 머물
며 쇼핑을 즐길 정도로 부유하다고 말한다. 많은 친구들을 놀
라게 하기 위한 쇼핑 여행이라고 말한다. 키 작은 청년은 내가
행복하다는 것은 믿겠지만 부자라는 건 믿을 수 없다고 대답
한다. 그는 의사처럼 생겼다. 그는 영국 여자들에게서 흔히 우
울한 표정을 읽을 수 있다고 말하기도 한다. 별로 큰 뜻이 있
어서 하는 말은 아니다. 다른 청년은 내가 부유하다는 건 믿겠
지만 행복한 여인 같지는 않다고 말한다. 내가 입고 있는 털
코트 때문인 듯하다. 키 작은 청년이 세속적인 면에 더 눈을
뜬 것 같다. 다른 청년은 나와 같은 종류의 사람이다. 그는 그
나름대로의 느낌을 가지고 있고, 그걸 고수하려고 한다. 내게
말을 건네고 접근한 사람도 바로 이 청년이다.

"나는 당신 표정에서 크나큰 슬픔을 읽을 수 있는데요."

그가 말한다.

슬픔이라. 얼마나 멋있는 단어인가! 슬픔, 멀리 떨어진, 멀
어지는, 버림받은, 외로운…….

이제 우리가 나누는 대화를 잘 들어보아야 한다. 술이 두 잔
정도 들어가자 우리는 신화 속의 신들과 여신들에 대해 말한
다.

키 작은 청년이 내게 손가락을 흔들며 말한다. "비너스 여신이 화가 나신 거야."

"오, 비너스 여신! 나는 그 여신을 더는 좋아하지 않지요. 내게 못된 짓을 너무 많이 했으니까."

"비너스 여신은 누구에게나 그렇게 못되게 군다니까요. 어쨌든, 조심하세요. 영국 사람들이 숭배하는 어떤 신이나 여신들이 있나요?"

"잘 모르겠는데요. 비너스가 아닌 것은 확실하지만. 영국 사람들이 어떤 여신을 숭배하긴 하는데, 어떤 여신인지는 모르겠네요. 확실히 비너스는 아니에요."

그러고 나서 우리는 잔인성에 대해 이야기했다. 나는 텅 빈 표정으로 먼 곳을 바라보며 말한다.

"인간은 너무 잔인한 동물이야. 끔찍하게 잔인한 동물."

"절대 그렇지 않아요."

나이가 더 많은 청년이 짜증스럽다는 듯이 말한다.

"절대 아니에요. 인간을 그렇게 본다면 그건 아주 근시안적인 생각이지요. 인간은 항상 살아남기 위해 투쟁하지요. 그러다 보니 독선적이 되는 거예요. 인간이 잔인할 때도 있긴 하지만 인간이 완벽하게 잔인하다고 말하는 것은 잘못이지요. 그건 왜곡된 견해일 뿐이에요."

그런 토론은 좀 계속되다가 서서히 잦아졌다. 우리는 사랑에 대해 논쟁을 벌였고 잔인성에 대해서도 말했지만, 그들은 정치에 관해서는 말하지 않는다. 그들이 대화의 주제에서 정치를 묘하게 피해 가는 모습이 좀 이상하기까지 하다. 이제는 더 대화를 나눌 주제가 없다.

자, 그럼, 다음에 또 만나기로 하지요……. 물론 그래야지요. 다시 만나지 않는다면 그건 참 섭섭한 일이지요. 내일 북경 레스토랑에서 만나 점심이나 할까요? 내일 12시 30분이라면 나는 그런 시간에 중국 음식을 먹고 싶지 않을 것 같은데. 우리는 다음 날 오후 4시에 돔에서 만나기로 약속을 한다.

그들이 나를 내 호텔 문까지 데려다준다. 젊은 청년이 내가 술집에다 메뉴판을 두고 왔다는 걸 기억하고 가지러 간다. 내가 그 메뉴판을 그들에게 보여 주었다. 여인이 흘려 쓴 낙서로 가득한 메뉴판, "돈을 좀 더 보내주세요."

"그럴 필요 없어요. 중요한 게 아녜요."

내가 말릴 새도 없이 그가 사라졌다. 그 메뉴판을 내가 지녀야 하는 건가? 그게 나의 운명인가?

내일 아침 미장원에 가서 머리 염색을 하고 싶은 갈망을 억지로 누르면서, 나는 또다시 불면증으로 고생하며 누워 있다.

*

다음 날 아침 내가 호텔 문을 나설 때 한 자그마한 늙은 여인이 내게 구걸의 손을 내민다. 나는 그녀에게 2프랑을 준다. 그녀는 내게 고맙다고 인사를 하면서 나를 뚫어지게 바라본다. 그녀의 표정이 비꼬는 듯 이상하다.

길모퉁이의 빵집을 지나갈 때 나는 바게트를 든 그 여인이 빵집에서 나오는 것을 본다. 그녀는 아주 명랑하게 손을 흔든다. 나도 그녀를 향해 손을 흔든다. 잠깐 나는 내 자신에 대해 완전히 잊고 있다. 그러나 그녀가 빵을 뜯어 먹으며 옆 골목으로 사라지자 나는 머리 염색을 해야겠다는 생각을 다시 하기 시작한다.

나는 이탈리아 식당을 지나쳐 걷고 있다. 테오도르의 식당도 지나간다. 내가 항상 점심을 먹는 식당까지는 아직도 한참 걸어야 한다. 나는 주저주저하다 몸을 돌려 식당 안으로 들어간다. 사실은 테오도르의 식당에 들어갈 맘이 전혀 없었는데, 왜냐하면 그가 혹 나를 알아보고, 내 얼굴이나 행색이 많이 달라졌다고 생각할까 봐, 그리고 나의 변화를 내게 말해 주면 어떡하나 하는 공포 때문이다.

나는 구석 자리에 가서 앉는다. 불안하다.

그는 하나도 변하지 았다. 그는 카운터 뒤에서 나를 바라보더니 씩 웃는다. 그가 나를 알아본 것이다……. 그럴 리가 없어. 그리고 그가 나를 알아본들, 그게 어때서? 잡아먹기라도 한대? 안 잡아먹을까?

오늘은 특히 내가 조심해야 해. 내가 호텔 방에다 내 갑옷을 벗어두고 왔거든.

테오도르의 식당은 이 근방의 어느 식당보다 음식값이 비싸다. 그래선지 식당은 손님으로 꽉 차지 않는다. 나는 내 맞은편에 앉은 여자가 접시 위의 고기를 칼로 써는 모습을 쳐다본다. 그녀는 자른 고기를 포크로 찍어 남자의 입에다 넣어준다. 남자가 받아먹고 무척 맛있다는 표정을 짓더니, 자기 접시에서 고기를 골라 여자에게 먹여 준다. 조금만 기다리면, 이 귀여운 한 쌍은 날개를 팔락이며 쨱쨱거리는 새들로 변할 것 같다.

식당 안에는 냅킨을 턱 밑에다 대고 먹는 중년 부부도 있고, 남편과 같이 온 아름다운 여자도 있다. 그래, 남편이지 연인은 아닌 것 같아.

이 사람들은 내가 불쌍하게 보였는지 나를 위로하고자 내게 덤벼든다. 내가 불안하고 슬퍼 보이기 때문에 그들이 더 행복한 듯 과장하며 내게 다가오고 있다. 그러나 나는 팔을 들어 그들의 영향력에서 도망치려 했고, 그들은 땅으로 스르르 주저앉고 만다. 이기주의자들, 그들은 자기네들의 이익만 생각하며 산다. 얼마나 다행인가. 우리가 경계해야 하는 것은 외향적 인간들이다. 뭘 좀 재미있는 게 없나 하고 여기저기 뛰어다니며 남을 간섭하는 이런 사람들이 조심해야 할 대상이다.

나는 가자미 요리와 백포도주를 주문한다. 눈을 접시에 풀로 붙인 듯 나는 아래만 보며 먹고 있다. 그러나 공포감이 점점 나를 엄습한다. (내가 뭐라고 했어, 이곳에 오지 말라고 했지. 내가 여기 오지 말라고 했잖아.)

드디어, 커피가 나온다. 식당 문에서 좀 더 가까운 자리에 앉았으면 좋았을 것을. 어쨌든, 식사는 거의 끝나가니까. 곧 나는 이곳을 나가게 될 거니까. 그런 생각을 하니 기분이 좀 나아진다.

나는 담배를 피우며 커피를 천천히 마신다. 그때 두 여자가 들어온다. 하나는 키가 크고 붉은색 머리, 또 하나는 키가 작고 몸이 통통하며 검은 머리. 캐주얼한 차림에다 모자를 쓰지 은 영국인이다.

테오도르가 뒤뚱거리며 그들이 앉은 테이블로 가서 그들과 말을 나눈다. 키 큰 여자는 프랑스어를 아주 유창하게 한다. 나는 테오도르가 무슨 말을 하는지 들을 수 없다. 그러나 나는 그의 입이 움직이는 것을 볼 수 있고, 높다란 요리장의 모자 밑으로 달님을 닮은 넙데데한 얼굴을 볼 수 있다.

여자들이 몸을 돌려 나를 쳐다본다.

"어마, 하느님 맙소사."

키 큰 여자가 말한다.

테오도르는 계속 말하고 있다. 그러더니 그도 몸을 돌려 나를 쳐다본다.

"아! 옛날이여. 그때가 좋았지." 그가 말한다.

"도대체 지금 저 여자가 여기서 뭘 하고 있는 거지?"

키 큰 여자가 큰 목소리로 말한다.

식당 안에 있는 모든 사람이 나를 응시한다. 모든 눈동자가 나만을 뚫어지게 보고 있다. 내가 두려워했던 일이 드디어 발생한 거다.

나는 침착하다. 하지만 손이 떨리기 시작하더니 도저히 커피잔을 들고 있을 수가 없다. 나는 커피잔을 내려놓는다.

"다들 파리로 돌아온다니까." 테오도르가 카운터 뒤 자기의 자리로 돌아간다.

"항상 그래."

나는 키 큰 여자를 쳐다보려고 애를 쓴다. 그녀가 곧 눈을 돌리더니 음식에 대해 대화를 나누기 시작한다. 닭을 요리하는 여러 방법에 대해. 키가 작은 여자는 그녀가 말하는 한마디 한마디를 귀담아듣는다.

그녀의 빨간 머리칼이 작은 머리통 위로 얌전하게 빗겨져 있다. 목소리는 맑고 또랑또랑하다. 유니폼을 입은 것 같은 천편일률적인 그런 목소리들, 작고 의미 없는 말의 주절거림. 그들은 그런 목소리를 무기처럼 휘두른다.

말버릇 하곤! 상황을 감안한다면, 그녀는 최소한 "저 여자가 여기에 웬일이야?"라고 말했어야 하는 게 아닌가? 일반적 상황을 고려한다면, 너는 그렇게 말했어야 하는 거지. 그걸 말이라고 해? 원 참, 말하는 것 하곤!

어쨌든, 식당에 있던 사람들이 나를 한참 처다보더니 그 두 여자들이 못마땅하다는 듯 그쪽을 힐끔거린다. 그러고는 모두 다시 먹기 시작한다.

"영국 사람들, 골칫거리라니까. 골칫거리." 버스 안에서 연세가 지긋한 신사 한 분이 말했었지. 그런데 그 골칫거리 존재들이 당신들에게 돈벌이를 시켜준답니다. 영국인들이 재앙이라고? 흑사병 같은 존재라고? ……즐겁게, 즐겁게 인생은 굴러가는구나. "재앙이라니까, 흑사병 같은 재앙이라니까. 에이, 그 못된 영국 것들……." 그 신사는 깊은 한숨까지 쉬며 말했었지.

여종업원이 내 곁을 지나가길래 나는 계산서를 요구했다.

"끓여 놓은 커피가 아직 많이 남았는데, 더 드릴까요?" 그녀가 내게 미소를 보낸다. 내 대답을 기다리지도 않고, 그녀는 내 잔 가득 커피를 붓는다. 내가 가엾다고 생각하는 거야. 그래서 내게 친절하게 해주고 싶은 거야.

목이 멘다. 눈이 갑자기 따갑다. 이건 정말 기가 막히는군. 나는 결국 눈물을 보이겠지? 이건 정말 최악의 상황이다. 내가 지난번처럼 울게 된다면, 밖으로 나갔을 때 버스를 타는 대신 버스 밑으로 기어 들어가는 게 나을 거다.

나는 내 머리를 어떤 색으로 염색할지 그 색을 마음속에서 고르고 있다. 그리고 그 문제에 매달려 다른 생각을 하지 않으려고 한다. 마치 물에 빠져 허우적거리는 사람이 필사적으로 무엇에 매달리는 것처럼. 빨간색으로 할까? 까만색? 까만색으로 물을 들이면 정말 볼만할 거야. 재색으로 하면 어떨까? 그렇지만 사모님, 재색이 머리 염색에서는 제일 힘든 색이거든요. 원하는 대로 재색이 나오기는 정말, 정말 힘들어요, 사모님. 게다가 백금색으로 물을 들였던 머리칼을 재색으로 만들기는 더 힘들고요. 우선 약을 써서 먼저 염색했던 걸 다 빼버려야 해요. 그런 후에 염색을 또 하는 거죠. 다시 말하면 원래의 머리색까지 빼내 버리고 다른 색을 그 위에다 강제로 입히는 거지요. (머리를 완전히 교육하는 거군.[7]) 그러고서 어떻게 되는 거지?)

나는 커피를 다 마시고 계산을 한 후 밖으로 나왔다. 생각 같아서는 그 키 큰 여자가 앉은 자리 곁을 지날 때 젖 먹던 힘까지 모두 동원해 그녀를 향해 혀를 쭉 내밀고 "한마디만 해야겠군요."라고 말하고 싶었다. 그녀를 냉혹한 눈으로 똑바로 응시할 힘을 얻을 수만 있다면 내 인생에 남은 모든 걸 걸고 싶었다. 하지만 뻔히 알다시피, 나는 그녀에게 단 한마디도 못한 채, 심지어 쳐다보지도 못한 채 그냥 나와 버리고 만다.

걱정할 것 없어……. 어느 날 갑자기, 네가 아무것도 눈치채지 못할 때, 내가 나의 검은색 망토 자락에 숨겼던 망치를 꺼내 네 머리통을 달걀 깨듯 까부숴 줄 테니까. 달걀 껍데기가 깨지듯 네 머리통은 박살이 나겠지. 피가 펑펑 흐를 거고, 뇌가 물 흐르듯 쏟아져 나오겠지. 어느 날, 어느 날이고……, 내 곁을 걷고 있던 늑대 한 마리가 너를 덮쳐 네 그 혐오스러운 창자를 모두 끄집어낼 거다. 어느 날, 어느 날이고……. 그러나 지금은, 지금은, 부드럽게, 조용히, 조용히…….

테오도르가 카운터를 돌아 나오더니 나를 위해 문을 열어주며 엷게 웃는다. 돼지 눈을 닮은 그의 눈이 반짝인다. 그의 미소가 심술궂은 마음에서 나온 것인지(내 미소도 마찬가지겠지만), 사과의 표현이었는지(나쁜 의도는 아니었겠지), 그렇지 않으면 그저 장삿속인지 나는 가름할 수 없다.

내가 정해 놓은 오늘 저녁의 계획이 뭐더라? 그게 바로 중요한 거야. 계획을 세워 그에 따라 움직이는 것. 우선 한 가지 행동을 한 뒤 그다음 일을 하는 것. 그러면 모르는 사이에 하루가 다 가는 거지.

그러나 다리의 힘이 왜 이리 풀리고 있지? 벌써 패배한 거야? 그럴 리는 없어……. 아니야, 절대 그런 것은 아니야. 길을 가로질러 뤽상부르 공원에 가서 잠깐 앉아 있어야겠군.

오늘 있었던 일들을 조각조각 떼어 생각해 보고, 해결될 때까지 내 자신과 논의해 볼 필요가 있어.

오늘 식당에서 일어났던 일은 결국 이거다. 테오도르는 그 여자에게 분명 이렇게 말했을 거다. "내 생각에는 저기 앉은 여자가 당신네들의 동포인 것 같네요." 그러자 키 큰 여자가 "원, 맙소사."라고 말했을 거다. 그러자 테오도르는 이렇게 말했겠지. "나는 저 여자를 기억해요. 몇 년 전만 해도 우리 집에 자주 드나들던 사람이니까. 그때가 좋았지……." 그러고는 중언부언했을 테지. 그러자 그 여자가 이렇게 말한 거야. "저 여자는 도대체 여기서 무얼 하는 거지요?" 왜 그랬을까? 내 모습이 보기 싫었거나 그렇지 않으면 자기의 프랑스어 실력을 과시하고 싶었나? 그게 아니라면, 테오도르의 식당이 자기가 발견한 자기만의 장소라고 생각했기 때문일 수도 있어. (그렇지만 정신 차려, 이 여자야. 내가 알기로는 테오도르의 식당이 친절한 앵글로색슨족들과 부대끼며 지내온 지가 적어도 15년은 됐고, 아마 그보다 더 오랜 세월일 수도 있으니까.) 그게 다야. 그게 오늘 식당에서 발생한 일의 전부라고. 거기에 대해 왜 그리 신경을 쓰지? 내가 왜 신경을 쓴다고 그래. 나는 신경 안 써. 그러나 심장이 뛰고 손이 차가워지는 걸 어떻게 하겠어?

나는 의자를 돌려 아이들이 장난감 돛단배를 띄우며 놀고 있는 연못을 등지고 앉는다. 이제 내가 볼 수 있는 것은 몸통이 똑바르고 날씬하게 생긴 나무 몇 그루. 이 공원은 점잖은 장소다. 신사답고, 상스럽지 않은, 예의 바른 곳이다. 여기에서 나는 슬프지 않다. 여기에 오면 우울해지지도 않는다.

공원 도우미가 내게 다가와 입장표를 판다. 이제 모든 것은 합법적이다. 누가 혹 내게 "저 여자가 여기서 뭘 하는 거지?"라고 물으면 나는 표를 보여 주면 된다. 내가 여기에 있는 것은 불법이 아니다……. 표를 손에 쥐고 있으니, 나는 안전하게 느낀다. 내가 원하는 만큼 여기 머물 수도 있다. 나를 방해할 사람들이 주변에 없기 때문에 오늘 발생한 일에 대해 나는 올바른 결론을 조용히 내릴 수 있다.

어젯밤과 오늘―아주 좋은 문장이 만들어지는군. "도대체 저 늙은 여자가 여기서 무얼 하고 있는 거지? 여기서 왜 어슬렁거리는 거야, 저 외국인 여자, 저 이방인, 늙은 이방인 말이야."
나도 그 말에 확실히 동의한다. 나는 그런 표현을 사람들의 눈
에서 보아왔으니까. 또 스스로에게 묻기도 했다. "넌 도대체
이곳에서 무얼 하고 있는 거니?" 나는 항상 그렇게 묻곤 한다.

　노인들이 지나간다. 남루한 옷차림의 여인들도 개중에 있
다. 때때로 화장을 짙게 하고, 커다란 털 코트에 몸을 감싼 채
즐거운 표정으로 걷는 나이 많은 여인네들도 있다. 신사 한 분
이 커다란 유모차를 끌면서, 수탉처럼 뽐내고 걷고 있다. 그는
단추를 꼭꼭 채운 까만색 외투로 몸을 따뜻하게 감싸고 있다.
그의 목도리는 푸른색이 감도는 턱 아래로 잘 매어져 있다. 또
다른 남자가 눈에 들어온다. 먼저 본 신사와 똑같은 유형이다.
이 늙은 신사는 겨우 걷기를 시작한 어린 손녀와 놀고 있다. 그
가 손녀에게 소리쳐 말한다. "코에 물방울이 묻었네……." 아
이는 즐거운 비명을 지르며 도망가고, 그 뒤를 노신사가 잰걸
음으로 요란하게 따라간다. 노신사와 아이가 나무 뒤로 사라
졌지만 손녀를 부르는 노신사의 목소리는 계속 들린다. "이리
와. 네 코에 물방울이 묻었잖아. 물방울이 묻었다니까……."

　괜찮아, 나는 불행하지 않아. 그러나 나는 가엾은 고양이 한
마리를 기억한다.

　그건 내가 영국에 있을 때의 일이었다. 고양이 주인은 내가

살던 층에서 두 층 위에 살던 독일 미용사와 그의 영국인 아내였다. 고양이는 열등의식을 가지고 있었고, 학대받아 비참했던 기억을 잊지 못하고 있었다. 끔찍하게 생긴 고양이의 눈을 보고 있으면 그 콤플렉스를 볼 수 있었고, 고양이가 자신의 운명을 이미 알고 있다는 것도 느낄 수 있었다. 제 운명을 알고 있던 그 고양이는 살점이라고는 하나도 없이 깡말랐고, 다른 수고양이들의 사냥감이었다. 온 동네 수고양이들이 그 가엾은 고양이의 등 위에 올라 타 마치 1시를 가리키는 두 개의 시곗바늘 형태를 만들었다. 목에 난 상처는 날이 갈수록 심해 갔다. "더러워 죽겠어." 미용사의 영국인 아내가 말했다. "아무래도 잠을 재워야겠어." 고양이는 그 말을 알아들었는지 슬그머니 내 집으로 왔다. 고양이는 벽에 기대 웅크리고 앉아 그 끔찍한 눈으로 나를 응시했다. 목에 난 상처가 상당히 심했다. 고양이는 먹지도 않고, 쓰다듬어주면 으르렁거렸다. 고양이는 그저 구석 벽에 몸을 기대어 앉아 있었고, 계속 나만 쳐다보았다. 얼마 후 나는 도저히 그 고양이를 참을 수 없어 집 밖으로 몰아냈다. 처음엔 정말 가기 싫다는 듯이 그 신기한 눈으로 계속 나를 응시하더니, 고양이는 결국 집에서 나갔다. 그러나 일단 나가자 고양이는 마치 화살같이 층계를 내려가 버렸다. 온종일 나는 그 고양이 생각뿐이었다. 저녁때가 됐을 때 나는 이

웃에게 물었다. "그 불쌍한 고양이를 내 집에서 쫓아냈는데 걱정이 좀 되네요. 그 고양이 지금 괜찮은가요?" "얘기 못 들었어요?" 동네 사람들이 말했다. "자동차에 치여 죽었다우. 그레이너 부인이 고양이를 잠재우려고 병원으로 데려가려던 참이었는데, 고양이가 길가로 도망쳐 나갔다나 봐요." 그래, 고양이는 길가에 몸을 던졌고 택시에 치여 죽은 거야. 그 택시 기사가 은혜를 베풀었다고 해야지…….

나는 핸드백에 달린 거울에 내 얼굴을 비쳐본다. 4시에 돔에서 러시아 청년을 만날 약속이 되어 있다. 그는 반짝이는 푸른 눈을 가졌고, 확고한 걸음걸이로 걷는 그런 사람이다. 분명 그는 낙관주의자일 것이다.

우리는 돔에 앉아 위생과 인간관계에 대해 얘기를 나눌 것이다. 그는 이렇게 말하겠지. "인간은 잔인하지 않아요. 단지 독선적일 뿐이지요. 그들이 꼭 잔인하고 싶어서 잔인해지는 게 아니라고요." 그는 내가 어떤 걸 잘못 생각하는지 지적해 줄 것이다. 나의 논리가 어디서 삐걱대는지 설명해 줄 것이다. 아마도…….

거울에 비친 내 얼굴에서 나는 눈 밑이 꺼져 있는 것을 본다. 돔의 테라스에 앉아 페르노를 마시며 위생에 관해 얘기한다고? 눈 밑이 퀭하니 꺼져서?

시계탑의 시계가 시간을 알리고 있고, 나는 종이 몇 번 울리는지 세어본다. 4시다.

"이건 안 돼." 나는 생각한다. 이 모습으로 돔에 들어가 사람을 찾을 수는 없어. 아니야, 사양하겠어.

곧 나는 크게 후회를 한다. 나를 위로하기 위해 그가 무슨 말인가 했을 수도 있어…….

나는 아무것도 가진 게 없어. 내가 가진 것은 단지 마르고 약한 몸통을 가진 나무들뿐이야. 그리고 내 방에는 마르고 나약한 유령들이 있지. 그걸 빼면 나는 빈털터리야……. 슬픔이 기쁨보다 더 가치가 있지.

거울에 비친 내 눈이 꼭 고양이의 눈과 같다.

나는 미동도 없이 앉아 있다. 그렇다고 불행한 것은 아니다.

점점 어두워지고 있다. 공원 문을 닫을 시간이 돼가고 있다.

(저 늙은 여자가 도대체 여기서 무얼 하고 있는 거지?)

일어나, 일어나라니까. 먹고, 마시고, 걸어. 행진하듯 당당히 걸으라고……. 왜 당신은 그리도 슬픈가요?

내일은 꼭 머리에 염색을 해야겠다. 나는 누구에게 염색을 부탁할지도 결정했다. 그의 이름은 펠릭스다. 그러나 미용실의 위치를 정확히 모르겠다. 그래도 라파예트 백화점까지만 가면 거기서부터는 미용실로 가는 길을 찾을 수 있다.

미용실에 들어가면 펠릭스는 책상 앞에 앉아 있다. 그는 곱슬머리에 예민해 보이는 얼굴, 그리고 매우 부드러운 손길을 가졌다. 그는 까만색 벨벳 양복 윗도리를 입고 있다. 완벽한 예술가라고 할까? 앙투안의 라이벌이 될 수 있는 유일한 인물이다. 그 미용실의 창문에는 사인이 되어 있는 큼직한 사진이 걸려 있다. "오랫동안 내 머리를 아름답게 가꾸어주신 펠릭스 선생님께. 아드리엔 드림." 펠릭스가 직접 내 머리를 염색해줄 거라는 희망을 할 수는 없겠지만 훌륭한 다른 미용사가 해주겠지.

괜찮아. 내일이면 나는 다시 아름다워질 거야. 내일이면 나는 다시 행복해질 수 있을 거라고. 내일, 내일이면…….

*

나는 일어나 방으로 들어간다.[8] 그리고 문에 빗장을 건다. 나는 얼굴을 베개에 파묻고 눕는다. 다시 나가기 전까지 좀 쉴까 보다. 내가 침대에 누워 과거에 발생한 일들을 이불처럼 덮고 있는 한 내겐 아무 걱정도 없다. 무슨 걱정이 있으랴? 나중에 다시 오세요, 다시 오세요, 다시 오세요…….

층계를 금방 올라왔는데, 나는 층계를 또 내려가야 한다.

"방이 아직 준비가 안 됐는데요. 나중에 다시 오세요, 나중에 저녁 5시에서 6시 사이에 오세요."

"지금이 몇 시지요?"

"10시 30분이네요."

"용기를 가져요, 용기를. 아가씨. 모든 게 잘될 거예요."

나는 다시 층계를 내려간다. 계단의 난간을 잡고, 한 발짝 한 발짝씩 층계를 내려간다.

나는 택시를 잡는다. 택시 기사가 나를 보더니 주저주저한다. 아마도 그 사람은 내가 새로 뽑은 그의 멋진 자동차 안에서 아기를 낳으면 어쩌나 하고 걱정을 하는 것 같다. 그런 일이 발생한다면 얼마나 끔찍한가!

"그런 걱정일랑 마세요."라고 말해 주고 싶었는데. 몇 시간, 또 몇 시간이 지났는데도 아직 소식이 없다고 그녀는 말했지.

나는 다시 나의 호텔로 돌아와 층계를 힘겹게 올라간다. 층계 오르기가 정말 힘들다. 다른 사람도 이렇게 힘든 층계 오르기를 했을까? 물론이지. 가난한 여자들, 가엾은 가난뱅이 여자들. 그렇다 해도 이건 너무 힘들구나. 이런 모습을 해가지고 돌아다녀야 한다니. 오후 5시 30분까지는 아직도 멀었는데, 몇 세기가 지나야 5시 30분이 될 것인가?

내가 다시 층계를 올라갈 때 나는 사물을 명확히 볼 수도 없다. 눈이 흐려왔다.

"용기를 내세요, 아가씨. 아가씨가 들어갈 방이 준비되었어요."

방. 내가 누울 수 있는 침대 하나. 최악의 상태는 일단 지나갔다고 보아야 한다. 그러나 긴 밤이 나를 기다리고 있다. 끝없이 지속될 끔찍한 밤이……

"용기를 내세요, 용기를 잃지 마요." 그녀가 말한다. "모든 게 잘될 거예요. 지금 아주 잘하고 있어요……."

여긴 아주 재미있는 집이다. 여기저기서 여자들이 아기를 분만하고 있다. 지금도 최소한 두 여인이 분만 중이다.

"오! 주여, 주여!" 한 여인이 소리친다. "어머니, 어머니!" 또 다른 여인이 울먹인다.

나는 입을 꼭 다물고 있다. 내가 다시 입을 열기까지 얼마나 시간이 흘렀던가?

"마취해 주세요, 마취 주사를 놔주세요." 처음 입을 열었을 때 내가 한 말이다. 마취를 해준다면 나는 물론 응할 것이다. 그러나 여기서 어떤 의사가 마취를 해주겠는가? 여기는 가난뱅이 여자들이 모이는 곳이라는 걸 잊었어? 주님도, 어머니도 찾아오지 않는 곳, 마취 같은 건 생각할 수도 없는 곳…….

그럼 어떻게 하라는 거죠?

그저 이렇게 참는 거지요.

항상 그래요?

네, 언제나 그래요.

그녀가 다가와 내 이마의 땀을 닦아준다. 그러곤 무슨 말인지도 모를 말을 한다. 그래도 나는 그녀의 말을 다 알아듣는다.

나중에 다시 오세요. 다시, 다시……. 이런 일은 비일비재랍니다.

당신은 무엇이지요? 저는 도구예요, 사용되게 만들어진…….

그녀는 이 방에서 저 방으로 왔다 갔다 하면서, 용기를 주기도 하고 안심을 시키기도 하고 때론 야단을 치기도 한다. "더 힘을 주라니까." "용기를 잃으면 안 돼." 그녀는 그녀가 알고 있는 구닥다리 언어와 단어들로 말한다. 이제 더는 단어로서 존재하지도 않는 그런 말들로.

생각해 보면 그녀의 인생도 기묘하다. 나 같으면 그런 인생을 살고 싶지 않을 텐데. 그러나 그녀에겐, 그저 살아가야 할 인생이다…….

후에도 나는 잠들 수 없었다. 한두 시간 잠들었다가 깨어나 나는 돈 걱정을 했다. 내 아들을 위한 돈, 돈, 돈.

내가 내 아들을 사랑하느냐고? 가엾은 어린 악마. 내가 그 녀석을 사랑하는지 나는 모르겠다.

그러나 우리가 돈이 없다는 이유로 세상이 내 아들을 깔아뭉갤 생각을 하면……, 그건 정말 고문이다.

돈, 돈, 돈. 내 사랑스럽고 예쁜 아들을 위한 돈, 돈, 돈…….

나는 잠을 잘 수가 없어요. 젖이 불지도 않아요. 입은 바짝바짝 타요. 돈, 돈, 돈…….

"아니, 왜 잠을 안 자고 그래요? 이러면 안 돼요." 그녀가 말한다.

그녀는 아마 내가 왜 잠을 자지 못하는지 아는가 보다. 여기 있는 다른 산모들도 나와 똑같은 고민으로 잠 못 이루는 밤을 지내고 있으리라 내가 장담한다. (이 애가 *그냥* 아기인가? 이 아기는 *내* 아기다. 돈, 돈…….)

"왜 잠을 못 자고 그래요? 여기 계신 어린 신사분이 자꾸 울어서 그래요?"

"그게 아니라 아기가 거의 안 울어요. 나쁜 징조 아닌가요?"

"왜 그렇게 생각해요? 아니에요. 이렇게 잘생긴 아기를 가지고. 아주 예뻐요. 그런데 왜 잠을 못 자는 거예요?"

그녀의 눈은 아래로 처졌지만 아주 맑게 빛난다. 나는 맑고 처진 눈을 가진 사람을 좋아한다. 나는 내가 좋아하는 사람의 말에 귀기울일 수 있다. (제가 어떻게 했으면 좋을지 말해 주세요. 어떤 해결방안이 있나요? 어떻게 해야 할지 말해 주세요.)

그녀가 내 등을 토닥거리며 말한다. "아가씨가 괜히 걱정을 하는 거야. 모든 게 다 잘될 거라니까. 내가 오렌지 꽃을 우린 차를 보내줄 테니 그걸 좀 마시고 잠들어요. 잠을 자두어야 해요."

이 불행한 아기에게 젖을 먹일 기회도 나는 갖지 못했다. 아기는 밖으로 안겨 나가 네슬레 회사가 만든 분유로 배를 채웠나 보다. 그래서 나는 잠들 수 있었다.

다음 날 아침 그녀가 다시 들어왔다. "이제 내가 아가씨를 출산 전 모습으로 돌려놓도록 할 거예요. 아기를 낳은 흔적도, 어떤 표시도 없게."

생각해 보니, 그게 바로 그녀가 내게 주는 해결책이었나 보다.

그녀는 붕대로 내 몸을 매우 세심하게 꽁꽁 묶듯 감았는데, 아주 불편했다. 그녀는 이 일이 따로 돈을 받고 해주는 거라고 귀띔했다. 원래는 비싸게 값을 매긴다고 했다.

"파리에서 나보다 이 일을 잘하는 사람은 없을걸. 어떤 의사보다, 심지어 이걸 업으로 삼아 선전하는 그런 사람들보다도 내가 잘하지. 파리에서는 나보다 잘하는 사람이 없다니까."

나는 일주일간이나 이놈의 붕대에 감긴 채 꼼짝 못하고 누워 있었다. 그리고 그 울지 않는 아기도 나처럼 붕대로 꽁꽁 묶인 채 누워 있었다. 작은 미라처럼.

이제 나는 내 아들을 팔에 안고 얼굴을 들여다보고 싶다. 믿을 수 없을 정도로 새하얀 사랑스러운 이마, 금가루를 뿌려 희미하게 그려놓은 듯한 눈썹.

그때는 정말 이상했다. (빨강색과 파랑색으로 꽃무늬가 그려진 커다란 잔에 아침마다 커피를 마셨지만 나는 항상 목이 말랐다.) 그러나 불안감, 불안감……. 아기들은 다 이렇게 예쁘고, 이렇게 창백하고, 이렇게 조용한 건가? 다른 아기들은 아침부터 밤까지 소리쳐 울어 젖히는데. 불안해…….

내가 붕대가 불편하다고 불평을 하자, 그녀가 말한다. "내가 약속했지요. 그걸 풀면 아가씨가 분만 전하고 똑같이 된다고." 그랬다. 그녀가 붕대를 모두 풀어주었을 때 내 배에는 주름 하나, 흉터 하나, 심지어 터진 자국 하나도 보이지 않았다.

5주 후, 나는 주름 하나, 흉터 하나, 터진 자국 하나 없는 예전 모습을 되찾았다.

그리고 거기 내 아들이 누워 있다. 손목에 꼬리표 하나를 달고. 병원에서 사망했음. 나는 거기 서서 죽은 내 아들을 내려다본다. 주름 하나, 흉터 하나, 터진 자국 하나 없는…….

*

미용사는 "자, 보세요, 사모님."이라고 말하며 머리 염색을 끝낸다.

그는 내 머리칼을 만져보며 한참이나 생각한다. 그러더니 "제가 사모님이라면, 저는 조금도 주저하지 않을 겁니다. 잿빛이 도는 금발로 하세요."

아마 그 표현이 가장 맞을 것이다. 제가 부인이라면, 저는 절대 주저하지 않을 겁니다.

그는 내 머리칼을 부드러운 손길로 어루만진다. 비누 냄새, 향기, 헤어로션, 옆 의자에 앉은 손님의 머리를 말리는 헤어드라이어의 소음, 내 머리칼을 쓰다듬는 그의 손길. 잠이 올 것 같다.

"좋아요." 나는 부루퉁한 소리로 대답한다. (또 시작하시는군. 또 그 얘기야.)

물론, 염색 과정을 내 눈으로 직접 볼 수는 없다. 나는 잡지들을 뒤적인다.《페미나》,《일러스트레이션》,《이브》. 나는 다시《미용사》,《미용기술》,《미용사들의 주간지》를 집어든다. 미용사들의 주간지라니 신기한 잡지군. 이 잡지에는 독자들의 질문과 전문가들의 대답을 담은 '꿀 벌통'이라는 섹션이 상당한 페이지를 차지하고 있다.

달나라의 피에레트 클레르. 당신의 편지 내용은 정말 얼토당토않군요. 그런 방법으로는 결코 살이 빠지지 않아요, 결코. 인생이란 그리 쉬운 게 아니지요. 인생은 어려운 거예요. 지금 나이에 마른다는 것은 아주 어렵지요. 하지만…….

애기 엄마. 결코 안 되지요. 당신은 이성적이지 못하시군요. 사랑 때문이라곤 하지만, 사랑과 결혼은 별개지요. 딱하기도 해, 결혼이라니. 결혼은 정말 별개의 것이라니까요. 여태까지 그걸 몰랐다면, 당신도 곧 알게 될 거예요. 그럼에도 불구하고
…….

아니에요, 아니에요. 인생이 이렇게 어렵답니다. 자신을 속이지 마세요. 인생에 대해 환상을 가지지 마세요. 이 세상에 쉬운 게 어디 있겠어요. 그렇지만, 희망은 있답니다. (5페이지를 읽어보세요.) 또 다른 희망도 있지요……. (9페이지를 펴보세요.)

　미용사가 내 머리에서 헤어드라이어를 치웠을 때 나는 늘어진 가슴을 올려붙이는 수술을 받은 여인이 쓴 글을 읽고 있었다.

"자, 보세요!" 미용사가 말한다.

"그래, 이거야. 잿빛이 도는 금발. 성공적으로 색이 나왔어."

　처음에 나는 이 젠장할 머리 색깔 때문에 며칠간 이 생각만 하게 되겠구나고 생각했었는데, (괜찮아? 못쓰겠어?) 택시를 잡아타고 몽파르나스에 도착했을 때쯤 해서 나는 머리에 대해 까맣게 잊어버리고 말았다.

　나는 아무것도 먹고 싶지 않았다. 어제 했던 대로 뤽상부르 공원에 들어가 한참 동안 앉아 있어야겠다고 마음먹었다. 이렇게 마음이 평온할 수 있다니 정말 신기하다. 내가 마치 어떤 마력에 사로잡혀 있는 듯하다. 나쁜 마력에 걸린 게 아니라, 지금처럼 나를 평온하게 만드는 좋은 마력 말이다. 그쪽 길이 아니고 이쪽이라니까. 단지 춤만 추면 돼. 음악은 내게 맡기고 ……. 그래, 그렇게.

　메디치 분수 속에는 물고기가 놀고 있다. 빨간색 물고기도 있고, 황금색이 나는 물고기도 있다. 물고기 네 마리가 너무나 외롭게 떨어져 놀고 있다. 갓 사다 넣은 것들인가 보다. 그렇지 않으면 전에는 많은 물고기가 있었지만, 다 죽고 네 마리만 남아 더 많은 물고기들을 사다 채웠는지도 모르지.

나는 오랫동안 그곳에 서서 그 외로운 물고기 네 마리를 관찰한다. 많은 사람이 지나가다 발길을 멈추고 분수 속의 물고기들을 바라본다. 우리는 나란히 줄 서듯 서서 붉은색, 황금색의 물고기들을 바라본다.

*

오늘 오후에는 모자 하나를, 내일은 옷을 한 벌 사야겠다고 생각한다. 나를 변화시키는 일을 행동에 옮겨야만 하겠어. 그러나 나는 거기 꼼짝 않고 앉아 있다. 유모차를 끌고 가는 남루한 옷차림의 늙은 여인들과, 단추를 꼭꼭 여민 까만색 외투를 입은 늙은 신사들이 오고가는 모습을 감상하며.

인간 군상의 움직임 사이에서 한 사람이 이탈하나 했더니 그가 내 쪽으로 걸어온다. 그가 내 가까이에 와서 손을 내밀 때까지 나는 그가 누구인지 알아보지 못했다. 우울한 얼굴을 한 러시아 청년이다.

그도 단추를 단단히 채운 까만 외투를 입고 있다. 오늘 그는 까만색 펠트 모자까지 쓰고 있다. 유모차를 끄는 다른 아버지들과 같은 모습이다. 흐트러진 데라고는 하나도 없는 모습. 매우 점잔 빼는, 존경스럽게 보이는 아버지들 같다. 그는 내게 고개를 숙여 인사를 하고 악수를 한다.

"괜찮지요?" 그는 의자를 내 곁으로 바짝 가져다 놓는다.

"어제 제 친구를 만나러 돔에 안 가셨지요?"

"안 갔어요. 미안해요. 제가 몸이 좀 아파서."

"친구가 화가 났어요. 상대를 바람 맞히는 것은 잘하는 일이 아니라고 그 친구는 생각하는 거죠. 그가 말하길……."

그가 웃기 시작한다.

"뭐라고 했는데요?"

"아주 화가 났어요. 오늘 아침에는 불평하는 편지를 썼더라고요."

"나도 내 자신에게 화가 났지만, 아픈데 어떻게 갈 수가 있겠어요."

내 얼굴을 응시하며 그가 말한다. "약속이 있으면, 저는 항상 그걸 지키지요. 심지어 그 친구가 그곳에 오지 않으리라는 걸 알아도 저는 나가니까요."

"그러세요? 제가 생각하는 러시아 사람의 이미지와는 사뭇 다르시군요."

"러시아 사람, 러시아 사람. 왜 당신은 러시아 사람들이 다른 나라 사람들과 다르다고 생각하는 거죠?"

그는 우크라이나에서 왔다고 말한다. 그는 우크라이나가 여름엔 덥고 겨울엔 몹시 춥다고 말한다. 그러더니 그는 러시아 인이나 러시아라는 나라 그 자체에 대해서는 슬그머니 말꼬리를 흐린다. 그는 자신에 대해서 말할 때만 수다스럽다. 그는 프랑스 국적을 획득했고 프랑스 군대에도 갔다 왔다고 설명한다. 니콜라스 델마가 자신의 이름이라고 소개하지만 델마라는 이름은 전혀 러시아 이름 같지가 않다. 어쨌든 그게 자신의 이름이라며, 《르 주르날》 한 귀퉁이에 주소와 이름을 함께 써서 내게 준다. 델마는 몽루주에 살고 있다. 그의 가족 중 하나가 아프기 때문에 몹시 슬프다고 했는데, 그게 어머니였던가, 여동생이었던가? 아니 아주머니였나?

"그렇지만 나는 나를 슬프게 하는 것들을 잊을 수 있어요." 그가 말한다. "매일 나는 라탱 구역까지 걷지요. 그렇지 않으면 뤽상부르 공원 안을 산책하거나. 나는 슬픈 일들을 잊을 수 있어요."

그는 천천히, 생각하며 프랑스어로 말한다. 그래서 나도 내 프랑스어 실력에 자신감을 가질 수 있다. 우리는 철학적 토론에 몰두하곤 한다.

그가 입을 연다. "나는요, 인생을 이렇게 봐요. 누가 내게 '

태어나고 싶어서 태어났느냐?'고 물으면 내 대답은 '아니다.'
예요. 분명 나는 그렇게 대답했을 텐데, 단지 아무도 내게 그
걸 묻지 않았지요. 내가 여기 있는 것은 나의 의지가 아니에
요. 내 일생에서 발생한 대부분의 사건들은 내가 의도해서 발
생한 것이 아니지요. 그래서 나는 내 자신에게 항상 이렇게 말
한답니다. '너는 네가 부탁해서 태어난 것이 아니다. 세상을
이렇게 만든 것은 네가 아니다. 네 지금의 모습도 네가 만들지
않았다. 그러니 네 자신을 괴롭히지 마라. 그저 인생을 있는
그대로 받아들여라. 너는 그럴 권리가 있잖느냐? 너는 세상을
이 꼴로 만든 죄 많은 자들 중 하나가 아니니까.' 우리가 부자
도, 힘 있는 자도, 권력 있는 자도 아니라면 우리는 죄 지은 자
도 아니라고 생각해요. 그렇기 때문에 우리는 인생이 돌아가
는 대로 그냥 수용하고, 능력껏 행복하게 살면 되는 거지요."

그가 말하는 동안 내게도 이상한 생각이 슬슬 들기 시작한
다. 그래, 어쩜 그가 맞아……. 자, X 씨, 당신이 태어날 차례입
니다. 저 아니에요, 전 태어나고 싶지 않다고요. 그럼 좋아요.
자, Y 씨, 가서 태어나도록 하세요. 누군가는 태어나야 하니까
요. 빨리, 빨리, 서둘러주세요. 아니, Y 씨가 어디 갔나요, 숨었
다고요? 그럼, Z 씨, 당신이 가서 출생하셔야겠군요. 매 분마
다 하나씩, 그렇지 않으면 매 초마다 그렇게 인간은 태어나는

건가?

"그렇지만 부자가 되고 싶지는 않으세요? 힘 있는 자, 권력 있는 자가 되고 싶지 않으세요?"

"아니요. 이젠 그런 소망 없어요. 나는 그저 나로서 살고 싶어요. 현재의 나의 상태로 살고 싶어요. 부자도, 힘 있는 자도, 권력 있는 자가 되는 것도 원하지 않아요. 죄 지으며 살고 싶지 않으니까요. 나는 내가 죄 많은 자가 아니라는 걸 알고 있으니까, 그저 행복하게 살기를 소망해요."

우리는 이런 내용의 토론을 한참이나 계속한다. 나는 이 사람이 도대체 무얼 하는 사람인지, 어떤 사람인지 궁금하다. 그의 모습으로 보아 고정된 아주 작은 수입에 의존해 살고 있는 듯하다. 내가 그런 생각을 하고 있을 때, 그는 자신이 젊음의 생동감을 좋아하기 때문에 파리에서 라탱 구역을 특히 좋아한다고 말한다. 그가 그런 말을 할 때 나는 그를 뚫어지게 바라보았다. 그러나 그는 딴 의미가 아니라 단지 젊음을 좋아한다는 뜻으로 말한 것이다.

"그래요. 저도 젊음이 좋답니다. 그게 싫은 사람이 어디 있겠어요? 이곳이 바로 그런 젊음이 넘치는 곳이지요. 유모차에 아기들, 그 외에도 여러 가지."

"나는 몽마르트르에는 거의 안 가요. 딴 데는 별로 가는 데가 없어요. 이곳이 파리에서 내가 제일 좋아하는 곳이니까요. 라탱 구역과 몽파르나스."

"나란히 뻗어 있는 길인데도 두 지역이 너무나 다르지요?"

"혹시 이런 걸 느껴보셨나요? 파리의 한 지역에서 다른 지역으로 옮겨가면, 마치 한 마을에서 완전히 다른 마을로 간 것처럼 다르다는 걸. 심지어는 한 나라에서 다른 나라로 옮겨가는 것 같아요. 사람도 다르고, 분위기도 다르고, 여자들의 옷차림도 다르다니까요."

나는 내가 이 사람을 왜 별로 좋아하지 않는지 모르겠다. 아주 부드럽고, 체념한 듯 우울한 이 남자. 서른을 겨우 넘었을 젊은이에게서는 흔히 찾아볼 수 있는 모습이 아니다. 혹 그가 본질 자체가 아니라 본질 주변을 맴도는 메아리 같다고 느끼기 때문인가? 어떤 때는 그가 메아리 같은 존재라서 별로인 것 같고, 때론 그가 정말 좋기도 하다. 내가 평생 가져보지 못한 남동생이나 오빠 같은 기분이 들기도 하니까.

"몽파르나스도 많이 변했어요. 처음 보았을 때와 지금은 많이 달라요. 내가 처음으로 파리에 왔었던 때가 전쟁 바로 직후였거든요." 나는 생각 없이 함부로 말해 버린다. (젊음이 그리도 좋다고 했으니 지금 내가 한 말은 듣고 생각 좀 해봐야겠군.)

"1차대전 직후에 여길 오셨다고요?"

"그래요. 죽 파리에 살다가 5년 전에 영국으로 갔어요."

"틀림없이 많이 변했겠지요. 많이 변했겠군요."

그는 입술을 쭉 빼물고 고개를 절레절레 흔들며 말한다.

"끔찍할 정도로 변했어요. 그러나 나는 사물들이 정말 변한다는 말을 믿지 않아요. 사람들이 변한다고 생각할 뿐이지요. 모든 게 반복해서 왔다갔다할 뿐이라고 생각해요."

"부인, 추우신가 봐요. 떨고 계시네요. 빵집에 가서 뜨거운 코코아라도 한잔 하시겠어요? 가까이에 좋은 곳이 있는데."

"카페에 가서 술을 한잔 하는 게 내겐 더 좋을 것 같은데."

나는 그가 내 생각을 별로 좋아하지 않으리라는 걸 안다. 그러나 그는 말한다. "그래요, 그럼. 자, 가요."

이번에 나는 실수하지 않고, 술집 주인의 태도가 중립적인 곳으로 들어간다.

우리가 카페의 한쪽 구석에 자리를 잡고 커피와 고급 브랜디를 각자 한 잔씩 시켰을 때 그가 말한다. "제가 부인을 보며 무슨 생각을 하는지 아세요? 제 생각에는 부인이 아주 외로운 분인 것 같아요. 나는 잘 알아요. 왜냐하면 나도 오랫동안 외롭게 살아왔기 때문이지요. 나는 그때 아무도 만나고 싶지 않았어요. 그러다 어느 날 이런 생각이 들더군요. '아니다. 이렇게 살면 안 돼.' 이제는 아주 많이 밖으로 돌아다녀요. 억지로라도 그렇게 하려고 노력하며 살아요. 이제 친구도 많아요. 이젠 전혀 외롭지 않고, 전보다 훨씬 행복해요."

그 방법은 간단하고 쉬운 것 같다. 런던으로 돌아가면 나도 그 방법을 사용해 봐야지.

"지난밤에 보았던 그 친구 분, 괜찮던데요?" 내가 말한다.

"아! 그래요." 그는 고개를 끄덕이며 말한다. "그런데 그 친구가 화가 났어요. 게다가 아주 나쁜 소식을 접했기 때문에……. (안경 없이도 다 볼 수 있답니다. 나도 알고 있어요.) 제가 친구가 많거든요. 원하시면 제 친구들 모두를 소개해 드릴게요. 그래도 되나요? 그럼 부인께서도 전혀 외롭지 않게 될 거고, 지금보다 훨씬 행복해질 수 있을 거예요."

"그렇지만 그들이 나를 좋아할지……. 친구들 말이에요."

"물론이지요. 절대적으로."

이 젊은이는 정말 나를 편안하게 해주네. 미용사가 날 편안하게 해줬던 것처럼.

"저하고 같이 가셔서 제 친구 하나를 만나 보시겠어요? 화가예요. 제 생각에는 부인께서 그 친구를 좋아하실 것 같은데. 그 친구는 항상 명랑하고 누구하고도 말을 잘 하거든요. 그래요, 세르게이는 누구든 다 이해하니까요. 아주 특별하죠." (그리고 왕자님이건 창녀건 이해하려고 최선을 다하겠군.) "그러나 근본적으로 말하면, 그는 모든 것을 다 무시하고, 세상 모든 사람들을 무시하고 있어요."

들어보니 괜찮은 사람 같긴 해.

"그래요. 만나보고 싶어요. 하지만, 오늘 오후에는 안 되겠는데요. 모자를 하나 사러 가려던 참이었거든요."

"그럼 내일 오시겠어요?"

우리는 다음 날 오후 4시에 만나기로 약속한다.

바뱅 가에 좋은 모자 가게가 하나 있었는데.

그 모자 가게는 이제 없다. 나는 뒷골목에 있는 공터를 따라 목적 없이 걷고 있다. 물론 그곳엔 모자 가게가 하나도 없는데도. 나는 이제 모자 가게들로 흥성거리는 거리를 따라 걷는다. 비르지니, 조제트, 클로딘……. 나는 첫 번째 가게의 쇼윈도 안을 들여다본다. 손님이 하나 있다. 반쯤은 염색이 남아 있고, 반쯤은 흰머리로 덮인 그녀의 머리는 단정치 못해 보인다. 내가 보고 있는 동안 그녀는 모자 하나를 쓴 뒤에 거울 속 자신의 얼굴을 보고 낯을 찡그리더니 썼던 모자를 재빨리 벗는다. 그리고 이런 행동을 몇 차례 반복한다. 그녀의 표정은 끔찍하다. 굶주린 듯한 표정을 짓다 절망적인 표정으로 바뀌고, 또 희망적인 표정을 짓기도 한다. 확실히 좀 광기에 가깝다고나 할까? 금방이라도 그녀가 광녀의 웃음을 웃어 젖힐 것 같다.

나는 가게 밖에서 안을 들여다보고 있다. 도저히 몸을 움직여 안으로 들어가지 못하겠다. 손님은 아직도 이 모자를 썼다 저 모자를 썼다, 거울을 보며 얼굴을 찡그렸다 쓴 모자를 벗어 버렸다 하는 행동을 계속하고 있다. 그녀를 바라보고 있자니 나는 미래의 내 모습을 미리 보는 듯하다. 5년 후, 혹은 6년 후 내 모습이 혹 저렇게 변하는 건 아닐까?

그러나 그 손님보다 더한 인간이 있다. 하얀 얼굴에 새까만 머리, 퉁퉁한 몸매에 밉살스럽게 생긴 판매원이다. 그녀는 아주 평온한 태도를 유지하지만, 비웃는 듯한 표정을 지으며 손님에게 이것저것 모자를 집어주고 있다. 그녀의 혀가 입속에서 데굴데굴 구르고 있다는 걸 보지 않아도 알 수 있다. 그녀를 보고 있자니 부패한 영혼을 지닌 악마를 보는 것 같은 느낌이 든다. 내가 결국 손님이나 판매원 중 하나와 같은 인간이 되어 인생을 마치게 될 운명이라면, 나는 차라리 아주 못난 할망구가 되기를 선택하리라.

내가 입을 벌린 채 두 여자를 바라보고 있다는 걸 깨닫자, 나는 그 자리를 뜬다. 마음이 동요되고 용기가 꺾였다. 그때 나는 델마가 한 말을 기억한다. "우리가 부탁해서 태어난 게 아니잖아요. 세상을 이렇게 만든 건 우리가 아니에요. 현재의 우리 모습도 우리가 만들지 않았답니다. 나는 죄 짓고 사는 사람들 중 하나가 아니라고요. 그러니 나도 권리가 있지요…….”

이 길에는 적어도 열 개의 모자 가게가 있다. 나는 길 맨 끝에 있는 가게, 그중에서도 왼쪽에 있는 곳으로 들어가야겠다고 마음먹는다. 왠지 그곳에서 행운을 잡을 수 있을 것 같다.

판매원이 말한다. “요즘 만드는 모자는 쓰기가 아주 불편하게 돼 있어요. 손님들이 다 그렇게 말씀하세요.”

이 가게는 아까 그 가게보다 훨씬 크다. 나란히 서 있는 두 개의 거울 위로 아주 잔인한, 그리고 세련되지 못한 전깃불이 비친다. 길게 뻗은 방의 다른 한쪽은 컴컴하다.

판매원은 그 어두운 곳으로 사라졌다가 모자들을 들고 나오기를 반복한다. “우리 집에 오시는 손님들이 모두 불평을 하세요. 요새 모자들이 왜 이렇게 쓰기에 불편하냐고요. 그렇지만, 손님이 원하시는 모자를 제가 꼭 찾아 드릴게요.”

거울 속의 내 모습에서 나는 아까 보았던 그 여자 손님 같은 표정을 발견한다. 좀 정신이 나간 그런 여자의 표정.

“맙소사, 그건 안 되겠어요.”

나는 거울에 비친 판매원의 얼굴을 의심스러운 눈길로 본다. 저 여자가 나를 조롱하는 건 아니겠지? 그녀의 얼굴엔 자존심이 발동한 여자의 표정이 나타난다. 내가 이 가게의 문을 나서기 전에 저 판매원은 내게 꼭 어울리는 모자를 찾아오든지, 그렇지 않으면 만들어라도 줄 것 같다. 그녀의 눈에서 이런 결심을 보았기 때문에 나는 그녀를 신용하리라고 마음먹는다. 나도 마음이 잔잔해진다.

"저……, 어떤 게 나한테 더 어울리는지 고르지 못하겠어요. 어떤 걸 사야 할까요?"

"제가 보여 드린 첫 번째 거요." 그녀가 주저하지 않고 말한다.

"어머나, 그건 아닌데."

"그럼, 세 번째 거요."

내가 세 번째 모자를 썼을 때 그녀가 말한다. "제가 강요하는 건 아니지만, 그게 손님 모자네요."

내가 의심스러운 표정으로 모자를 다시 보자 그녀가 나를 주시한다. 그러나 그녀의 표정은 전혀 놀리는 표정이 아니다. 내게 어울리는 모자를 열심히 찾아주려는 표정이다.

"모자를 쓰고 방을 이리저리 걸어보세요. 그 모자를 쓰고 있으니 마음이 행복한지 보시라고요. 그 모자에 곧 익숙해질 수 있을지 보세요."

가게에는 우리 둘뿐이다. 밖은 이제 깜깜하다. 이 괴상한 예식을 치르고 있는 사람은 우리 둘밖에 없다.

그녀가 또 말한다. "저는 손님들에게 제 의견을 고집하는 버릇은 없어요. 그러나 일단 손님께서 이 모자에 익숙해지시면 절대 산 걸 후회하지 않으실 거예요. 이 모자가 정말 내 것이구나 하고 생각하게 되실 겁니다."

이 판매원을 신뢰하리라고 마음먹었었지. 그러니 그렇게 할 거야.

"이 모자가 꼭 마음에 들지는 않지만, 그나마 괜찮은 게 이것밖에 없네요." 나는 살 걸 결정했다는 목소리로 말한다.

나는 거의 두 시간가량을 그 가게에서 보냈다. 그러나 판매원의 눈길은 아직도 친절하다.

나는 값을 지불하고 모자를 쓴다. 그녀에게 나와 함께 저녁을 하겠냐고 묻고 싶은 맘이 굴뚝같았지만 나는 감히 그렇게 하지 못한다. 내가 잘하는 즉흥적 행동이 이젠 맥을 못 추는 모양이다. (내가 그런 즉흥적인 끼를 가지고 있긴 했나? 물론이지. 내 생각에는 지금도 때때로 그런 것 같아. 번쩍하고 섬광처럼 일을 저지르곤 하니까. 내가 만일 그녀에게 식사를 같이하자고 말했다면, 그녀는 거절했을 거다.)

그녀는 내 모자를 머리 위에 잘 고정시켜 준다. "잊지 마세요. 이 모자는 앞쪽으로 그리고 비스듬히 쓰는 거예요. 자, 이렇게 말이에요."

그녀는 아직도 미소를 잃지 않은 채 나를 배웅한다. 흔히 보는 손님이 아니야, 외국인이 틀림없어……. 그녀가 마지막으로 말한다. "요새 모자는 쓰기에 아주 불편해요. 저희 가게에 오는 손님들이 불평을 하세요."

모자를 사서 쓰고 나니 전보다 더 행복하고 더 정신이 맑아진 것 같다. 나는 가까이에 있는 식당에 들어가 배불리 먹는다. 그러면서 조심스럽게 주변 사람들의 눈치를 살핀다. 이렇게. 나를 쳐다보는 사람은 없다. 좋은 조짐이다.

내 테이블 가까이에 앉은 남자가 오늘 저녁 극장엘 가려고 한다면서 내가 보던 신문을 잠깐 빌릴 수 있냐고 묻는다. 그러더니 내게 말을 걸기 시작한다. "이것도 괜찮은 일이야……. " 내가 생각한다.

*

식당에서 나와 오데옹 광장으로 들어서자 행복한 느낌이 나를 감싼다. 새로 염색한 머리, 새 모자, 배불리 먹은 저녁, 포도주, 고급 브랜디, 커피 그리고 파리의 저녁이 내뿜는 냄새, 이 모든 것들이 나를 행복하게 한다. 오늘 밤은 그 짐승 같은 주인이 있는 작은 술집에는 안 갈 거다. 안 가고말고. 오늘 밤엔 음악이 흘러나오는 그런 술집으로 갈 거야. 사람들로 홍성거리는 그런 곳. 춤을 추는 사람들로 꽉 찬 곳으로 갈 거야. 그런데 그런 곳이 어디에 있지? 나 홀로, 어디를 갈 수 있단 말인가? 우선 술 한잔을 마시고 나서 어디로 갈지 연구해 봐야 할까 보다.

돔엔 안 가. 돔은 피해야 해. 그런데, 결국 나는 돔으로 간다.

테라스는 사람들로 북적댄다. 그러나 안에는 별로 사람이 많지 않다. 어쩌자고 내가 여길 왔지? 초창기 때를 제외하곤 나는 늘상 이 장소를 싫어했는데. 처음에는 그래도 괜찮았지. 그땐 벨벳 벽지가 이렇게 화려하지도 않았고, 사람들이 땅에 침을 뱉을 수 있게 바닥은 흙이었는데. 그땐 그래도 멋이 있었어.

나는 술값을 치르고 밖으로 나온다. 길을 건너기 위해 기다리고 있는데 누군가가 내게 말을 건다.

"실례지만, 말씀 좀 드려도 될까요? 영어 하시죠?"

나는 대답하지 않는다. 우리는 나란히 서서 길을 건넌다.

"제발 부인과 대화를 나누게 해주세요. 정말 소원입니다."

특별히 어디가 이상한 건지 집어낼 수는 없지만, 그의 영어는 약간 이상하다. 그의 얼굴을 보자 나는 금방 그를 알아본다. 그는 돔에서 내 반대편 구석 자리에 앉아 있던 사람이다.

“카페에 들어가 이야기를 나눌 수 없을까요?”

“그럽시다. 안 될 게 뭐 있겠어요.”

“그럼, 어디를 간다?”

그가 꼬장꼬장한 목소리로 말한다.

“제가 파리를 잘 몰라서요. 제가 이곳에 도착한 것이 겨우 어제저녁이거든요.”

“그래요?”

나란히 서서 걸으며 나는 곁눈질로 이 남자가 어떤 인간인지 가늠해 보려고 노력하지만 통 알 수가 없다. 보통 처음 만난 남자들이 그러하듯 이 남자는 내가 만만한지 아닌지 분석하려 하지 않는다. 대신 그 자신을 내게 과시하려고 애쓴다. 자신의 인간됨을 보여 주려는 듯하다. 인물은 상당히 잘생겼다. 나는 그걸 이미 돔에서 알아차렸었다. 그렇지만, 그는 불안해 보이고 약간 어색한 웃음을 짓는다…….

그랬군. 이제 알아차렸어. 오, 하느님. 내가 그렇게 보이나? 내가 몽파르나스를 어슬렁거리며, 데리고 재미를 볼 젊은 남자를 사냥하는 돈 많은 아줌마로 보이는 건가……? 내가 종일 나를 가꾸기 위해 겪은 모든 행위의 궁극적 모습이 결국 나를 그렇게 보이게 했나? 그랬나 보군.

이 남자에게 꺼져버리라고 할까? 지옥의 불구덩이에 빠져

버리라고 할까? 그런데 생각해 보니 이 남자가 그동안 내가 남자에게서 받은 모욕을 앙갚음할 인물일 수도 있잖아?

다정하게 말을 나누고 그들을 동정하는 척하고 있다가, 그들이 아무것도 의심하지 않을 때 이렇게 말해 주는 거야. "지옥으로 꺼져버려!"

우리가 라일락 동산이라는 카페 앞을 지날 때 그가 말한다.

"여기 좋은 카페가 있네요. 여기 들어갈까요?"

"좋아요. 그런데 사람이 많군요. 우리 테라스에 앉아요."

테라스가 춥고 어두워서인지 사람이라곤 하나도 없다.

"술 드시겠어요?"

"우선 웨이터를 불러야지요. 테라스까지 나와 보지는 않을 테니까."

"제가 불러오지요."

그가 카페 안으로 들어가더니 브랜디 두 잔을 들고 웨이터와 함께 나온다.

그가 말한다. "이렇게 느껴본 적 있으세요? 누군가와 대화를 나누고 마음속의 모든 걸 털어놓지 않으면 죽을 것 같은 기분."

"어떤 기분인지 상상할 수 있어요."

그는 나를 바로 쳐다보지 않는다. 그러고 보니 그가 나를 똑바로 쳐다본 적이 한 번도 없다. 그는 앞만 똑바로 보며 말한다. 이런 말을 하기 위해 모든 힘을 모으는 사람처럼. 그는 이제 준비한 것을 말할 거다. 나도 이런 일을 많이 해봤기 때문에 딴 사람이 이렇게 하는 걸 바라본다는 게 흥미롭기까지 하다.

"그런데 왜 나와 대화를 나누고 싶은 거죠?"

그는 이렇게 말하리라. "부인께서 친절한 분으로 보여서요." 그렇지 않으면 "부인께서 너무 아름답고 또 친절하셔서……." 그렇지 않으면 "부인께서 모든 걸 이해해 주실 분 같아서."

그가 입을 연다. "부인께서 저를 배반하지 않을 분이라고 생각돼서요."

나는 이 남자가 이야기 보따리를 풀어놓고 내게 모든 걸 말하게 만들려는 계획이었다. 그러고는 못된 영국인의 기질을 고수하여 그동안 내가 받아온 상처를 그에게 보복하려고 마음먹었다……. "왜냐하면 저를 배반하지 않으실 것 같아서……. 저를 절대 배반하지 않으시리라고 생각이 돼서……." 이제 못된 영국인의 기질을 고수하기가 힘들어진다.

"물론 댁을 배반할 이유가 없지요. 내가 왜 그런 짓을 하겠어요?"

"안 그러시겠지요. 왜 그러시겠어요."

그가 목을 뒤로 젖히고 크게 웃는다. 자기의 멋진 치아를 자랑하려는 행동이다. 동시에 내가 그를 배반할 수 있는 가능성을 생각하고 웃는 것일 수도 있다.

"아주 멋있군요. 아주 아름다운 치아를 가졌어요." 나는 목소리에 무례함을 담아 응수한다.

"네, 저도 알아요." 그는 아주 당연하다는 듯 대답한다.

그러나 내가 그의 감정을 건드린 것 같다. 그는 술잔을 비우더니 다시 말을 시작한다.

"저는 프랑스 사람들이 말하는 이른바 **나쁜 남자**지요."

"그렇지만 나는 그런 사람들이 좋은데. 나는 **나쁜 남자들**이 좋더라."

처음으로 그가 나를 똑바로 쳐다본다. 이제 그는 눈을 돌리지 않는다. 그러나 목소리는 전처럼 불안하다. "저는 고향에서 큰 사건에 말려들었거든요. 그래서 도망쳐 나왔어요."

"저는 캐나다인이에요. 정확히 말하면 프랑스계 캐나다인이라고 해야 하지요."

"프랑스계 캐나다인이라고요? 알겠어요."

"우리 술 한 잔씩 더 할까요?"

또다시 그는 카페 안으로 들어가 웨이터를 부르고 술을 주문해야 했다. 이제 브랜디의 술기운이 슬슬 돌기 시작한다. 양팔과 양다리에 술기운이 퍼져 정신이 알딸딸해진다.

나는 그가 주절대는 이야기에 귀를 기울인다. 그의 이야기는 이러하다. 그는 외인부대에 입대했다. 그리고 3년간이나 모로코에 주둔했다. 그러나 도저히 견딜 수가 없어 스페인(프랑코가 다스리는 스페인)을 경유하여 프랑스로 도망온다. 외인부대를 빠져나온 지는 얼마 되지 않는다. 외인부대, 외국인, 부대…….

"정말 운이 좋았지요. 그렇지 않고서야 불가능한 일이지요. 바로 어젯밤에 파리에 도착했어요. 지금 저는 오르세 역 옆에 있는 작은 호텔에 머물고 있지요."

"외인부대에 있는 게 그렇게 힘들어요? 사람들이 다 힘들다고 하던데, 그리 힘들던가요?"

"사람들이 외인부대에 대해 거짓말을 많이 하지요. 그렇지만, 저는 더 참을 수 없었어요. 제 말을 믿지 않으시는군요. 제가 말씀드리는 어떤 것도 안 믿으시는 거죠? 가장 믿기 힘들다고 생각되는 바로 그것이 실제로는 진실이랍니다."

물론이다. 그건 나도 알고 있다……. 우리는 조심스럽게 곁가지가 다듬어지고 모습이 아름답게 정리되어 우리 앞에 펼쳐지는 것이 사실이라고 믿는 경향이 있다. 그렇지만 바로 그런 것이 사실이 아닐 수가 있다. 진실이라는 건 신기하게도 진실 같지 않거나, 발생할 가능성이 없어 보인다. 진실이라는 것은 그래서 멋있는 거다. 사물을 왜곡시킨다고 생각하는 거울

속에서 우리가 발견하는 것, 그게 바로 진실이다.

"당신이 말한 것 중 내가 믿지 않는 한 가지가 무언지 말해 줄까요? 당신이 프랑스계 캐나다 사람이라고 말한 것, 그게 바로 내가 못 믿는 한 가지예요."

"그럼 제가 어느 나라 사람 같아요?"

"스페인 사람? 아니면 스페인계 미국 사람?"

그는 눈을 깜박이더니 혼잣말로 웅얼거린다. "그렇게 멍청이는 아니군." 뭔가 의미가 있을 듯한데.

"여긴 너무 춥네요. 더 앉아 있을 수가 없을 정도로 추워요."

"제발 가지 마세요. 가시면 안 돼요. 괜찮으시다면 딴 데로 갈까요? 말씀드려야 할 것이 있거든요."

그의 목소리가 하도 다급하여 나는 화가 난다.

"이보세요, 댁이 내가 뭘 할 수 있다고 생각하는지 모르겠군요. 곤란한 위치에 있는 사람은 돈 있는 사람이 자신을 도와주었으면 하지요. 그렇지 않나요? 그런데 나는 돈이 없는 사람이에요."

그의 입술 끝이 아래로 축 처진다.

"돈 있는 사람들은 다 그렇게 말하지요."

나는 그의 얼굴에 대고 "나는 돈이 없어."라고 소리치고 싶다. 내가 돈이 있다고 생각하는 이유를 나는 안다. 내가 입고 있는 이 코트 때문이다. 내 코트를 보고, 내가 든 가방을 보고, 내 표정을 보고, 그렇지 않으면 그가 보고 싶은 어떤 것을 보고 나를 그렇게 판단해서는 안 되지. 이 망할 놈의 코트를 보고 나를 판단하다니, 선물인데. 벌써 팔아먹었어야 했지만 이 코트를 선물한 사람의 성의를 보아서 참은 건데. 게다가 뭘 좀 팔아보려고 해봐, 손에 쥐게 되는 돈을 보고 경악을 금치 못하게 되지. 게다가…….

그래, 좋다. 아니라고 우겨봤자 무슨 소용인가? 내가 보기엔 이자의 머리는 내가 돈깨나 있는 여편네여서 오래만 버티면 결국 내 주머니에서 돈이 나오리라는 생각으로 가득하다.

"제가 원하는 건 돈이 아니에요. 정말이라고요. 돈 때문에 이러는 게 아니라니까요. 우리 둘만 오붓하게 있을 수 있는 곳으로 가고 싶어요. 당신의 푸근한 가슴에 머리를 묻고 내 팔로 당신을 감싸 안은 후 많은 얘기를 들려드리고 싶은 거예요. 참 이상하지요, 왜 오늘 제가 그렇게 느끼는지 모르겠어요. 그렇게 할 수만 있다면 죽어도 좋겠다는 생각이 드네요. 나를 안아줄 수 있는 여인, 내가 가슴에 있는 모든 걸 털어놓을 수 있는 여인. 우리 어디로 갈까요?"

"아니요, 그럴 수 없어요. 말도 안 되는 소리."

"좋습니다."

내 말을 그냥 수용하겠다는 듯이 그가 조용히 대답한다.

"제 소원을 들어주실 수 없다면, 제 여권 문제나 좀 해결해 주시겠어요? 저는 남에게 보여 줄 어떤 서류도 없거든요. 여권도 없고. 그래서 제가 문제인 거예요. 아주 작은 사건만 발생해도 저는 끝장이지요. 아무 서류도 없으니까. 그렇지만 제가 여권만 받을 수 있다면, 저는 런던엘 갈 수 있거든요. 거기 가면 저는 안전할 수 있는데. 거기 사는 친구들과 연락이 되니까."

"내가 댁에게 여권을 구해 줄 수 있다고 생각하는 거예요? 내가? 내가 도대체 누구라고 생각하는 거지? 오늘 밤은 정말 좋은 밤이군."

나는 내게 벌어지는 일들이 하도 우습고 신기해서 큰 소리로 웃기 시작한다. 그도 웃는다.

"더는 이 추운 테라스에 있지 못하겠군요."

그가 유리창을 탁탁 치자 웨이터가 나왔고, 그는 술값을 지불한다.

"자, 이제 어디로 가지요?" 그가 내 팔짱을 끼며 프랑스어로 말한다. "어디로 갈까요?"

그가 내게 무슨 해를 끼치겠어. 그는 돈을 위해 이 짓을 하는 거고, 나는 돈이 없으니. 내가 상처 입을 일은 없을 거야.

우리는 팔짱을 끼고 라일락 동산에서 나왔다. 생각해 보니 내 인생이 하도 코믹해서 나는 웃기 시작한다. 인생이라는 게 이렇게 코믹한 것인지 알게 되는 데만도 상당한 시간이 걸린 거다. 그러나 이제 나는 확실히 알게 되었다.

"어디로 갈지 말씀하셔야지요. 왜냐하면 저는 파리를 전혀 모르니까요."

나는 그를 내가 밤이면 흔히 가는 카페로 이끈다. 항상 텅텅 비어 있는 카페다. 그의 얼굴을 환한 불빛 아래서 이렇게 가까이 본 것은 이때가 처음이다. 남자가 나에 대해 어떻게 생각하는지 전혀 관심을 두지 않았던 것도 이번이 처음이다. 나는 그저 이 남자가 어떻게 생겼는지에만 관심이 있다.

그는 제비같이 보이지는 않는다. 내가 생각하는 제비 형은 아니다. 예를 들면, 그의 머리는 부시시하다. 그러나 머릿결은 아름답다.

우리는 브랜디와 소다를 또 시킨다. 그가 내게 쓰는 돈은 이를테면, 고래를 잡기 위한 청어 미끼 같은 것이다.

거스름돈을 주기 위해 웨이터는 주머니에서 온갖 신기하게 생긴 동전을 쏟아놓는다. 식탁 위는 동전으로 가득하다. 25상팀, 10상팀, 5상팀짜리 동전들. 웨이터는 천천히 동전들을 집어 주머니에 넣고 구석 자리로 가더니, 신발을 벗어 닦기 시작한다.

내가 입을 연다. "이곳이 이른바 내 구미에 맞는 장소예요. 세련되고 재미있는 곳. 괜찮으세요?"

"아니요. 저는 싫어요. 그렇지만 당신이 왜 이곳을 좋아하는지는 알겠군요. 저도 항상 인간들로 북적이는 곳을 좋아하는 건 아니니까요."

나보고 바보가 아니라더니, 바보가 아닌 인간이 또 있군.

그가 입을 연다. "저 웨이터 좀 보세요. 저 사람은 우리가 서로 많이 사랑한다고 생각하고 있어요. 오늘 밤 우리가 무척 행복하리라고 믿기 때문에 우리를 부러워하는군요."

'암, 그렇겠지. 오늘 밤엔 우리의 행복을 생각하느라 한잠도 못 자겠군. 지독하게 우리만 생각하느라 밤을 샐 거라니까.'

그의 표정이 절망적이다. 지치고 마음을 붙일 곳이 없어 보인다. 그는 이렇게 생각하고 있을 거다. '잘 안 되네. 처음부터 다시 시작해야 하는 거 아냐?'

불쌍한 제비 녀석!

"그 서류 얘기인데, 파리에는 그런 걸 가짜로 만드는 사람들이 있다던데요. 여권도 가짜를 만들 수 있지 않을까요?"

"알아요. 이미 손을 써놨어요."

"뭐라고요? 어젯밤에 파리에 도착했다고 하지 않았나요? 시간을 조금도 낭비하지 않으셨군요."

“낭비하지 않았지요. 그래서는 안 되지요.”

그는 분명 어떤 문제가 있는 사람이다. 나는 문제 있는 사람의 표정을 안다. 그를 정말 위로해 주고 싶은데. 그에게 용기를 줄 수 있는 어떤 말이고 하고 싶은데.

“나는 좀 덜 나쁜 남자가 좋더라.” 내가 말한다. 그가 실쭉 웃는다. “나는 그쪽이 뭘 원하는지 알지요. 돈이 정말 많고 아주 세련된 여자를 원하는 거죠?”

“그래요. 그래서 당신이 내게 꼭 맞는 여자인 거예요.”

“그렇지만, 이것 보세요. 그런 여자를 돔에서 찾아요? 절대 찾지 못할 겁니다.”

“그럼 어딜 가야 하지요? 내가 원하는 여자를 어디 가면 찾을 수 있지요?”

“리츠 바에나 가면 몰라도…….” 나는 막연하게 대답한다.

이런 얘기가 오고간 후 나는 내가 늘상 하는 식의 내 소개를 시작한다. 나는 그에게 내 이름, 주소 그리고 나에 관한 모든 것을 말한다. 그는 그의 이름이 르네라고 말하지만 성씨를 말하지는 않는다. 그저 그런 정도로 해두자고 한다. 나는 내가 현재 살고 있는 호텔방이 지겨워 아파트나 원룸을 구하고 싶다고 말한다.

그는 곧 정신을 바짝 차리는 듯하다. “원룸이요? 당신이 원하는 그런 장소가 있는데요."

내가 술에 취했다 하나 그래도 정신이 흐리멍텅한 상태는
아직 아니다.

"아니, 맥이 외인부대를 도망쳐 나왔고, 파리에 도착한 건
어젯밤이고, 또 될수록 빨리 떠나야 한다고 말한 걸로 내가 기
억하는데."

"그런 것들이 왜 당신에게 방을 얻어주는 걸 방해할 조건이
라고 생각하시죠?"

(그만두자, 얘야, 그만둬. 그게 다 무슨 문제가 되겠니.)

"호텔까지 모셔다 드릴까요?"

"그래요. 그런데 걸어가기는 좀 먼 거리라서 택시를 타야겠
군요."

우리는 택시를 탄다. 침묵이 흐른다. 길모퉁이에서 우리는
택시를 세운다. 나는 그가 택시비를 치를 때 가만히 있었다. (
잘됐다. 오늘의 만남은 네게 더 손해구나. 다음에 네게 맞는
사람을 좀 더 잘 분석하여 사귀라는 교훈으로 삼아라.)

"한잔 더 합시다." 그가 말한다.

우리는 걸으며 문을 연 술집을 찾는다. 모든 곳이 문을 닫은
것 같다. 벌써 12시가 지났으니. 우리는 생 자크 가를 손을 잡
고 걷는다. 나는 이제 더는 의기소침하지 않다. 우리는 손을

잡고 걸으며 팔을 흔들어대기도 한다. 갑자기 그가 발을 멈추고 나를 가로등 밑으로 인도하더니 내 얼굴을 뚫어지게 바라본다. 술집의 불빛이 모두 꺼진 길은 휑하니 아무도 없다.

"이러고 다니기엔 시간이 너무 늦은 것 아니에요?"

그가 입을 연다. "완전히 **미치광이 같군**. 이렇게 당신과 걷고 있는 게 몽환 상태 같아요. 나랑 같이 있는 사람이 꼭……."

"꼭 아주 아름다운 여인 같은가요?"

"아니요. 어린애 같아요."

술을 이미 충분히 마셨겠다. 그의 말을 들으니 눈물이 곧 쏟아질 것 같다.

"연 데가 하나도 없네. 모조리 문을 닫았어. 난 집에나 갈래요."

호텔 문 앞에서 그가 위쪽을 바라본다.

"당신의 방까지 올라가면 안 돼요?"

"안 돼요."

"그럼 조금 있다 내가 다시 돌아와 이 호텔에 방을 하나 잡고 당신 방에 놀러 가는 건요?"

(호텔 지배인이 말한다. "영국 여자가 남자를 하나 물어왔어. 자네들도 보았나?")

"안 돼요. 절대 이곳에 오지 마세요. 오시면 나는 정말 화를 낼 거예요. 제발 그러지 마세요.”

“안 그럴게요. 당신이 싫다면 절대 안 할 거예요.” 그가 잔꾀를 부린다. “바로 옆에 있는 호텔도 안 돼요? 아마도 거기에 빈 방이 있을 것 같은데.”

옆에 있는 호텔은 어때요? 아니, 그게 아니라, 대여섯 집 건너에 있는 호텔은요. 바로 그 호텔이군. 그 호텔에는 내가 여태까지 본 침대 중 가장 큰 침대가 있는 방이 있어요. 세상에서 가장 큰 침대, 침대 중의 침대. 그 방에 있는 건 모두 빨간색이에요. 그 거대한 침대와 세면대 그리고 비데를 제외하면 그 방엔 아무것도 없어요. 오늘 밤 다시 그 침대에 누워볼까? 모든 것이 어렵고, 모든 게 나에게 눈살을 찌푸리는 오늘 같은 밤에.

“내가 당신이라면 그런 짓은 안 할 거예요. 이 길거리에 있는 호텔들이 어두울 땐 다 괜찮아 보여도 편안한 장소가 못 되거든요. 좀 더 현대식 호텔을 알아보시지.”

“별도리가 없다 이거죠?”

“별도리가 없어요.”

그는 어깨를 으쓱한다. “유감이네요.” 그가 말한다. “이 길 이름이 뭐죠? 생 미셸 가로 가려면 어떻게 가나요?”

그가 파리의 이방인인 체 가장하는 걸 나는 안다. 그러나 그는 확실히 그 가장의 행위를 잘해 오고 있다.

누군가가 내 문을 쾅쾅 두드린다. 불필요한 일이지만, 열쇠가 없이는 밖에서 문을 열 수 없게 하려고 나는 빗장을 질러놓았다.

"전화 받으세요. 문을 잠가놓으면 불편하지요." 마르트가 말한다.

내 방에 들어오려고 한참이나 애를 쓴 모양이다.

나는 머리가 아프고 화가 난다. '물론 그 녀석이야. 내게서 돈을 뜯어내려고 작정을 했군. 그리고 '포획물에 전적으로 매달리는 비너스'는 이 사건엔 존재하지 않아.'

이런 생각을 하면서 나는 가운을 걸친다. 나는 거울을 들여다볼 생각도 하지 않고 머리에 빗질을 한다.

나는 아래층으로 내려와 전화를 받는다. 전화는 끊겼다.

"남자였는데." 지배인이 말한다.

남자였는데 그 남자는 가버렸어요.

오늘 나는 몸이 아프다. 이곳은 앓아눕기엔 끔찍한 장소다. 처음에 받은 에비앙 생수가 다 떨어져도 다시 생수를 가져다주지 않을 거다. 그들은 나를 위해 아무것도 안 해줄 거다.

내가 만일 벨을 울려 시트를 갈아달라고 말한다면 갈아주겠지. 그게 이른바 내가 생각하는 사치의 개념이다. 매일 시트를 갈아주고 일요일에는 두 번 갈아주는 것. 그게 이를테면 내가 생각하는 돈의 힘이라는 거다.

그래, 시트를 갈아달라고 해야지. 커튼을 치고 저 망할 놈의 세상을 차단한 채 온종일 침대에 누워 있을 거다……. 남자가 있었지만 남자는 가버렸어. 남자가 하나뿐이었나. 그러나 그들은 모두 가버렸어. 온갖 남자들의 집합체! 하나하나가 모두 특종이었지.

온종일 침대에 누워 있어야지. 커튼을 치고 저주받을 세상은 차단해 버리자.

2장

어쨌든, 나는 러시아 남자를 만나러 가기 위해 옷을 갈아입는다. 오후 3시다.

그가 나를 기다리고 있다. 그의 친구 세르게이가 우리를 기다리고 있다고 말한다. 그는 그의 친구를 '화백'이라고 부른다.

내가 택시를 타고 가자고 말하자 그가 펄쩍 뛴다.

"아니에요, 아니에요. 버스 타고 가면 돼요. 아주 가까운걸요. 몇 분밖에 안 걸려요." "그러면 차라리 걸어가지요?" "그럼 그렇게 해요, 걸어가도 돼요. 오를레앙 가에서 꺾어지면 바로예요. 걸어서 약 5분 정도면 가요." "그렇다면 5분 이상 걸릴 텐데. 아마 30분은 족히 걸릴 것 같은데요."

이제 곧 겨울이 올 것이다. 나무들은 벌써 헐벗은 상태다. 뤽상부르 공원 밖에서 남자가 군밤을 팔고 있다.

우리는 길다랗게 지은 정류장에서 버스를 기다린다. 버스는 오지 않는다.

"제발 택시를 타요."

"원하신다면 그렇게 하지요, 뭐."

그가 마지못해 대답한다.

"그렇지만 택시 기사가 아마 화를 낼걸요. 그렇게 가까운 거리를 가자고 하면. 여기서 거기까지 걸어봤자 얼마 되지 않는데.""당페르 – 로슈로, 지하철역으로 가주세요." 그가 택시 기사에게 말한다. "친구네 집으로 곧장 가면 안 돼요?""친구가 사는 길의 이름을 몰라요.""길 이름을 모른다고요? 주소를 몰라요?""한 번도 신경 쓰고 보지 않았기 때문에."

그가 열심히 택시의 요금 미터기를 들여다보는 걸 발견하고 나는 내가 택시 타기를 고집한 것이 미안하다. 그렇지만 이 먼 거리를 걷기로 했다면 나는 그 자리에서 죽었을 것이다.

"제가 내게 해주세요. 택시 타자고 조른 사람이 전데요 뭐."

그러나 그는 돈을 이미 꺼내 손에 쥐고 있다가 운전기사에게 하나하나 세어서 준다.

그는 내 팔을 끼고 걷는다. "1분만 가면 돼요. 조금만, 조금만.” 그는 똑같은 말을 반복한다.

「아를의 여인」이라는 노래에 발맞춰 걸으며, 나는 내가 예전에 입었던 코트를 생각한다. 흰색과 검은색의 체크무늬에 큰 주머니가 달린 옷. 우리는 내가 한때 살았던 호텔 앞을 지나간다. 잊지 못할 시절이다. 3주 동안 변변히 먹을 것이 없어 나는 아침에 커피와 크루아상을 먹는 것으로 연명했다.

나는 거의 온종일 잠만 잤다. 그랬기 때문에 3주를 버티기가 그리 어렵지 않았을 수도 있다. 내가 여기저기를 돌아다녀야만 했다면, 그렇게 먹고 버티기는 쉽지 았을 것이다.

나는 스물네 시간 중 열다섯 시간을 잤다.

두 번이나 나는 내가 병이 났다고 말했고, 아래층에서 고깃덩어리를 넣은 수프를 올려 보내준 적이 있다. 때때로 나는 모퉁이 가게에서 포도주를 외상으로 가져다 먹었다. 지금 생각하니 그때 내가 완전히 굶은 것은 아니었구나. 그렇다고 해서 내가 내 인생에서 괴상한 시기가 없었다고 말하는 것은 아니다.

그런 상태로 일주일이 지난 후 나는 자살을 해야겠다고 생각했다. 내가 전에도 사용했던 클로로포름을 들이마시면 되는 거다. 다음 주, 그렇지 않으면 다음 달, 그렇지 않으면 다음 해에 나는 자살할 것이다. 그렇지만 먼저 낸 집세가 다 끝나기 전에는 그리고 아침 식사대로 이미 지불한 돈이 다 끝나기 전에는 죽지 않는다.

"서두를 것 없지, 뭐. 영생의 삶이 네 앞에 펼쳐져 있으니."
마리 오거스틴 수녀님은 내게 이 말씀을 하실 때 상당히 냉소적이셨다. 나는 너무 게으르고 굼떴으니까. 그러나 수녀님의 말씀은 내 머릿속에 입력되어 남아 있다. 내 앞길에는 무한한 영겁의 시간이 기다리고 있다. 곧 나는 나의 계획을 실행에 옮길 것이다. 그러나 서두르지는 않는다. 영원의 세계가 나를 기다리고 있으니까.

낮잠 자는 시간과 밤잠을 자는 시간 사이에 나는 주로 산보를 한다. 아라고 대로까지 가서 어떤 지점까지 걷다가 다시 돌아오는 코스다. 어느 저녁 나는 손을 주머니에 넣은 채 머리를 숙이고 걷고 있었다. 이때가 바로 내가 버릇처럼 고개를 숙이고 아래를 보며 걷던 때다. 나는 꿈속을 걷듯 멍멍한 상태로 산보를 하고 있었는데, 그때 어떤 남자가 내게 다가와 말을 걸었다.

이건 내가 희망했던 것이 아니다. 그렇게 산보를 방해받고 싶지 않았다. 내가 정말 원했던 것은 산보를 마치고 외상으로 포도주 한 병을 사들고 호텔로 돌아가 잠이나 자는 것이었다. 그렇지만 일이 그렇게 된 거다. 체면이고 사치고 하는 것들을 감히 생각할 수 없을 정도로 인생이 가장 본능적이고 기본적인 것들로 축소됐을 때, 인생이란 참 신기한 것이다.

우리는 카페 버팔로에 들어갔다. 아페리티프[9]를 마시겠냐고? 물론이지. 웨이터가 페르노 두 잔을 가져왔다.

나는 음식 먹을 생각만 하고 있었다. 예를 들면 슈크루트 같은 음식. 이런 식당 정도면 접시에 슈크루트를 듬뿍 고명으로 얹어주는 음식을 시킬 수 있어야 한다. 먹음직스러운 소시지, 멋들어지게 구운 감자, 맛있는 양배추……. 입 안에 주체할 수 없이 침이 고인다. 나는 연신 흘러나오는 침을 삼키기 위해 페르노를 반 잔이나 벌컥 마셔버린다. 마치 여신이 된 것 같다. 술을 이렇게 빨리 마셔버렸으니 나는 술주정뱅이가 되겠군. 그러나 주체할 수 없이 흘러나오던 침은 최소한 해결한 거다.

오케스트라가 「아를의 여인」을 연주하고 있었다. 지금도 나는 그때를 아주 잘 기억하고 있다. 지금 그 음악을 들어야만 하는데, 지금이 아니라 항상 듣고 싶다. 그러면 나는 다시 카페 버팔로에서 그 사람 곁에 앉아 있는 느낌을 가질 수 있다. 그는 엄청나게 부자인 친구 얘기를 들려준다. 하도 부자라서 자신이 피는 여송연을 묶는 종이 띠에 자기 사진을 넣을 수 있는 친구라고 말했다. 쓸데없는 대화들이다.

"언제고 나도 어마어마한 부자가 돼서 친구들에게 나눠주는 여송연에 내 얼굴이 박힌 띠가 매어질 수 있도록 할 거예요. 그게 내 인생의 포부예요."

페르노 한 잔 더 하겠냐고? 물론이지요. (음식이요? 아직은 음식 생각 없어요. 이 분위기를 좀 더 즐기고 싶어요. 불처럼 활활 타오르고 날개라도 달린 듯 하늘을 나는 이 기분.)

우리는 그렇게 거기 있었다. 마치 수년간 친분을 나눈 사람들처럼. 그가 여자친구로부터 막 받았다는 편지를 꺼내 내게 읽어준다.

그 편지가 어때서? 내가 보기엔 어떤 남자라도 그런 편지를 받았다면 자랑스러워해야 하는 게 아닌가? 편지의 내용은 사랑의 기쁨과 전율과 의심할 바 없는 사랑의 성취를 노래하고 있다. (사랑하는 이여, 내 사랑, 그대의 이름을 다시 불러봅니다……) 사랑의 증명서. 그 편지가 그랬다.

그러나 장애물은 바로 맨 끝 부분에 있었다. 항상 그렇듯이. 여자는 새 구두 한 켤레가 필요하다며 300프랑의 돈을 요구하고 있다. 내 사랑, 당신은 우리가 함께 보낸 잊지 못할 시간들을 지금도 기억하고 있겠지요. 내 신발이 아주 낡았답니다. 내 소망을 거절하지 말아주세요. 이 신발을 신고 길에 나다니기가 너무 부끄러워요. 호텔 사환이 내 신발 밑창에 큰 구멍이 난 걸 알고 있어요. 가난하다는 것이 부끄럽군요. 그래서 나는

온종일 방에 틀어박혀 산답니다. 그러니 내 사랑, 어쩌고저쩌
고…….

남자는 편지의 내용에 대해 심사숙고한다. "안 믿어, 다 거
짓말이야. 나를 다시 끌어들이려는 술책일 거야, 이건 함정작
전이라고. 이 계집애가 워낙 거짓말쟁이거든요. 진짜 원하는
건 제 기둥서방에게 줄 돈이지요. 내가 왜 기둥서방까지 먹여
살립니까? 절대 안 보낼 거예요. 뭐라고 온갖 아양을 떨어봤
자 안 보낸다니까……. 그 불쌍한 것이 구멍 난 신발을 신고
다닌다고 생각하니 견딜 수가 없어요. 발이 땅에 닿다니, 웃을
일이 아니지요."

"아니고말고요. 특히 비가 오는 날에는……."

"어떻게 생각하세요? 이 편지 내용에 진짜 같은 구석이 조
금이라도 있어 보이나요?"

두 번째 페르노를 다 마실 때까지 우리는 편지에 쓰인 말
한마디 한마디를 열심히 음미해 보았다.

"게다가……." 그가 말한다. "이게 사실이라고 해도 금방 돈
을 보내서는 안 될 거예요. 절대 그러면 안 돼요. 그 계집애가
자신이 요구만 하면 돈을 얻을 수 있다고 생각한다면…… 안
되고말고요. 안 되지요. 목 빠지게 기다리게 만들어야 해요."

"내 생각엔 거짓말 같군요."

그가 나를 분석하려고 애쓰면서, 뚫어지게 응시한다. 테이블 아래서 그가 내 무릎 위로 손을 올려놓는다.

그는 파리 사람이 아니다. 그는 릴에 산다. 친구의 아파트에서 신세지고 있는데, 썩 괜찮은 아파트라고 한다. 같이 가서 맛이 훌륭한 포르투갈산 포도주를 마시지 않겠냐고? ……좋지.

이 남자가 어떻게 생겼냐고? 기억에 없다. 지금 생각하니 내가 그를 똑바로 쳐다본 적이 없는 것 같다. 기억나는 건 그의 손이 이상하게 작았고, 손가락에 낀 반지에는 사파이어가 박혀 있었던 것뿐이다.

우린 술집에서 나왔다. 그러고는 쏴당. 신선한 공기 때문인지 너무 마신 탓인지 다리가 제대로 나를 지탱하지 못한다.

"아니 왜 이러지? 춤을 너무 많이 춘 거 아니에요?"

"요즘 젊은 여자들……." 그가 말한다. "춤도 너무 많이 추고, 그저 쾌락을 즐기는 것밖에 몰라. 이 전후 세대들이 앞으로 어떻게 되려는 건지 가끔 궁금하다니까요. 그저 노는 것밖에 모르죠. 어쨌든 택시나 탑시다."

제대로 움직이지도 않는 다리를 이끌고 길을 건너 병든 가로수 밑에 섰다. 여기서 지나가는 택시가 있으면 손을 들어야지. 내가 낄낄거리기 시작한다. 그가 내 팔을 아래위로 쓰다듬는다.

"내 진짜 문제가 뭔지 알기나 해요?" 내가 말한다. "배가 고픈 거예요. 3주간이나 제대로 요기도 못했거든요."

"왜?" 그가 쓰다듬던 손을 획 치우면서 내게 묻는다. "도대체 무슨 소릴 하는 거요?"

"진짜라니까요." 나는 더 심하게 낄낄거린다. "정말이에요. 3주간 먹을 게 없어서 굶다시피 했어요." (과장 좀 해서.)

그때 마침 택시가 온다. 그는 내게 한마디 말도 없이 차에 올라타더니 문을 꽝 닫고는 나를 그곳에 둔 채 가버린다.

기가 막혔냐고? 아니, 전혀. 내가 그런 정도에 기가 막힌다고 생각한다면, 당신은 이런 삶을 살아본 경험이 없는 거지. 꿈속에 빠져 사는 삶, 그 꿈속에서 모든 얼굴은 가면을 쓰고 있지. 살아 있는 건 단지 나무들뿐이야. 꼭두각시들을 조정하는 끄나풀이 눈에 보이기도 하는 세상. 인간의 본성을 아주 가까이서 관찰할 수 있는 세상이야. 이런 데서 사는 것도 영 가치 없지는 않아.

한밤중에 잠에서 깨어나 울기 시작한다. 내 인생이 이게 뭐람? 오, 가엾은 내 인생, 내 청춘…….

병에 먹다 남은 술이 조금 있다. 술을 마신다. 시계는 계속 째깍거린다. 그리고 나는 잠에 빠져든다.

사람들은 행복한 인생에 대해서 말하지. 그러나 우리가 죽느냐 사느냐에 더는 관심이 없을 때, 그게 바로 행복한 삶이야. 시간이 많이 지난 후에 그리고 많은 불행을 거치고 난 후에 우리가 그런 걱정 없는 경지에 도달하게 될 수도 있어. 그런데 그런 행복한 상태에서 오래 살 수 있게 누가 그냥 둘 것 같아? 결코 그런 일은 없어.

무관심의 천국에 도달하자마자 우린 또 거기서 끌려나오게 되는 거야. 천국에서 다시 지옥으로 떨어지는 거지. 우리가 세상에서 잊혀진 존재가 될 때, 즉 죽은 존재가 될 때, 세상이 그때 우리를 구해 주지. 구해서 어떻게 하냐고? 아주 우스꽝스러운 존재로 만들어버리지.

「아를의 여인」에 맞춰 신나게 걷다가……, 흰색과 검은색의 체크무늬 코트의 주머니를 더듬는다. 갑자기 내가 입고 있는 코트가 털 코트라는 걸 느끼고 나는 놀란다……. 정신 좀 차리지, 여보게. 지금은 1937년 늦은 시월입니다요. 그 체크무늬의 코트는 이미 임무를 마치고 사라진 지 오래랍니다.

우리는[10] 원룸이 몰려 있는 빌딩을 지나고 층계를 올라가, 크고 텅 빈 추운 방으로 들어간다. 벽에는 탈이 두 개 걸려 있고, 낡은 의자가 둘, 등받이가 꼿꼿하게 올라간 나무 의자가 하나 있다. 나무 의자에는 "똥"이라고 써 있다. 모든 것에 대한 대답이 바로 그거라는 뜻인가?

친구는 나이가 마흔은 돼 보이는 유대인이다. 그는 유대인의 얼굴에서 유형적으로 나타나는 비웃는 듯한 표정을 하고 있다. 너무도 증오스럽고, 너무도 매력적일 수 있는, 그러면서 아주 슬퍼 보일 수도 있는 그런 표정이다.

그는 구겨진 신문지 조각들을 연신 난로에 넣고 있다.

"잘 안 타네요. 난로가 오늘 기분이 나쁜 모양이네요. 차 준비할게요. 물이 금방 끓을 거예요."

"서아프리카의 탈이네요."

"맞아요, 콩고의 탈이지요……. 제가 직접 만들었어요. 이건 꽤 잘 나온 것 같아요."

그가 벽에서 탈 하나를 집어 내게 보여 준다. 가까이 붙은 두 개의 눈구멍들이 나를 응시한다. 나는 그런 얼굴을 잘 알고 있다. 그런 얼굴을 많이 보아 왔다. 다리와 팔까지 붙은 그런 얼굴을.

그들이 이렇게 말할 때 그런 얼굴이 된다. "센 강에 빠져 죽지 그랬어?" 또 이런 말을 할 때도 그런 얼굴이 된다. "도대체 저 늙은 여자가 여기서 뭘 하는 거죠?" "도대체 지금 무슨 말을 하고 있는 거야?"라며 나를 뚫어지게 쳐다볼 때도 이런 얼굴이 된다. "너는 누구지?" "네 아버지는 누구야?" "돈은 있어?" 돈이 없다면, "왜 없는 거지?" "너는 우리 편이냐?" "너는 생각하라는 대로 생각하고 말하라는 대로 말할 수 있어?" "너는 홍인이야 청인이야 아님 백인이야?" "젤리야 푸딩이야 아니면 모조품 캐비어야?"

세르게이는 방 구석에 놓인 오래된 축음기로 베긴교단의 음악과 마르티니크 음악을 번갈아 틀어준다. 그는 내게 춤을 추겠느냐고 묻는다.

"아니요, 그냥 구경만 할래요."

세르게이는 탈을 얼굴에 대고 춤을 춘다.

"당신을 웃기려고."

그는 아주 춤을 잘 춘다. 그의 마르고 예민해 보이는 몸집은 흉측한 형상의 탈에게 잠식당한 듯 낯설게 보인다.

델마는 매우 진지하고 정확하게 음악에 맞춰 손뼉을 친다.

(*춤을 너무 많이 춘 것 아니오?*) "계속하세요."

(*노는 것밖에 모른다니까, 요새 젊은 사람들.*) "계속하시라니까요."

축음기의 바늘이 한곳에 머물며 계속 같은 음절을 반복한다. "사랑의 고통, 젊음의 고통……."

나는 해먹에 누워 나뭇가지들을 올려다본다. 바다의 파도소

리가 문이 열렸다 닫혔다 하듯, 가깝게 들렸다 때론 멀리 들렸
다 한다. 온종일 바람이 세차게 불었지만 해질 무렵이 되자 좀
잦아들고 있다. 언덕들은 구름처럼 보이고, 구름은 멋있는 언
덕처럼 보인다.

> 사랑의 고통,
>
> 젊음의 고통,
>
> 나를 떠나다오,
>
> 내게 가까이 오지 마라,
>
> 너를 보고 싶지 않구나,
>
> 더는, 더는…….

그러고서 우리는 흑인 음악에 대해 이야기했고, 몽파르나스
에 있는 여러 종류의 작은 술집들에 대해서도 대화를 나눈다.
하이볼을 어떻게 생각하세요? 하이볼은 이제 한물갔어요. 지
금 가보면 아주 지저분해졌더군요. 그래요? 네. 더러워졌어요.
그러면 몽마르트르의 큐반 캐빈은 어떻지요? 거긴 아주 좋아
요. 부인께서도 아마 좋아하실 거예요. 거긴 좋은 음악을 들려
주지요. 분위기도 명랑하고.
　나는 아주 조용하고 차분하게 대화를 나누고 있었다. 그때

또 시작을 한 거다. 내 눈에 가득한 눈물, 눈물이 뺨을 타고 흘러내린다. (구원받고 구조됐지만, 완전히 새사람이 된 것은 아니군…….)

"정말 미안해요. 내가 진짜 바보네요. 내가 왜 이러는지 정말 모르겠어요."

"부인, 부인." 델마가 묻는다. "왜 우시는 거죠?"

"정말 바보가 됐다니까요. 내게 신경 쓰지 말아줘요. 저를 쳐다보지 마세요. 곧 괜찮아질 거예요."

"그냥 우세요." 화백이 입을 연다. "울고 싶으시면 우세요. 울지 말아야 할 이유가 어디 있어요? 지금 친구들과 같이 있잖아요."

"술을 좀 마시면……."

"술이요? 포르투갈산 포도주가 어딘가에 있을 텐데."

그가 분주하게 여기저기를 뒤진다. 그는 작은 컵 세 개를 꺼낸다. 정종을 마실 때 사용하는 그런 작은 컵이다.

"일본 잔이네요." 내가 아는 척한다.

화백은 대답하지 않는다. 그는 아직도 술병을 찾고 있다.

그가 술병에 남아 있는 것을 컵에 따른다. 겨우 작은 정종 컵 한 잔의 분량이다. 그래. 정말 한 잔의 술이군.

강한 술을 죽 들이켜고 싶은 갈망을 누를 수 없다. 나는 또

이 저주받을 인간들에게 나를 불쌍히 여기거나 조롱할 기회를 준 거다. 그들에게 그런 기회를 주는 어리석은 짓을 했다는 걸 잊기 위해 술이 마시고 싶다.

나는 도전적이고 큰 목소리로 말한다. "나가서 술 한 병 사 오세요. 필요한 돈은 지갑에서 꺼내요." 나는 지갑을 그에게 준다.

이 지점에서부터 그는 내 마음을 사로잡는다. 세르게이는 내 돈을 받지도 않고 거절하지도 않는다. 그저 무시해 버릴 뿐이다. 그는 내가 한 말을 그냥 못 들은 척해 버린다. 내가 운 것, 술을 사오라고 한 것 등이 모두 그에게는 전혀 없었던 일인 듯 행동한다. 그는 다른 걸 생각하고 있다.

"지금은 술 마시지 마세요. 원하시면 나중에 제가 사다 드릴게요. 지금은 따끈한 차를 한잔 만들어드릴 테니 마셔요."

그가 찻잔을 들고 나온다. 레몬 한 쪽을 넣어준다. 홍차 맛이 아주 그럴듯하다.

"나는 가끔 울고 싶을 때가 있어요. 그 점이 바로 여자로 태어난 덕을 보는 경우라고 할 수 있지요. 여자들은 울고 싶을 때 울 수 있으니까요."

우리는 울음에 대해 심각하게 이야기를 나눈다.

델마는 쉽게 울지 않는다고 말한다. 화백은 반 고흐를 생각하면 눈물이 난다고 말한다. "그의 집요한 노력, 인간의 생각을 넘어서는 그 끔찍한 노력을 생각하면……." 그가 열변을 토한다.

그가 내게 담배를 권할 때 그의 손이 떨린다.

그는 거짓말을 한 게 아니야. 그는 정말 반 고흐 때문에 눈물을 흘린 거야.

우리는 차를 더 마신다. 난롯불은 이제 다 꺼져 방은 추웠지만 그들은 전혀 알아차리지 못하는 것 같다. 내가 털 코트를 입고 있다는 게 정말 다행이다. 화백에게 그의 작품들을 보여 달라고 하고 싶지만 그가 끊임없이 얘기를 해서 방해할 수가 없다.

그는 이제 런던에서 있었던 일에 관해 말한다.

"런던에서 산 적이 있어요?"

"네. 거기서 얼마간 있었지만 오래 머물지는 않았어요. 대신 그곳에서 아주 좋은 양복 한 벌은 샀어요. 목 아래만 보면 저도 아주 훌륭한 영국 신사같이 보였지요. 아주 뿌듯했죠. 노팅 힐 게이트 가까이에 방을 하나 얻었어요. 그 이름 들어보셨어요?"

"물론이지요. 저도 알아요."

"아주 편안하고 좋은 방이었는데. 어느 날 일이 벌어진 거예요. 운다 운다 해도 원 그렇게……. 저는 아직도 가끔 그 생각을 해요. 그때 저는 벽난로 곁에 앉아 쉬고 있었는데 갑자기 밖에서 누가 넘어지는 소리가 나더라고요. 문을 열어보니 여자가 복도에 쓰러져 흐느끼고 있었어요. 제가 그 여자에게 물었죠. '왜 그러세요?' 그 여자는 계속 울어대더군요. '나와 상관없는 일인데.' 저는 이렇게 생각하고 문을 닫아버렸지요. 그렇지만 그 여자가 우는 소리가 계속 들리는 거예요. 저는 또 문을 열고 물었어요. '무슨 일이십니까? 제가 뭘 좀 도와드릴까요?' 그 여자가 말하더군요. '술이나 한잔 주세요.'"

"꼭 내 꼴이군요. 나도 울고 나서 술을 달라고 했으니." 화백은 확실히 화술이 좋아. 이자가 내게 수작을 부리려는 건 아닌가?

"아니에요, 아니에요. 전혀 다르지요."

그가 계속해서 말한다. "제가 그 여인에게 말했지요. '들어오세요, 집에 술이 좀 있으니.' 그 여자는 백인이 아니었어요. 흑인과 백인의 혼혈이었죠. 어찌나 우는지 그녀가 젊은지 늙었는지, 예쁜지 못났는지 구별도 못 하겠더라고요. 게다가 술에 만취했으니까. 술주정으로 우는 게 아니었지요. 그녀가 우는 건 인생의 막다른 골목에 도달했기 때문이었어요. 그녀의 흐느낌이 그걸 말해 주더군요. 제 추측이 틀림없어요. 마치 어떤 음악을 들으면 금방 무얼 느끼는 것과 같은 거지요……. 제가 팔을 들어 그녀의 어깨를 감쌌어요. 그런데 제가 팔을 감싼 상대가 여자가 아니라 마치 돌로 변해 버린 물체 같은 느낌이 들더군요. 그녀가 위스키를 달라고 또 말하더군요. 그래서 주었지요. 그러자 그녀는 길고 지루한 이야기를 시작하더군요. 영어와 불어를 섞어가면서 썼는데, 물론 전 잘 알아들을 수 없었죠. 그녀는 마르티니크 출신인데 파리에서 한 남자를 만났다고 하더군요. 그 남자와 꼭대기 층에서 살았다고 말했어요. 그 집에 사는 모든 사람이 그녀와 남자가 부부가 아닌 걸 알고 있었고, 더 큰 문제는 그녀가 흑인이라는 사실이었대요. 사람들이 그녀를 쳐다볼 때마다 그녀는 사람들이 자신을 얼마나 증오하는지 알 수 있었답니다. 길을 걸을 때도 마찬가지였대요. 처음에는 그녀도 별로 신경을 쓰지 않았대요. 그냥 좀 우습다고 생각했다나 봐요. 그녀는 사람들을 만나지 않기 위해서 무슨 방법이라도 썼다는 거지요. 그래서 밤에 나가는 것을 제외하고는 거의 밖에 나가지 않았다고 하더군요. 근 2년간을. 이 말을 들을 때 저는 마치 막장의 컴컴한 구덩이 속을 들여다보는 것 같은 기분이었어요. 내가 물었죠. '당신이 함께 살았다는 그 신사분은 어땠어요?' '그 사람은 매우 영국적인 사람이라서 이미 모든 걸 상상했다고 말하곤 하더군요.' '그럼, 당신이 밖에 나가지 않는 것을 이상하게 생각지 않았나요?' 그녀가 말하기를 그 남자는 그걸 아주 자연스럽게 받아들였다고 하더군요. 그녀는 그 남자에 대해 아주 많은 말을 했어요. 그녀가 그 남자를 떠나지 않은 건 갈 데가 없었기 때문이고, 그 남자가 여자를 떠나지 않는 건 그녀가 만들어주는 음식 때문이었다고 하더군요. 제가 말씀드리는 모든 게 다 이상하게 들리겠지만, 이 여자를 직접 보신다면 왜 제가 이 여자를 잊지 못하는지 이해하실 거예요. 제가 그녀에게 말했지요. '너무 흥분하지 않도록 주의하세요. 왜냐하면 그렇게 되면 그게 모든 것의 끝이 되니까요.' 그러나 그녀에게 이성적으로 대화를 한다는 건 정말 어려웠어요. 왠지 아세요? 그녀와 말하는 내내 저는 살아 있는 인간과 대화한다는 느낌을 가질 수 없었으니까요."

"아주 슬픈 얘기군요. 그녀에게 잘해 주셨으리라고 생각해요."

"그런데 그게 있지요, 사실 잘해 주지 못했어요. 그녀가 내게 말했지요. 그날 저녁은 왠지 밖에 나가고 싶더랍니다. 아직 어둡지도 않았는데. 나가는 길에 그녀는 그 집에 세들어 사는 사람의 딸아이를 만났대요. 이 집은 층층으로 세를 주어 많은 세입자들이 사는 그런 유의 집이었거든요. 여러 가구가 살고 있었지요. 그녀는 아이에게 '안녕.' 하고 인사했답니다. 아주 긴 이야기예요. 그리고 이미 말했듯이 제가 다 알아듣지도 못했고요. 그런데 그 꼬마가 그녀에게 더럽고 냄새 나고 이 집에서 살 자격이 없는 여자라고 하더라는군요. 그러고는 '난 아줌마가 싫어. 아줌마가 죽어버렸으면 좋겠어.'라고 말을 했다는 거예요. 그 말을 들은 후 그녀는 위스키 한 병을 다 마셨대요. 그러고는 내 방 앞에서 뻗은 거지요. 이런 얘기를 듣고 무슨 할 말이 있겠어요. 그녀가 슬픈 얘기를 들려주는 동안 저는 이 여인이 그때 필요로 하는 것은 내가 그녀와 사랑을 나누는 것이라고 감지했지요. 그녀가 제게 받고 싶은 도움이 바로 그거라는 걸 알았지만, 슬프게도 저는 절대 그렇게 할 수가 없더군요. 그녀에게 내가 가진 술을 주는 것, 그게 제가 할 수 있는 일의 전부였어요. 그녀는 제대로 걷지도 못하는 상태로 제 방을 나가더군요. 그 집에는 이상한 여자가 두 명 더 있었어요. 하나는 아주 얇은 입술을 꽉 다문 여인이고, 또 다른 여자는 뚱뚱하고 매춘부처럼 웃는 그런 여자였지요. 나는 이 두 여자들이 그 마르티니크 여자에게 말을 거는 걸 한 번도 보지 못했어요. 두 여자 다 아주 잔인한 눈빛으로 그녀를 쳐다보곤 했지요. 그들이 나를 쳐다보는 눈빛도 정말 싫었어요. 여성들은 다 잔인한 눈빛을 가졌나요? 어떻게 생각하세요?"

"대부분의 인간이 잔인한 눈을 가졌지요." 자기도 모르는 무표정한 핏빛 잔인함. 나는 알지요.

"다음 날 아침 나는 계단에서 그녀를 보고 인사를 건넸는데, 그녀는 내 인사에 답하지 않더군요……. 한번은 그 어린 계집아이가 불쌍한 여인을 향해 혀를 낼름거리는 걸 보았어요. 겨우 일고여덟 살밖에 안 돼 보이는 아이가 벌써 잔인한 눈빛을 내보일 줄 안 거죠. 게다가 누구한테 잔인하게 굴어도 되는지를 터득했더라고요. 본성이라는 걸 무시할 수 없어요. 그 일 이후로 저는 그곳에 사는 모든 사람들로부터 감당할 수 없을 정도의 적개심을 받게 되었지요. 집 안으로 들어갈 때마다 마치 벽 속으로 걸어 들어가는 기분이었지요. 그 안에는 살아 있는 사람들이 붙박이처럼 서 있는 그런 벽 말이죠. 이걸 저는 절대 잊을 수가 없어요. 런던에 사는 동안 마치 무거운 엉덩이가 나를 내리누르고 앉아 있는 것처럼 내내 숨이 막혔어요."

"글쎄, 어떤 사람은 그렇게 느끼고 또 어떤 사람은 그렇지고, 사람마다 다 다르지요."

"그런데 지금이 벌써 6시네요. 제가 6시에 누굴 만나기로 해서. 제 친구와 여기 계세요. 괜찮으시죠? 제 친구가 이것저것 보여 드릴 거예요. 가지 말고 계세요. 한 시간 후에 올게요. 지금 가봐야 해요. 약속을 했거든요. 30분은 늦겠는걸요. 어렵게 생각하지 마시고 편히 계세요.”

그는 박 거리에 위치한 이 장소로 오는 가장 좋은 길에 대해 델마와 말한다. 그는 문간에서 몸을 돌려 델마와 러시아어로 말한다. 내가 듣기엔 분명 러시아어다. 그가 비웃는 표정을 짓는다. 확실히 그건 비웃는 표정이다.

델마가 방 한가운데에 희미한 전깃불을 켜더니 내게로 다가온다. 그러 곤 머뭇거리며 내 손을 잡더니 손과 뺨에 차례로 입을 맞춘다.

“부인이 눈물을 보일 때 정말 마음이 아팠어요.”

내가 그에게 입맞춤을 한다. 큰 소리가 나는 두 번의 의미 없는 입맞춤. 프랑스 장교가 부하에게 훈장을 수여할 때 하는 것처럼. 착한 남자구나…….

“세르게이가 나가면서 뭐라고 했지요?”

“부인께서 원하지 않으면 자기의 작품을 살 필요가 없다고 했어요. 아무도 부인이 사주리라고 기대하지 않으니까요.”

“그렇지만 나는 하나 사고 싶어요. 정말이에요.”

“부인께서 작품을 보실 수 있게 제가 잘 나열해 볼게요.”

벽에 기대어 쌓아놓은 빈 프레임이 꽤 많았다. 델마는 그것들을 방 안에 둥글게 죽 늘어놓더니 거기다 그림이 그려진 캔버스들을 끼우기 시작한다. 캔버스들이 프레임 안으로 들어가지 않으려고 반항을 하는 것 같다. 어떤 것은 동그르르 말린다. 델마는 그것들을 밀기도 하고 찌르기도 하며 프레임 속으로 넣어 나오지 못하게 한다. 그 나름대로 하는 방법이 있다.

"이렇게 해도 돼요? 세르게이가 오면 뭐라고 하겠어요."

"문제없어요. 괜찮아요. 저는 부인이 이 그림들을 잘 보실 수 있게 해드리고 싶은 거예요."

그가 일을 끝내자 그림들은 삼면 벽에 기대어 가지런히 나열된다.

"자, 이제 잘 보실 수 있지요?"

"네, 이제 잘 볼 수 있네요."

나는 그림에 둘러싸여 있다. 이 흐릿한 전깃불 아래서 이 그림들이 얼마나 생생히 그 아름다움을 자랑하는지 정말 신기하다. 이제 방은 결코 작은 방이 아니고, 내 가슴을 무섭게 조여오던 쇠사슬은 끊어져 사라진다. 기적이 발생한 것이다. 나는 행복하다.

그림들을 바라보며 나는 명확히 무엇인지 모를 꿈속을 헤매게 된다. 혹 어느 날 나도 모퉁이에 있는 이 방처럼 텅텅 빈 방에서 살게 될지 모른다. 그 방에는 침대와 거울 외에 아무것도 없다. 오후 2시쯤 돼서 나는 난로에 불을 붙인다. 추위와 난로가 서로 힘겨루기를 한다. 난롯가에서 나는 완벽한 평화를 누리며 누워 있다. 생선이나 고기를 얹은 빵과 음료수를 마시며 나는 오후 내내 누워 뒹군다. 그 텅 빈 방에서. 침대와 거울과 난로 외에 아무것도 없는 그 방, 파리 외곽에 자리 잡은 그 텅 빈 방에서.

세르게이가 돌아온 건 7시가 넘어서다. 그가 숨을 헐떡이며 성급히 들어온다. "늦어서 미안해요." 그는 델마와 러시아어로 말한다. "어때, 저 여자 괜찮아?"라고 하는 것일까? 그렇지 으면 "그림 하나 산대? 전액 지불이 가능하대?"라고 묻는 것일까? 아마 후자일 것이다. 말하는 톤이 그랬다.

"그림 하나 사고 싶어요. 이걸로요."

붉은 코를 가진 늙은 유대인 남자가 밴조를 연주하는 그림이다.

"그 그림은 600프랑인데요." 세르게이가 말한다. "너무 비싸다고 하시면 값을 좀 조정할 수는 있지만."

그의 모든 매력과 편안하던 태도는 간데없다. 그림을 팔려는 열망과 쌀쌀맞은 표정뿐이다. 나는 주저주저하며 말한다.

"값이 너무 비싼 건 아니지만, 제가 그런 돈이 없어서……."

내가 말을 잇기도 전에 그가 갑자기 웃음을 터뜨린다.

"내가 뭐라고 했어."

그가 델마에게 말한다.

"그냥 가지세요. 가지고 가세요. 부인이 좋으신 분 같아서. 이걸 제 선물로 받으세요."

"아니에요, 아니에요. 제 말씀은 지금 당장은 돈을 드릴 수 없다는 뜻이에요."

"괜찮다니까요. 런던에서 제게 돈을 부쳐주셔도 되고요. 부인께서 저를 위해 해줄 수 있는 게 있답니다. 제 그림을 살 바보가 혹 있나 찾아봐 주세요."

이 말을 할 때 그는 아주 부드러운 미소를 짓는다. 그의 미소가 내 마음을 훈훈하게 한다. 인간적인 손길이 주는 훈훈함이다. 그게 어떤 건지 나는 이미 잊은 지 오래인데, 가장 인간적인 접촉이 만들어내는 부드러움과 훈훈함.

"장난하는 게 아니에요. 정말이에요. 그림은 오늘 가져가시고, 돈은 주실 수 있을 때 그때 주세요."

"오늘이라도 드릴 수 있어요."

우리는 어디서 만나서 돈을 건넬까를 가지고 한참이나 왈가왈부한다.

"저는 이제 몽파르나스가 싫어요. 사람들의 얼굴이 싫어요. 그 낯짝들. 구역질이 나요. 라탱 구역 어디에서 만나지요."

우리는 다음 날 10시 30분에 카폴라드에서 만나기로 결정한다. 그가 그림을 종이에 둘둘 말아 끈으로 묶어주고, 나는 그걸 겨드랑이에 낀다. 그는 오랫동안 내 손을 잡고 악수를 하며, "친구"라고 부른다.

그가 내 손을 잡고 그렇게 악수를 하며 친구라고 부를 때 나는 행복하다.

델마와 나는 빌딩 속 정원으로 나온다. 아주 춥고 청명한 밤이다. 현관은 잠겨 있다. 수위에게 말을 잘해야 한다.

이제 나는 과거 따위는 생각하지 않는다. 나는 현재에 잘살고 있으니까.

"카풀라드, 10시 30분……."

벽보들이 나와 같이 걷고 있다. 커다란 색 풍선을 가지고 저글을 하는 보기 흉한 난쟁이들, 가슴이 넷 달린 여자의 모습. 공중변소 밖에서 늙은 창녀가 하염없이 손님을 기다리고 있고, 어린 창녀는 가로등 밑을 서성이고 있다.

10시 25분. 아직도 기분이 들뜬 상태로 나는 카풀라드에 있다. 15분, 20분을 기다린다. 아무도 나타나지 않는다…… 잘한다. 이것 보세요, 이게 기분까지 들떠 기다리는 사람이 받는 선물인가요? ……그러나 나의 보호갑옷이 아직 기능을 발휘하는지, 아직은 기분이 괜찮다.

내가 지금 걱정하는 건 이 사람이 나타나지 않으면 그에게 돈을 어떻게 전하느냐다. 그의 주소를 기억하지 못하니 편지를 쓸 수도 없다. 그의 스튜디오 문 밑으로 돈을 밀어 넣고 운에 맡길까?

이런 생각에 잠겨 있을 때 델마가 들어온다. 정중하게. 장갑은 벗어서 왼손에 들고.

"정말 미안해요, 미안해요. 세르게이를 30분 동안이나 기다렸는데 나타나지를 않아서. 저도 어떻게 해야 하는 건지 모르겠더라고요. 그래도 이곳으로 오는 게 낫다고 생각했어요. 저도 좀 걱정이 돼서."

"됐어요. 괜찮아요."

나는 델마에게 돈이 든 봉투를 건넨다.

안도하는 표정이 그의 얼굴에 잠깐 나타났었나? 그래, 맞아. 눈을 살짝 감기까지 했어. 그랬어. 그래서 안 될 것도 없지. 이해해 주라고, 그래서 안 될 게 없잖아.

어쨌든, 그는 좀 성가시다는 표정도 짓는다. 짜증을 별로 내지 않는 사람이지만 그래도 좀 짜증이 난 건 확실하다. 그는 자신의 신조에 따라 사는 사람이다. "내가 태어나게 해달라고 해서 태어났나요? 난 이 세상에 나오게 해달라고 부탁한 적 없어요. 내가 내 자신을 만든 것도 아니고, 세상이 이 꼴이 되게 만들지도 않았답니다. 나는 죄 없어요. 그러니 권리가 있지요." 등등…….

"세르게이……, 거 미친놈이에요. 그 사람이 좋으세요?"

"네. 아주 좋던데요."

델마는 그의 장갑을 탁자 위에 조심스럽게 올려놓는다.

"커피 드시겠어요?"

"아니요, 브랜디를 마실래요."

그는 불안해 보인다. 그는 브랜디를 주문하고 자신을 위해선 커피를 시킨다. '젠장! 끔찍하군.'

"세르게이 녀석, 미친놈이에요. 왜 그렇게 겸손하지 못한지 모르겠어요. 그렇지만 그게 그 녀석이면 족히 할 짓이라니까요. 미친놈이니까. 있잖아요, 2년 전에는요, 어디 살았냐 하면, 아주 끔찍했죠……. 어리석은 놈……. 제가 말했어요. '너, 이렇게 살면 안 되지.' '돌아버리겠어.' 그가 말하더군요. 어쨌든 제가 누누이 말했지요. 결국 어디서 돈을 구해 개인전을 열었어요. 그런데 그림이 팔리더라니까요. 맞아요. 그 그림들이 팔렸어요. ……만 8천 프랑이 들어왔어요. 정말 굉장했지요. 그와 같은 금액은 터무니없었어요. 그래서 이사를 간 거예요. 아름답고 근사한 방을 구해서 이사를 갔어요. 왜 가보셨잖아요…….
그렇지만, 어쨌든 그 친구는 미쳤어요."

델마는 화가에 대해 계속 이야기한다. 내가 보기에는 감동을 받기는 했지만 질투심이 이는 모양이다. 화가가 주목받는 것을 볼 수 없는 모양이다. 왜, 왜?

"그래서 그 친구가 좋으시다고요?"

"네, 좋아요. 아주."

"그렇군요." 그가 우울하게 말한다. "어쨌든, 저는 이 극좌파 사람들에게 질렸어요. 이 사람들은 매너가 아주 나빠요. 저요, 저는 군주정치 지지자예요……. 잘 들어두세요. 그 친구가 자신을 극좌파라고 말할 때, 그건 말도 안 되는 소리죠. 그 친구는 좌익에 대해 관심 없어요."

"물론 관심 없겠죠."

"맞아요, 맞아요. ……저는요, 군주정치 지지자예요. 예를 들면, 여왕이니 공주, 멋있을 것 같아요."

그가 그렇게 생각한다면, 그와 논쟁을 벌여 무슨 소용이 있으랴? 그가 말하는 것에 나도 모두 동의한다. 여왕, 공주…….
멋있긴 하겠군.

그가 내게 자기를 다시 만나주겠냐고 물을 때, 나는 "그러죠, 노력해 볼게요."라고 대답한다. "그렇지만 제가 많이 바빠

서요."

내가 돈을 내는 걸 허락할 수도 없고, 자기가 내주기도 싫다는 이유로 내가 마시고 싶은 걸 마실 수 없는 이 괴상한 상황을 더는 참을 수가 없었다.

"다음 주에 파리를 떠나요. 제가 생각했던 것보다 빨리 떠나게 됐어요."

그가 북부 역으로 전송을 나오도록 내가 언제 떠나는지 말해 줄까?

"네, 말해 주세요. 말해 주시면 감사하겠어요. 안녕이라고 말해 줄 사람이 하나도 없이 떠나는 게 얼마나 슬픈 일인데요."

호텔 방으로 돌아왔을 때 나는 그에 대해 그리고 그가 나 때문에 쓴 돈 때문에 걱정하기 시작한다. 그리고 이렇게 생각한다. '분명 내가 준 600프랑에서 얼마를 소개비로 받겠지. 그렇지 않으면 그 돈을 아예 세르게이에게 건네주지 않을지도 몰라.'

나는 옷을 벗으며 이런 생각으로 웃음을 참지 못한다.

*

팡테옹 주변의 좁은 길을 어슬렁어슬렁 걷고 있는데 비가 오기 시작한다.

나는 담배 가게로 들어간다. 바에 앉은 여인이 기분 나쁜 눈길을 보낸다. "여보세요, 여기서 뭘 원하시는 거죠? 여기서는 여행자들을 접대하지 않는답니다. 우리 단골손님도 아니고……." "사실은요, 마담. 제가 원하는 건 술 한 잔이랍니다. 아니, 술 두 잔이라고 해야 할까요. 그것도 아니면 세 잔……?"

밖은 춥고 깜깜하다. 모든 건 나를 떠나고 내게 남은 건 오로지 비참함이다.

"페르노 한 잔." 나는 웨이터에게 말한다.

웨이터가 술을 가져오며 아주 교활한 표정을 짓는다. 흥미롭다는 표정도 함께.

하느님 맙소사, 정말 우습군. 여자로 산다는 게. 그리고 웨이터 말고 또 다른 인물, 저 카운터 뒤에 앉은 여자, 저 여자가 낄낄거리며 나에 대해 큰 소리로 말하지 않을까? 내가 다 들을 수 있게 큰 목소리로. 그게 지금 저 여자가 하고 싶은 걸 텐데.

아니다. 그녀는 아무 말도 하지 않고 있다……. 그러나 침묵 속에서 그녀는 하고 싶은 말을 다 하고 있다.

그래, 좋아. 마담, 아주 잘하고 계시는군. 아무 말 안 하고 있지만 할 말을 표정으로 다 나타내고 있군. 관심 둘 거 없어. 나는 여기 일단 들어왔고, 여기서 술을 마실 거니까.

내가 앉은 테이블 바로 뒤에 문이 하나 있다. 화장실. 꼭 그렇게 써놓아야 할 필요가 있나? 그리고 또 다른 문이 있다. 좀 작은 문이다. 서비스 실. 이 작은 문 뒤에서 그릇을 씻는 소리가 들린다.

얼마 뒤에 여자 하나가 그 문에서 나온다. 갓 씻은 유리잔들이 겹겹이 쌓인 쟁반을 들고 나온다. 그녀가 문을 열어놓은 채로 둔다. 방 안에는 개수대와 수도가 있고, 씻어야 할 더러운 접시와 잔들이 있다. 방은 어찌나 좁은지 사람 하나가 서서 일할 수 있을 정도다. 개수대에서 상상을 월하는 냄새가 진동한다.

그녀는 나를 쳐다보지도 않고 지나쳐 걸어간다. 양말을 신지 않은 굵은 다리, 펠트제 슬리퍼, 검은 원피스, 더러운 앞치마, 숱이 많은, 검고 헝클어진 머리. 나는 이런 여자들을 안다. 모든 더러운 일은 혼자 맡아 하고 알량한 월급을 받는 그런 여자다. 이런 여자에게 경례!

그녀는 바 뒤쪽으로 들어가 씻은 유리잔들을 내려놓고 다시 자기가 나온 방으로 들어가더니 문을 닫아버린다. 그 좁은 방에서 어떻게 팔꿈치를 여기저기 부딪치지 않고 일할 수 있을까? 그 관과 같은 방에서 숨 막혀 기절하지 않고 5분간이라도 있을 수 있을까……?

그녀가 불쌍하냐고? 내가 왜 그 여자를 불쌍하게 생각해야지? 그녀는 믿음직한 다리와 곱슬머리를 갖고 있잖아? 게다가 그녀의 힘센 손이 프랑스 국가를 부르고 있지 않아? 그래서 혁명이 일어나면 그런 손들이 입맞춤을 당하는 위대한 손이 될 텐데. 맞아. 랭보가 그렇게 말했어, 안 그래? 그렇다 해도, 정말 그럴까? 정말……?

나는 돈을 지불하기 위해 웨이터를 부른다. 그에게 팁을 듬뿍 집어준다. 그가 돈을 보더니 "고맙습니다."라고 하곤 다시 "정말 감사합니다."라고 덧붙인다. 나는 웨이터에게 이곳에서 가장 가까운 극장이 어디냐고 묻는다. 이런 질문을 한 건, 사실 이런 장소에서 자신의 존재를 명확히 하고 싶은, 이른바 주눅 든 사람의 욕구라고 해야 한다. 내가 이곳에 들어온 건 단지 가장 가까운 곳에 있는 극장의 위치를 묻기 위해서다. 나는 점잖은 여인이다. 가장 가까운 곳에 있는 극장엘 가려고 하는, 예의 바르고 존경할 만한 여인이다. **다른 보통의 여자들처럼 보이는 여인.** 그게 바로 내가 평생 지켜온 삶의 모토다. 평범한 여자들처럼 보이는 것, 제기랄.

그가 무슨 관심이 있다고……. 내가 그렇게까지 하지 않았어도 될 뻔했군. 그러나 이게 내가 인생을 사는 방법이다. 제발, 제발. 신사숙녀 여러분, 아저씨, 아줌마, 그리고 아가씨들.

나는 당신네들과 똑같아지려고 무척 애를 쓰고 있다고요. 성공하지 못한 걸 나도 알죠. 하지만 내가 얼마나 노력하고 있는지 보세요. 모자 하나 고르는 데 세 시간을 허비했고, 매일 아침마다 내가 특출나지 않고 보통 사람처럼 보이도록 한 시간 반 동안이나 노력을 해요. 내가 하는 말 한 마디 한 마디가 발목을 잡는 족쇄가 되고, 내가 하는 생각 하나하나가 무거운 추가 되어 누르고 있어요. 내가 태어난 이래로, 나의 말 한 마디, 생각 한 가지, 그리고 행동 하나하나가 모두 조이고, 무게에 짓눌리고, 사슬에 묶였죠. 그러나 걱정하지 마요. 이런 모든 것에도 불구하고 나는 성공하지 못했다는 걸 아니까. 그렇지 않으면 단지 반짝 성공을 했거나……. 하지만 내가 얼마나 열심히 노력했는지, 그렇지 않으면 감히 노력할 용기도 내어보지 못했는지 생각 좀 해줘요. 그리고 동정도 해주시고. 일테면, 당신네 인간들이 생각이란 걸 혹 한다면. 물론 그것도 의심스럽지만.

이제 웨이터는 가장 가까이에 있는 극장에 내가 어떻게 가야 하는지 설명을 끝낸다.

"페르노 한 잔 더 주세요."

그가 술을 가져온다. 그는 내 잔 끝까지 술을 찰랑찰랑 부어서 왔다. 아마 팁을 더 줄까 하고 기대하고 있거나, 내가 될수록 빨리 술에 취하는 걸 보고 싶은 모양이다. 그렇지 않으면 술병이 미끄러졌던지.

여자가 방에서 새로 씻은 마지막 유리잔 더미를 들고 나온다. 기쁘다. 내가 여기 앉아 있지 않았다면 그 작은 방의 문을 열어둘 수 있지 않았을까. 그럴지도 모르지. 그런 생각을 미리부터 했었다 해도 내가 여기서 나가지는 않았을 것이다. 프랑스 국가를 불러대는 손, 너무나 다를 수 있는 세상, 내게 이런 게 무슨 대수란 말인가? 내가 이걸 위해 할 수 있는 게 무엇이란 말인가? 아무것도 없지. 나는 나를 속이지 않는다.

그래, 됐어. 거기에 대해선 더 얘기할 필요 없다고. 두 번째 시킨 페르노나 마시면 돼.

이제 방에 대한 느낌이 달라진다. 내가 누구인지 사람들이 다 알고 있다. 나는 술 취하기 위해 이곳에 들어온 여자다. 그런 일은 가끔 벌어지지. 여자들이 술을 마시고, 또 한 잔을 마시고 그러고는 숨죽여 울지. 그 여자들은 화장실로 갔다 분을 다시 바르고 나온다. 그러나 퀭한 눈을 속일 수는 없지. 그들은 고개를 숙이고 도망치듯 길로 나간다.

"가엾은 여자, 눈에 눈물이 고였군."

"뭘 기대해? 그 여자는 술에 취했어."

그래요, 마담, 난 취했어요. 난 이미 술을 마셨어요. 이제 어떻게 할 도리가 없어요. 이미 술을 마셔버렸으니까. 그러나 술에 취한 것 말고는 나는 조용하고, 두려워할 줄 알고, 잘 들었고, 팁을 많이 줄 준비도 되어 있답니다. (나를 건드리지 않고 가만히 두면 팁을 많이 줄게.) **좋아, 좋아, 좋아……**.

때때로 우표를 사러 누군가가 들어오고, 때론 술을 마시러 남자가 들어온다. 그럴 때마다 길가의 모습을 볼 수 있다. 그러자 길이 술집으로 걸어 들어온다. 어둡고, 강력한 힘을 가진, 마력을 지닌 그런 길 중 하나가 안으로 들어온다.

"너 거기 있었구나." 길이 안으로 들어오며 말한다. "거기 있었어, 그 오랜 세월 동안 어디 있었던 거야?"

나를 아는 사람은 아무도 없다. 그러나 길은 나를 안다.

"아, 너로구나." 두 잔째 페르노를 다 마셔 좀 취한 상태로 내가 말한다. "경례, 경례."

(그러나 어떤 때는 해님이 나온 좋은 날이다……. 경쾌한 차림으로 햇빛 쏟아지는 길을 걷는다. 빨강 파랑 줄무늬가 있는 옷을 입고……. 나는 다시는 길을 따라 걷지 않을 거다.)

당통 영화관. 젊은 청년이 돈만 아는 꽃뱀으로부터 자기의 고용인을 구해 주기 위해 노력하는 영화를 본다. 고용인은 행복한 인간이다. 세면도구를 제조하는 그 고용인은 방탕하고 부패한 노인이다. 대부분의 착한 젊은이들에게 있는 서툰 모습, 잘난 척하는 모습, 수줍어하는 모습, 그리고 연민의 정을 자아내는 모습을 이 젊은 청년도 어김없이 보여 준다. 이 청년은 고용인과 연인의 은밀한 대화를 방해하기도 하고, 너무 요란하게 노크를 하기도 하며, 편지나 소포를 가지고 불쑥 들어오기도 한다. 드디어 화가 난 여자가 벌떡 일어나 치마폭을 휘날리며 방을 나간다. 여인은 문지방에서 몸을 돌려 이렇게 말한다. "자, 그럼 좋아요. 난 당신을 당신 패거리에게 맡겨요." 관객들이 이 대목에서 큰 소리로 웃는다. 나도 웃는다. 그 여자가 아주 멋들어지게 말을 했기 때문이다.[11]

영화는 계속된다. 많은 변화와 굴곡 끝에 착한 젊은 청년은 승리한다. 그는 고용인의 딸에게 청혼하도록 허락받는다. 그는 청혼할 때 주려고 준비한 반지를 주머니에 간직한 채 호반에서 여인을 기다리고 있다. 그는 반지를 가지고 있는지 확인하기 위해 주머니에서 꺼내본다. 너무도 기쁜 마음에 어쩔 줄 모르는 청년은 호수의 둑 위를 왔다 갔다 하며 계속해서 반지를 주머니에서 꺼냈다 넣다 한다. 손놀림이 너무 지나쳐 반지는 그만 붕 날아 호수에 떨어지고 만다. 그는 바지를 벗어버리고 호수로 걸어 들어간다. 반지를 찾아야만 하니까. 그는 반드시 반지를 찾아내야 한다.

이런 유형의 사건들이 내겐 늘상 발생한다. 나는 눈물이 날 정도로 웃는다. 그러나 영화는 질질 끌며 끝날 기미를 보이지 않아 자리에서 일어나 밖으로 나온다.

영화관 옆에 있는 바에서 페르노 한 잔을 또 마신다. 나는 구석 테이블에 앉아 눈을 아래로 깔고 얌전하게 술을 마신다. **나는 점잖은 숙녀다**, 가까운 영화관에서 막 나온……. 이제 나는 정말 괜찮답니다, 마담. 만일 저녁 식사 때 보르도 와인을 한 병 마신다면, 나는 취하게 될 것이다. 그게 내가 원하는 거다.

호텔에 도착하니 화가가 보낸 편지가 와 있다. 그는 며칠 전 약속 장소에 가지 못해 상당히 미안하다고 썼다. **용서해 주십시오**. 또한 델마에게서 600프랑을 받았다며 내게 감사를 표한다. 그는 내가 밴조를 치는 노인의 그림이 너무 슬퍼 보여 싫다면, 풍경을 그린 그림으로 바꾸어주던지 그렇지 않으면 내가 원하는 다른 것으로 바꾸어주겠노라고 한다. 그는 또한 내게 작별인사를 하기 위해 북부 역으로 나오겠다고 말한다. (절대 나올 리 없지만.) 그는 자신을 내 친구 세르게이 루빈이라고 적고 있다.

그래 좋아, 그걸 기념해 위스키나 한잔하지.

내가 그림을 펴자 시궁창에 서서 밴조를 치는 남자가 나를 뚫어지게 쳐다본다. 그는 부드럽고 겸손하며 체념한 듯한 표정을 짓지만, 한편 조롱하는 것 같기도 하고 약간 화가 난 것 같기도 하다. 그는 나에게서 시선을 떼지 않는다. 그는 두 개의 머리와 두 개의 얼굴을 가졌다. 그는 "그래 왔고, 그렇게 될 거야."라는 노래를 부르고 있다. 두 개의 머리와 네 개의 팔을 가진 남자……. 나도 그를 뚫어지게 바라보며 배고픔에 대하여, 춥고 상처받음에 대하여, 조롱받는 인생에 대하여 생각한다. 그게 지금 이 삶에서가 아니라 또 다른 인생에서 발생하는 일인 듯이.

이 지랄 같은 방, 이곳은 과거의 추억으로 넘쳐난다……. 이 방은 내가 그동안 자본 모든 방이 되며, 내가 걸었던 모든 길이다. 이제 모든 것이 질서정연하게, 파도치듯 내 눈앞에서 행진한다. 방들, 길들, 길들, 방들…….

3장

……한스 스틴네 집에서 살 때 내가 사용하던 방.

이 방은 붉은색 빌로드로 싼 가구로 가득하고 나무로 된 가구들은 번쩍인다. 튤립이 꽂힌 여러 개의 꽃병이 있고 카나리아가 노니는 새장이 둘, 그리고 시계가 두 개 있다. 각각의 시계는 서로 경쟁이라도 하듯 더 크게 째깍거린다. 창문들은 거의 항상 닫혀 있지만 방에서는 곰팡이 냄새가 나지 않는다. 가게 문을 열면 약내와 오드콜로뉴 냄새가 진동한다. 뒤쪽 테이블에는 알코올램프 위에 놓인 큰 주전자에서 차가 끓고 있다. 알코올램프의 푸른빛이 이곳을 제단처럼 보이게 한다.

그런 방에서는 생각할 수도, 계획을 짤 수도 없다. 시계는 째깍거리고, 깨끗하고 좁은 바깥 길가에선 사람들이 네덜란드 말로 얘기를 나눈다. 나는 그것들을 듣고 있지만 이해하지는 못한다. 다시 어린아이가 된 것 같다. 귀로는 목소리를 들으면서 생각은 딴 데 가 있는 어린이. 끝없이, 피할 수 없이 들리는 목소리, 그러나 나를 편안하게 해주는 목소리. 마치 일요일의 오후 같다.

그럼, 런던은……? 런던이라는 단어는 멋진 소리를 낸다. 그러나 내게 런던이 무슨 의미가 있단 말인가. 런던에서 나는 작은 방에서 살았다. 퀴퀴한 냄새가 나는 방. 가스불 앞에는 말리려고 걸어놓은 양말들이 있었지. 그 방에서는 어떤 것도 깨끗한 적이 없고, 어떤 것도 특별히 더러운 적이 없다. 물건들은 항상 반반씩이었다. 그들은 시트를 한 번에 하나만 새로 갈아주었기 때문에, 침대는 언제나 완전히 깨끗하지도 완전히 더럽지도 았다.

'어쨌든 나는 그 모든 것에서 도망쳤어. 다시 돌아가지 않아, 다시 돌아가지 않을 거야…….'

나는 토니를 좋아했었다. 그녀는 아주 상냥했다. 하지만 한스 스틴은 싫었다. 그는 거드름 피우는 사람처럼 보였다. 실제로는 거드름을 피우지 않았고 아주 예의 바른 사람이었다. 다만 그의 창백한 푸른색 눈동자와 그의 손이 그런 인상을 주었다.

좁은 길들, 올라가는 사람들은 한쪽으로, 내려가는 사람들은 다른 한쪽으로 걸어가는 아주 정리가 잘 된 길. 하흐스허 보스 공원에 가면, 나무들은 얼음 같은 푸른 호수 속에 거꾸로 서 있었다.

우리는 아페리티프를 마시기 위해 매일 상트랄에 갔고, 바이올린 연주자가 감상적인 곡을 매우 아름답게 연주하는 작은 식당에서 저녁을 먹곤 했다. ("부인을 위해 「르 비뉘우」를 연주해 줄 수 있겠소……?")

나는 가진 돈이 없다. 그도 수중에 돈이 없다. 우리는 상대방이 돈이 있으리라고 생각했다. 그렇지만 세상 곳곳에서 사람들이 온갖 미친 짓을 다 하고 있지 않은가. 전쟁은 끝이 났다. 전쟁은 이제 그만. 제발, 제발 그만. 전쟁이 끝난 후 어디서나 사람들은 흥겨운 시간을 보낸다……. 런던으로 돌아가지 을 거다. 내가 런던으로 돌아가 보게 될 것은 기분 좋은 것이라곤 없다.

그렇지만 돈이 없잖아. 제기랄……. 그리고 내 핸드백 안에 든 편지 한 통. "미쳤군. 이런 짓을 계속한다면……."

꽃잎이 볼품없이 벌어지고 늘어진 튤립들이 테이블 위 꽃병에 잔뜩 꽂혀 있다. 어떻게 저런 모습으로 자신을 내팽개칠까? "아마 꽃들도 더는 보여 줄 것이 없다는 걸 알았기 때문이 아닐까?" 에노가 말한다.

그가 열여덟 살 이후로 줄곧 살았다는 파리에 대해서 말해 보자. 그가 신문사와 관계를 맺기 전에 그는 샹송 가수였던 것 같다. 전쟁이 시작된 첫 주에 그는 군대에 갔다. 1917년 이후의 그의 행적에 대해 나는 아무것도 모른다. 내가 그를 런던에서 처음 만났을 때 그는 돈이 아주 많았다. 그러나 지금은 빈털터리다. 제기랄. 무슨 일이 있었냐고? 그는 말하지 않는다.

우리가 파리에 가면 좋은 인생이 다시 시작될 수 있으리라. 그것뿐이 아니었다. 우리에겐 돈이 있었다. 우리 둘의 돈을 합치면 15파운드나 됐으니까.

그렇지만 어쨌든 나는 우리가 정말 결혼식을 올려야 한다는 생각을 하지 못했다. 언젠가 계획을 세워봐야지. 무엇을 해야 하는지 나도 알게 될 거야.

아침에 눈을 뜨자 내 결혼식 날이다. 춥고 비가 온다. 나는 델프트의 양장점에서 외상으로 맞춘 회색 슈트를 입었다. 나는 그 슈트가 별로 맘에 들지 않았다. 에노가 은방울꽃 한 다발을 들고 들어와 내 슈트 윗도리에 꽂아주고는 내게 키스했다. 우리는 택시를 잡아타고 시청으로 가서 둥글게 원을 그리고 서 있는 많은 다른 신랑 신부들과 함께 결혼서약을 했다. 우리는 시청을 나와 토니와 한스와 함께 술을 한 잔씩 마셨다.

그들은 가게 때문에 곧 집으로 갔고 우리는 또 다른 곳으로 자리를 옮겼다. 시간이 너무 일렀는지 손님이 아무도 없었다. 우리는 각기 두 잔씩 포르투갈산 포도주를 마셨다.

"그게 다 무슨 바보 같은 짓이었나!" 에노가 말한다.

우리는 포르투갈산 포도주를 더 마신다. 그날 중 내가 몸이 따뜻해지고 행복하게 느낀 건 그때가 처음이다.

"나를 영원히 떠나지 않을 거죠?"

"자, 자, 좀 즐거워하라고." 에노가 말한다.

에노에게는 스칼라 극장에서 노래를 부르는 딕슨이라는 친구가 있다. 그는 프랑스 사람이다. 그가 자신을 딕슨이라고 부르는 이유는 그 당시 영국 가수들이 인기였기 때문이다. 우리는 그날 오후 그의 아파트로 가서 술을 마신다. 우리 모두 기분이 좋다. 카바레에서 탱고 댄서로 일하는 루이와 루이즈는 우리를 위해 탱고를 춘다. 딕슨은 우리를 위해 「이 힘든 시기에」라는 노래를 부른다.

당신이 입고 있는 그 우스꽝스러운 드레스
어깨와 등을 그대로 드러내 보여 주네.
그러나 그렇게 빼어 입을 수 있으니
당신은 행운아야.

이 힘든 시기에.

에노가 노래 부른다.

신발이 없을 때
사람들은 놀고먹는 사람처럼 굴지,
차를 타고 다니며.
그 발을 누가 보겠어!

그렇다면 양말에 관해 얘기해 보자고.
그건 빨 필요가 없지,
다들 뒤집어 신어, 그게 바보 같은 짓도 아니고,
그런 다음 갈아신거든!

나도 노래 부른다. "오늘 밤에, 오늘 밤에, 즐거운 꿈을 꾸게 해주세요. 트랄랄라……. 그리고 잠시나마 고통을 잊을 수 있는 약을 슬픔으로부터 살 수 있게 해주세요. 트랄랄라……."

딕슨 부인은 연극 시나리오 한 구절을 흥분하여 큰 소리로 읽어준다. 두 소녀가 살인 사건에 말려든 이야기다. 딕슨 부인은 R자를 심하게 혀를 굴려 발음하면서 리리와 크리크리의 이야기를 읽는다.

우리가 암스테르담행 기차를 탔을 때 나는 좀 취한 상태다.

*

……*그날 밤 암스테르담의 호텔 방.*

방은 아주 깨끗하고 벽은 장미꽃 무늬가 있는 벽지로 도배되어 있다.

"이제 당신은 돈 걱정 같은 건 하지 말아요." 에노가 말한다. "돈 걱정을 하는 건 바보 짓이야. 그런 걱정은 내가 하면 돼. 돈은 언제든지 벌면 돼. 우리가 파리에 가게 되면 모든 게 괜찮아질 거야."

(*우리가 파리에 가게 되면*……)

침대 곁 탁자 위에 샴페인 한 병이 있다. 에노가 말한다.

"사랑? 사랑에 대해 말해서는 안 돼. 말하지 마……."

말해서도 안 되고 생각해서도 안 돼. 생각하지 마, 물론이지. 이렇게 하면 돼. 그저 모든 게 순리대로 움직이게 둬, 생각하지 말고…….

다음 날 아침 우리는 소시지며 찬 가공육, 그리고 치즈와 우유 등으로 배를 가득 채운다. 우리는 암스테르담 시내를 여기

저기 구경하고 미술 전람회장에서 그림을 감상하기도 한다. "당신과 꼭 닮은 사람을 보고 싶어?" 에노가 말한다.

내 기분은 최상이다. 모든 것은 거칠 것 없고 부드러우며, 온화하게 움직인다. 에노와 나눈 사랑의 행위, 우리가 관람한 그림의 색채들, 황혼, 황혼이 질 때 나타나는 부드러운 북유럽의 색채들─분홍, 초록, 파랑, 그리고 담자색. 바람은 신선하고 차며 수로에 켜논 불빛은 황금 애벌레 색이다. 바다갈매기가 물 위로 급강하한다. 기분은 최상이다. 모든 것이 온화하며 또한 울적하다. 마치 인생이 어떤 순간 그러하듯……. 우리가 파리에 가게 되면, *우리가 파리에 가게 되면*…….

"정말 파리로 가고 싶어." 에노는 이렇게 말하곤 했다. "별 이유도 없고 이해할 수도 없지만, 어쨌든 다시 파리로 돌아가고 싶어. 집들, 길들……. 말도 안 되고 특별한 이유도 없지만 그냥 향수 때문인지……. 내가 부른 노래 중 어떤 건 돈을 벌었잖아……."

갑자기 나도 파리로 가고 싶은 열망에 사로잡힌다. 그럼 갑시다. 파리로 갑시다……. 브뤼셀까지라도 가지 못할 게 뭐 있어요? 좋아, 브뤼셀까지라도 가지. 브뤼셀에 가면 무슨 일이 벌어질지도 몰라.

그러나 15파운드의 돈은 다 써버렸다. 우리는 가능한 한 몇 푼이라도 구해 보려고 한다.

우리는 우리의 옷가지를 거의 팔아버린다.

나의 아름다운 인생이 손에 든 부채처럼 내 눈앞에 환히 펼쳐진다……

*

그런데 무슨 일이 벌어졌던 거지? ……무슨 일이야?

브뤼셀 호텔의 우리 방. 너무도 덥다. 호텔 바로 옆에 위치한 영화관의 벨소리가 여기까지 들린다. 길고 좁은 창문을 가진 길고 좁은 방, 그리고 예리하고 의미 없이 울려대는 영화관의 벨소리.

세상이 끝난 건 아니야. 에노가 말한다. "겨우 30프랑밖에 남지 않았어." (하느님 맙소사, 그게 전부라고?) "그래, 단지 30프랑이야. 내일 무슨 조치를 취해야겠어."

영화관의 벨은 계속 울리고 있다. 벨이 울릴 때마다 에노가 화들짝 놀라는 것을 느낄 수 있다.

다음 날 아침 밖으로 나가면서 에노가 말한다. "돈을 좀 구할 수 있을 것 같아. 당신은 여기서 내가 올 때까지 기다려."

"시간이 오래 걸려요?"

"아니. ……어쨌든, 나가지 말라고."

침대 위에 앉아서 기다리고, 방을 왔다 갔다 하며 기다리고, 나는 이 기다림을 참을 수 없다.

그때, 마치 누가 내 귀에다 대고 큰 소리로 말하듯 나는 로슨 씨를 생각한다. 그래, 맞아. 로슨 씨.

로슨 씨의 눈이 그렇게 유리알같이 번득이는지 나는 기억하지 못했었다.

"무슨 일이지요?" 그가 말한다. "나를 만나고 싶다고 했다면서요?" 그는 눈썹을 살짝 치켜들며 묻는다. "무슨 일인지?"

그는 나를 알아보지 못한다. 내 꼴이 아마 볼썽사나운가 보다.

"저를 기억하지 못하시나 보군요. 제가 템플 호텔에 머물 때 오셔서 제게 저녁을 사주셨잖아요. 굴을 먹으면서 아일랜드에 대해 담소를 나눴는데, 기억 안 나세요? 그러고서 우리는 네덜란드로 가는 배를 탔었고 당신이 브뤼셀의 주소를 제게 주셨잖아요. 그때 말씀하시기를 혹 제가 이곳에 오면 연락하라고 하셨는데. 기억 안 나세요?"

"오, 그래요. 꼬마 아가씨……."

"꼬마 아니었는데, 꼬마 아닌데." 이런 남자가 나를 꼬마라고 부르게 둘 수는 없어.

나는 마치 그게 대단한 일이 아니라는 투로 말을 쏟아내기 시작한다. "무일푼이 되어 어찌할 바를 모를 정도까지는 아니지만. 우리가 파리에만 도착하면 모든 게 해결되는데. 사실, 하루 이틀만 지나면 문제가 다 해결되거든요. 단지, 바보같이, 잠깐이긴 해도, 좀 곤란하게 돼서."

로슨 씨가 뭐라고 내게 되물었지만 결국에는 100프랑을 준다. "이게 도움이 될 수 있을지. 미안하지만 내가 서둘러야 할 일이 있어서……."

그가 내게 가까이 와 내 입에 키스할 때 나는 100프랑짜리 지폐를 손에 쥔 채 서 있다. 나는 이 남자를 증오한다. 내가 증오했던 어떤 남자들보다도. 그럼에도 불구하고 나는 그의 입술 아래서 내 입술이 부드럽게 풀리고 양팔에서 기운이 빠지는 것 같은 기분을 느낀다. "굿바이." 그가 미국 사람 흉내를 내며 인사하더니 씩 웃는다.

"좋은 일이 있었어요?"

"별로." 에노가 말한다.

"내가 100프랑을 빌렸는데."

"누구한테 그걸 빌렸지?"

"내가 런던에 있을 때 잘 알고 지내던 여자한테서 빌렸어요. 그 여자가 여기 산다는 걸 알고 있었기 때문에 전화번호 책에서 주소를 찾아냈어요. 카벨 양도 아는 사람이에요. 맞아, 카벨 양의 친구예요. 루이즈 가에 살고 있길래 내가 찾아갔어요. 내 친구라고는 할 수 없지만. 사실은 아주 무례하게 굴더군요. 내가 또 만나러 가면 다시는 만나주지 않을 거라는 식으로 말했어요. 유감스럽지만, 그러나 오늘은 손님을 받을 수 없습니다……."

"루이즈 가라고? 번지가 어떻게 되지?"

"그만하세요." 나는 침대에 누워 울기 시작한다.

"울지 말아요. 당신이 울면 난 미쳐버릴 것 같아."

"그럼 입 다물고, 다신 그 100프랑에 대해 말하지 마세요." (100프랑으로 그들은 상대를 경멸할 수 있는 끝없는 권한을 산답니다. 아주 싸지요.)

"그런데 당신은 왜 우는 거지?"

"내 옷 때문이에요. 끔찍해. 내 온몸이 다 더러운 것 같다고요. 목욕하고 싶어요. 다른 옷으로 갈아입고 싶다니까요. 깨끗한 속옷도 필요하고. 정말 기분이 나빠. 내 몸이 너무 더럽게 느껴져요."

"파리에 가자마자 당신에게 옷을 사줄게. 우리가 돈을 빌릴 수 있는 곳이 어디에 있어……. 파리에 가면 모든 게 다 좋아질 거야."

그는 먹을 것을 사러 밖으로 나간다. 나는 침대에 누워 다시 행복해진다. 모든 걸 다 잊고, 행복하고 상쾌해진다. 죽든 살든 이제 걱정하지 않는다. 나는 내가 처음 방으로 들어갔을 때 로슨 씨가 나를 바라보던 모습을 상기해 본다. 놀라는 표정을 짓던 그의 길고 좁은 얼굴. 나는 웃기 시작한다. 도무지 웃음을 참을 수 없다.

역 안에 있는 화장실. 내가 두 번째로 울음을 터트린 곳이다. 나는 막 구역질을 했었다. 임신을 했으면 어쩌나 하는 두려움으로 울음을 터트린 것이다.

구역질을 했는데도 기분이 전혀 좋아지지 않는다. 나는 벽에 몸을 기대고 있다. 몸은 얼음처럼 차고 식은땀이 흐른다. 누군가가 문을 연다. 나는 정신을 바짝 차리고 울음을 그친다. 그리고 얼굴에 분칠을 한다.

우리는 칼레로 갈 예정이다. 그곳에 사는 웨이터와 에노가 사귀었고 그가 돈을 좀 꾸어주기로 약속을 했다.

이 웨이터는 샐러드드레싱을 훌륭하게 만든다. 다음 날 그와 그의 아내 그리고 우리 부부는 식사를 같이했다. 살이 투덕 투덕 붙은 등과 굵은 목을 가진 웨이터는 여러 가지를 넣어 드레싱을 만들고 있다. 그는 드레싱에 설탕을 넣는다. 그건 독일식이다. 웨이터의 아내는 심술궂고 좀 겁먹은 표정으로 그녀의 남편을 바라본다. 그녀는 마르고 못생긴 데다 젊지도 않다.

옆에 놓인 식탁에서 웨이터는 샐러드에 넣을 드레싱을 아주 천천히 섞고 있다. 나는 거울에 비친 내 모습을 볼 수 있다. 나는 아주 말라 보인다. 너무 말랐다. 그리고 더럽고 초췌해 보인다. 사람이 몹시 지치고 모든 것이 꿈과 같을 때 그리고 사람들이 던지는 말의 저변의 진실이 무엇인지 알기 시작할 때 갖게 되는 그런 눈의 표정을 나도 가지고 있다.

이런 모습을 갖기 위해 결혼이라는 흥정을 한 건 아닌데. 내 모습이 이런 꼴이 된 줄을 나는 모르고 있었다. 남루한 옷가지, 낡아빠진 신발, 눈가에 자리 잡은 그늘, 컬은 사라지고 축 늘어진 머리칼, 사람들이 쳐다보는 눈길……. 이렇게까지 될 줄은 정말 몰랐다.

칼레의 여기저기를 웨이터의 아내와 걷는다. 우리는 로댕의 조각품들을 보러 갔다. 그동안 내내 웨이터의 아내는 신경질적인 목소리로 남편이 자기에게 옷 살 돈을 주지 않는다고 불평한다. 돈은 사실 자신의 것이라는 거다. 웨이터는 결혼하기 전 땡전 한 푼도 없던 인물이라고 말한다.

그녀는 우리에게 일말의 관심도 없으며 웨이터가 우리를 어디서 만났는지도 알고 싶어 하지 않는다. 그녀는 줄곧 자기 남편의 불친절한 성품과 그녀가 사고 싶은 옷에 대해 지껄인다.

하늘은 회색빛이다. 마치 우리가 런던 시가를 걷거나 꿈속을 거니는 것 같은 느낌이 든다. 오, 하느님! 거울에 비친 내 몰골은 얼마나 비참했던가! 내 모습이 그 꼴이 될 거라면 내겐 희망이 없다. 이 모습으로 파리에 간다고 생각을 좀 해봐……

집에 돌아왔을 때 우리는 압생트를 마셨다. 웨이터가 우리를 위해 압생트를 아주 우아하게 만들어주었다. 그걸 만드는 데 상당한 시간이 걸렸다. 나는 그런 술맛을 별로 좋아하지지만 몹시 추웠고 술이 내 언 몸을 녹여 주었다. 우리는 앉아서 술을 마셨고 에노와 웨이터는 구석에서 대화를 나누었다. 웨이터의 아내는 아무 말도 하지 않는다. 나도 별로 말이 없었다. 그러나 압생트가 나를 싸우고 싶은 기분으로 이끈다. 나는 에노와 웨이터를 향해 "입 닥치지 못해."라고 소리치고 싶어진다. 나는 웨이터가 싫어지고 있다. 왜냐하면 그는 내 외모에 대해 별것 아니라고 생각하기 때문이다. (별것 아니군. 내가 저 여자를 처음 봤을 때는 저것보다는 예쁘다고 생각했는데.)

나는 그들의 대화를 더는 듣지 않는다. 그러나 압생트로 머리꼭대기까지 취기가 돌자 나는 내가 그들을 향해 입 닥치라고 소리치고 있다는 생각이 들었다. 나는 심지어 "입 닥치지 못해. 나는 당신들을 정말 증오해."라고 소리치는 내 목소리를 들었다고까지 생각했다. 그러나 실제로는 아무 말도 하지 않았고, 에노가 나를 쳐다보았을 때 나는 미소를 지었다.

어쨌든 웨이터, 구스타브는 우리에게 약속대로 돈을 꾸어주었고 우리는 칼레를 떠났다.

에노도 구스타브의 아내를 좋아하지 않았다. "그것도 여자라고!"

"그렇지만 돈은 다 그 여자 것이라던데."

"그렇다면, 구스타브는 그 여자 돈을 아주 유용하게 쓰고 있군. 아마 그 여자가 쓰는 것보다 훨씬 현명하게 쓰고 있을걸."

우리가 탄 기차는 느리게 움직였고, 칸마다 사람으로 꽉 차 있었다. 나는 짐을 놓는 시렁에 누워 에노의 지팡이에 몸을 의지한 채 잠을 청한다. 기차 바퀴는 파리, 파리, 파리라고 노래 부른다.

*

여자 하나가 카페로 들어오더니 옆 테이블에 앉는다. 그녀는 회색 정장을 입고 있다. 스커트는 짧고 몸에 착 달라붙는다. 블라우스는 정갈하고 새것으로 보인다. 스코틀랜드 군인들이 쓰는 챙 없는 모자 같이 생긴 까만 모자는 그녀의 머리 위에 뽐내듯 앉아 있다. 그녀의 손가방이 옆 테이블 위에 있다. 구두와 맞춘 에나멜 가방이다. (손가방……, 내가 사야만 하는 여러 가지 중 하나가 아닌가……. 아니야, 나는 차라리…… 그걸 사야 해…….) 그녀는 굽이 높은 구두를 신고도 너무나 똑바로 재빠르게 걷는다. 똑, 똑, 똑, 그녀의 높은 굽…….

"당신을 어디에 데려다 줄게 거기서 기다려. 한두 사람 만나야 하거든."

이렇게 이른 아침에 커피를 마시며 앉아 있자니 모든 것이 꿈만 같다. 몹시 피곤하다.

우리는 지하철에서 나와 몽파르나스에 있다.

"여기서 기다려." 에노가 내 팔을 잡는다.

긴 막대기 위에 고정된 신문들을 읽는 남자들로 라 로통드는 만원이다. 남루한 옷을 걸친 이 남자들은 나를 조롱하지도 고, 내게 관심을 두지도 않는다. 벽에는 그림들이 걸려 있다.

시곗바늘이 빠르게 움직인다. 한 시간, 두 시간, 세 시간……
….

얼마나 오랫동안 여기 앉아 있어도 되나? 커피는 단 한 방울도 남지 않았는데. 컵에 남은 마지막 한 방울의 커피는 아주 차고 씁쓸했다. 매우 차고 썼어, 그 마지막 커피 한 방울이. 내게는 5프랑이 있다. 그러나 내가 어찌 감히 커피 한 잔을 더 시킬 수 있단 말인가. 커피에 이 돈을 써서는 안 돼.

의자에 머리를 기대고 있자니 벽에 걸린 그림들의 색이 서로 섞이며 흔들거린다. 내가 여기서 잠들면 나를 나가라고 할 텐데. 그렇게까지 안 할 수도 있지만 굳이 위험을 감수할 필요는 없지.

세 시간 하고 또 삼십 분.

에노의 얼굴을 보자마자 나는 그가 돈을 구했다는 걸 안다. 에노는 키가 큰 남자와 함께 왔다. 길고 마른 손을 가진 그 남자는 양순해 보인다.

우리는 옆집에 있는 식당, 라 나폴리텐으로 자리를 옮겨 라비올리를 먹는다. 음식이 들어가니 몸이 녹는다. 나는 라비올리가 빨리 없어지지 않게 천천히 먹는다.

평생 이렇게 행복한 순간은 없었던 것 같다. 라비올리를 먹

고 포도주를 마시자 다시 살아난 기분이다. 나는 비참한 순간
을 또 피했다. 문이 열리고 나는 다시 태양 아래 섰다. 내가 여
기서 더 바랄 것이 무엇인가? 무슨 일이 발생할지 모르지만…
….

"방을 잡아놨어, 라마르틴 가에"

"허탕을 쳤어. 폴레트는 집에 없더군. 그래서 메모를 남겼
지. 그런데 폴레트가 사는 아파트 바로 근처에서 알프레드를
우연히 만난 거야."

알프레드는 미소를 지으며 가볍게 고개를 숙이더니 안절부
절 못하는 사람처럼 손을 비틀며 가버린다.

"좋은 사람이네요." 내가 말한다.

"그래, 좋은 녀석이지. 터키 사람이야."

"나는 프랑스 사람인 줄 알았는데."

"아니야, 터키 사람이야."

에노는 도대체 얼마를 구한 거지. 아니야. 물어서는 안 돼.
알고 싶지도 않고. 나중에 말해 줘요. 아니, 내일 말해 줘요. 지
금은 그냥 내가 행복하게 놔두세요.

장미를 파는 노인이 온다. 에노는 꽃을 몇 송이 사서 내게
준다. 에노는 돈이 좀 충분히 있는 모양이다.

장미를 파는 노인이 발을 끌며 걸어가더니 갑자기 돌아서

서 다시 우리 쪽으로 온다. 그는 내 접시 곁에 장미 두 송이를 더 놓아준다. "허락해 주세요. 괜찮으시죠?" 그가 에노에게 말하며 왕자처럼 절을 한다.

파리……, 그래 이제 나는 파리에 온 거다.

＊

라마르틴 가에 있는 호텔의 방은 괜찮아 보인다. 방은 맨 꼭대기층인 4층에 있다.

커다란 침대가 하나 있고, 그 위를 솜털오리의 깃털을 넣은 붉은 이불이 덮고 있다. 방 밖에는 작은 발코니도 있다. 발코니에 서서 서늘한 연철 난간에 팔을 올려놓고 아래를 내려다볼 수 있다.

우리는 한 달치 방세를 미리 냈다. 우리는 밤에 온몸을 긁으며 잠에서 깬다. 벽은 슬슬 기어다니는 벌레 천지다.

벌레들은 큰 문제가 아니었다. 그때는 어떤 것도 그리 큰 문제가 아니었지…….

"말도 안 돼요. 그런데 무슨 말씀을 하시는 거지요? 그건 불가능합니다. 이것 보세요……." 등등.

그녀는 우리에게 집세를 돌려줄 수 없다고 말한다. 한참이

나 말다툼을 한 후 우리 방에 연기 소독을 해준다는 것으로 일
은 해결된다. 소독을 하는 동안 우리가 들어가 있을 다른 방을
주겠다고 약속한다. 우리가 이곳을 떠나지 않게 돼서 나는 행
복하다.

나는 방 한가운데 아직 유황냄새가 가시지 않은 긴 의자에
앉아 있다. 나는 방문을 열고 종이를 끼워놓아 문이 닫히지 게
해놓았고 덧창을 닫아 햇빛을 차단했다. 방은 어둡고 천장은
내 머리를 짓누르는 것 같다. 나는 《피가로》에 난 구인광고란
을 뒤지며 영어교습을 원하는 사람들의 이름에 줄을 긋는다.

에노는 파이프를 피우며 탁자 옆에 앉아 있다. 알프레드는
침대 위에 앉아 있다. 나는 알프레드의 관자놀이에서 턱으로
굴러 떨어지는 땀방울을 바라보고 있다. 저렇게 땀을 흘리는
사람을 나는 보지 못했다. 정말 특이한 일이다. 가끔 그는 입
을 벌리지 않은 채 숨을 몰아쉰다. 손수건을 꺼내 얼굴을 닦아
대지만 1분도 안 가 그의 얼굴은 땀으로 젖고 번쩍거린다.

나는 알프레드가 좋다. 한번은 그가 "오늘은 정말 덥네요.
시원하고 행복하게 해드릴게요."라고 말하더니 내 손목에다
후후 하며 바람을 불어준 적이 있다. 아주 부드럽게, 규칙적인
간격을 두고. 나는 손목을 빼고 싶었지만 그렇게 하지 않았다.

왜냐하면 그가 우리에게 500프랑이나 꾸어준 데다 손목에 전해지는 그의 입김이 나를 시원하고 행복하게 만들었기 때문이다.

그러더니 알프레드가 엄청 땀을 흘리며 시를 한 수 읊는다.

"신의 영원한 침묵에 냉정한 침묵으로 대답해 주어요."

"저 방문을 닫아도 되겠어요, 부인? 이 방에 외풍이 있어서."

"닫아도 상관없지만." 에노가 말한다. "그냥 열어둬."

"부인이 원하신다면." 알프레드가 길고 아름다운 손가락으로 그의 수염을 쓰다듬으며 말한다. 그는 수줍고 약간 고통스러운 표정을 짓는다. "저는 부인께서 이런 외풍이 있는 곳에 계시는 것이 좋지 않다고 생각이 돼서."

"제 쪽으로 바람이 부는 게 아니라서. 저는 괜찮아요."

알프레드는 계속 그의 수염을 쓰다듬고 있다. 그의 눈빛이 심술궂어진다. 마치 여자의 눈이 갑자기 악의에 찬 눈빛으로 변하듯.

아직도 그 심술궂은 눈빛으로 그가 나에게 말한다. "부인께서 영어교습을 해보겠다고 하시는 건 아주 좋은 생각 같아요." 그러더니 그는 에노에게 말한다. "나쁜 생각이 아니라고. 아주 좋은 생각이야. 두세 명 정도의 부르주아를 가르치면 빚도 갚을 수 있고, 그러고 나서는 일이 술술 풀릴 수 있을 거야.

자넨 어떻게 생각해? 부르주아 없인 되는 일이 없다니까."

에노가 대답하지 않는다.

"내가 결혼하면 나는 내 아내가 다른 남자를 위해 일하지 못하게 할 거야. 절대, 절대. 내가 아닌 다른 남자를 위해 내 아내가 일을 한다는 건 끔찍한 모욕이지. 난 절대 그렇게 두지 을 거야. 어떤 일이 있어도 그렇게 두지 않을 거야."

"**나를 얕보는구나!**" 에노가 자리에서 벌떡 일어나며 소리를 버럭 지른다. "나를 모욕하고 있어. 무슨 말을 하려는 거지?"

"좋아, 좋아. 나 갈게." 알프레드가 자리에서 일어나며 말한다.

"지금 보니 자네 성깔이 있군. 간다고. 내게 소리칠 필요 없어."

"가지 마세요." 내가 말한다.

"입 닥쳐." 에노가 소리친다.

"안녕히 계세요, 부인." 알프레드가 문간에서 내게 인사한다. 그가 인사할 때 나는 웃는다. 나는 똑같은 말을 계속한다. "이게 뭐예요, 우습지 않아요? 이게 뭐예요, 우습지 않아요?" 나는 알프레드가 내 팔목을 시원하게 해주기 위해 바람을 불어주던 걸 기억한다. 나는 웃음을 멈출 수가 없다. 나는 너무 지쳐서 두 손으로 머리를 감싸 안는다.

"먹을 걸 좀 사러 나갔다 올게." 에노가 말한다.

"벌써요? 아직 너무 이른데."

그는 대답하지 않고 문을 꽝 닫고 나가버린다.

"당신은 섹스를 할 줄 모르는군." 에노가 말했다. 그게 우리가 파리에 도착하고 나서 약 한 달이 됐을 때다. "너무 수동적이야. 게으르고. 당신에게 싫증이 났어. 넌덜머리가 난다고. 잘 있어."

그는 날 홀로 남겨 놓은 채 나가버렸다. 그날 밤 그리고 다음 날, 다음 날 밤, 또 그다음 날에도. 테이블 위에 달랑 20프랑을 남겨 놓고. 에노에게 말하지 않았지만 나는 내가 임신했다는 걸 확신한다.

먹을 것을 사기 위해 밖에 나가야만 한다. 호텔의 남자 지배인도 여자 지배인도 그리고 세입자 모두가 에노가 떠난 걸 안다……. 한밤중에 깨어 귀를 기울이고 기다리는 나…….

사흘째 되는 날 나는 그가 돌아오지 않을 거라고 결정을 내린다. 우울한 날이다. 오늘 처음으로 나는 여자 지배인의 눈을 마주 바라보았다. 그 전에는 눈을 아래로 깔고 슬슬 눈길을 피

했지만. 그녀가 남편에 대해 묻는다. 남편이 아마 며칠간 어디를 가신 모양이지요?

상쾌한 푸른 하늘이 길 위로, 집들 위로, 술집들 위로, 카페들 위로, 야채 가게 위로, 그리고 몽마르트르 가의 주변 위로 아름답게 펼쳐져 있다.

나는 우유, 식빵, 오렌지 네 개를 사서 호텔로 돌아온다.

오렌지를 꽉 눌러 껍질에서 나오는 기름 냄새를 맡는다. 기름이 많이 나오는 걸 보니 오렌지는 싱싱한 모양이다. "앞으로 어떻게 될 것인가?" 내 인생에서 무슨 일이 일어날지엔 관심이 없다. 내가 이런 생각을 하고 있는 바로 그때 에노가 포도주 한 병을 겨드랑이에 끼고 들어온다.

"잘 있었어?" 그가 말한다.

"나 돈 좀 가져왔어. 젠장, 왜 이렇게 덥지. 오렌지 하나 까줘. ……아유, 목말라. 오렌지 하나 까달라니까."

지금이 "당신이 까먹지그래."라고 말해야 하는 적절한 시점이다. 지금이 바로 "지옥으로 꺼져버려."라고 말할 적절한 시점이라고. 지금이야말로 "나를 이렇게 대접하는 건 정말 싫어."라고 소리칠 아주 적절한 시점이라니까. 그러나 나를 소리치지 못하게 하는 힘이 너무 강하다. 방, 길, 내 몸 안에 들어 있는 생명. 오! 모든 것이 너무 강하게 나를 막는다. 나는 오렌지 껍질을 벗겨 접시에 놓아 에노에게 준다.

"나 이제 돈 있어."

그가 천 프랑짜리 지폐를 주머니에서 꺼내더니 또다시 천 프랑짜리 지폐를 꺼내 든다. 나는 어디서 그런 돈이 났냐고 묻지 않는다. 물을 필요가 어디 있어. 돈이라는 게 돌고 도는 건데. 돈은 돌고 도는 거야. 어떻게 그렇게 되는 거지? 어떤 때는 믿을 수 없을 정도로 돈은 정말 돌고 돌지.

에노가 포도주 한 잔을 따라준다. "신선한 맛이야. 햇빛을 받지 않도록 간수했거든."

"그런데 당신 손이 무척 차군. 내 여자……."

그는 햇빛을 가리기 위해 커튼을 친다.

눈꺼풀 위에 가벼운 키스를 받고 내가 눈을 떴을 때 밖은 이미 어두워져 있었다.

문제는 그게 다가 아니다. 그가 너무도 정확하게 언제 잔인해야 하고, 어떻게 친절하게 굴어야 하는지 안다는 건 큰 문제가 아니다. 내가 분명 그를 사랑한다고 생각하던 그날 나는 다른 문제가 있다는 걸 알았다.

그가 먹을 것을 사오겠다고 밖으로 나갔다. 나는 커튼 뒤에서 에노를 내려다보고 있다. 그는 길가 가로등 옆에 서서 고개

를 들어 우리 방 창문을 올려다본다. 나를 찾는 듯하다. 그는
매우 여위고 작아 보인다. 그의 표정도 잘 보인다. 걱정이 있
는 얼굴이다.

그는 포도주병을 겨드랑이에 끼고 있다. 코트가 불룩 튀어
나와 있는 이유는 코트 밑에 식빵을 감추었기 때문이다. 여자
지배인은 우리가 방에서 식사하는 걸 싫어한다. 어쩌다 한 번
은 그냥 넘어가 주지만. 그러나 세입자들이 밤마다 방에서 식
사를 한다는 건 그들이 돈이 없다는 뜻이다.

에노가 그런 모습으로 위를 올려다볼 때 나는 내가 그를 사
랑한다는 걸 안다. 그리고 나의 사랑이 영원할 것임을 안다.
나의 심장이 뒤집어지는 것 같은 느낌이 온다. 나는 그를 영원
히 사랑하리라는 걸 확신한다. 무언가가 영원하리라고 마음속
에서 확신하는 기분, 그건 정말 이상한 기분이다. 그건 마치
죽음을 확신하는 것 같은 기분이라고나 할까. 모든 태평함도,
모든 즐거움도 사실은 다 허풍이다. 내가 런던에서 도망치고
싶었기 때문에 나는 에노에게 매달렸고 결국 그를 추락시키
고 있다. 원래 가지고 있던 쾌활함을 잃고 그는 여위고 걱정투
성이가 됐다…….

나는 그에게 손을 흔들지 않는다. 계속 커튼 뒤에 서서 그를
주시한다. 얼마 뒤에 그는 길을 가로질러 호텔로 들어온다.

"잠이 오지 않아. 당신의 은빛 가슴에 머리를 묻고 누워 있게 해줘."

*

천이 얇은 탓에 커튼을 쳐도 햇빛은 부드럽게 들어온다. 창틀에 놓은 화초가 커튼 위에 그림자를 만든다. 아래층에서 아이가 소리를 지른다.

바람이 불자 화초도 커튼 위 그림자도 하늘하늘 춤을 춘다. 그 모습이 백조가 머리를 물속에 넣었다 뺐다 하는 것 같다. 백조가 물에 가라앉아 어둠 속으로 사라지기 전 얼마간, 셀 수 없이 고개를 물 위로 들어 올리는 형상이다. 그래 봤자 소용없는 행위인데도 발버둥치듯 고개를 뺐다 넣었다 하는 백조. 그림자 속의 화초는 길고 가는 목 위에 매달린 해골 같기도 하다. 바람이 세게 불자 화초의 그림자는 커튼 끝자락까지 깊이 몸을 숙인다. 그게 바로 자신을 무(無)의 경지로 추락시키는 거다. 깊이 몸을 숙일 때 그림자는 이상한 모습으로 몸을 비튼다.

곰팡내, 벌레들, 외로움, 한데나 다름없는 이 방, 이것이 인생에서 내가 바라는 전부다.

모든 일이 잘 돌아가고 있다. 우리도 이제 자리를 잡았다. 에노는 기삿감을 두 개나 팔았다. 라팽 아질 카페에서 일하는 남자를 만나고 다니더니 이제 에노는 그곳에서 매일 밤 노래를 부른다. 진짜 직장이 생길 가능성도 농후하다. 광고 사업이다. 프랑스 사람들에게 티민스 티(Timmins' Tea)를 홍보하기 위한 캠페인을 벌이는 일. 에노는 이 직업에 대해 무척 흥분했고 포스터를 만들기도 했다. 에노는 이 포스터가 프랑스 사람들에게 호소력이 있을 거라고 장담한다. "세상에서 가장 경제적인 티민스 티, 한 잔에 1수[12]도 안 됨." 나는 영어를 가르친다. 한 시간에 10프랑. 나는 세 명의 학생을 가르친다. 향수 가게에서 일하는 소녀, 《피가로》에 광고를 냈던 남자, 그리고 에노가 라팽 아질에서 만났다는 젊은 러시아 남자. 이 남자는 나만큼 영어를 잘한다.

나는 벌리츠 교과서를 사서 그걸 그냥 맹목적으로 따라한다. 웃기는 영어 수업이다. 러시아 남자를 가르치는 건 양상이 좀 다르다. 그는 10프랑의 값어치를 톡톡히 가져갈 결심을 한 모양이며 실제로 그렇게 하고 있다.

"제가 th 발음을 잘못하면 말해 주세요." The, this, that, these, those. 모두 정확하다.

그는 오스카 와일드의 전집을 가지고 와서 그걸 소리 내어

읽겠다고 조른다. "제가 발음을 틀리게 하면 좀 고쳐주시겠어
요? 제가 단어 하나라도 발음을 잘못하면요……. 제 생각으로
는 오스카 와일드가 영국 작가 중 최고인 것 같아요. 선생님도
그렇게 생각하시죠?"

"글쎄요……."

"동의하지 않으시는군요."

"그렇지만 저는 그 작가가 너무 좋아요. 제 생각으로는 그
작가가 아주…… 공감을 불러일으키게 글을 써요."

그는 영국인의 위선에 대해 일가견을 피력한다. 변절자에게
설교를 하다니.

길들, 작열하는 태양, 복숭아 먹기. 길고 아름답고 푸른 하
늘을 자랑하는 날들이 이어졌고, 지금도 계속 그렇다.

길모퉁이에 있는 약국이 아베 무슨 회사가 만든 만능 약을
선전하고 있다. 이것도 낫게 하고, 저것도 낫게 하고, 임산부의
입덧도 고치는 약. 내 입덧도 고쳐줄 수 있을까?

내 얼굴은 보기 좋고, 내 배는 산더미다. 지난번 알제리 식
당에 갔을 때 나는 구역질 때문에 달려나가지 않으면 안 되었
다. 사람들은 내게 매우 친절하다. 버스를 타면 사람들이 내게
자리를 양보해 준다. 지나가세요, 성스러운 여인. ……꼭 그렇다

는 건 아니지만, 그래도 어쨌든, 그들이 내게 친절하게 대하는 것 같다. 나는 밖에 나가는 걸 별로 좋아하지 않는다. 혼자서 긴 시간을 보낸다.

바로 옆집 책방에서 헌 영국 소설을 판다는 광고를 한다. 책방의 점원은 힌두교인이다. 나는 수입이 엄청난 사람들에 대한 길고 조용한 이야기를 원한다. 양들이 풀을 뜯는 드넓은 원 같은 편안한 이야기. 그러나 점원은 내게 인신매매에 관한 무서운 이야기를 강력히 권한다. "이 책이 아주 좋아요. 매우 아름답고 가장 진실된 이야기라고요."

그러나 나는 내가 좋아하는 책들을 차츰 사 모았고 대부분의 시간을 독서로 보낸다. 나는 행복하다.

방을 들락날락하는 리즈, 폴레트, 장, 터키인 알프레드. 나는 그들을 바라본다. 그들을 잘 알지 못하지만 나는 리즈가 좋다.

리즈는 수놓는 사람이다. 평생 그 일을 해왔는지도 모르지. 그러나 지금은 쿠자 가에 있는 싸구려 카바레에서 영국 노래를 부르고 있다. 「피카디의 장미」, 「사랑」, 「여기 내 사랑」이 등과 같은. 그녀는 영어를 전혀 할 줄 모른다. 그녀는 지금 스물두 살이다. 나보다 세 살이 어리다.

리즈는 나를 많이 놀라게 한다. 그녀의 부드럽고 점잖은 성품, 그녀의 지독한 감상주의, 내가 프랑스 여자에 관해 알고 있었던 것과 너무도 다른 특성들이다. 『마농』이란 소설의 주인공 마농이 풍기는 분위기, 작은 비단 장미를 단 분홍색 양말 대님, 뇌종양……. "영국 여자들이 질 세척제를 사용하지 않는다는 게 정말이야? 나는 하루에 두 번씩 사용하거든. 그리고 내가 입는 속옷은 전부 손으로 만든 거야. 한 땀 한 땀이 다 손으로 만든 거지."

그녀의 머리는 까만색이고 곱슬머리다. 얼굴은 아주 예쁘게 생겼는데 아깝게도 발목이 상당히 굵다. "난 구노의 「아베 마리아」가 좋더라. 그 노래는 음악이 가미된 기도 같아, 그렇게 생각하지 않아?" 그녀는 가끔 들러 우리와 점심을 함께 먹었다.

어느 날 밤 나는 리즈와 같이 있었다. 우리는 막 저녁을 끝낸 후였다. 알코올 램프로 요리한 스파게티, 아스티 거품 맥주. 나는 기분이 좋았다.

그녀가 입을 열었다. "또 전쟁이 일어났으면 좋겠어."

"어마나, 리즈, 무슨 말을 그렇게 하니?"

"그래. 난 그랬으면 좋겠어. 내게 행운이 올 수도 있으니까. 내가 전쟁 통에 죽을 수도 있지 않을까? 난 더는 살고 싶지 않아."

그녀가 갔다. 그녀는 완전히 혼자다. 아무도 자신을 좋아하지 않는다고 그녀는 생각한다. 쿠자 가의 카바레에서 노래 부르던 일도 계약이 끝났다. 다른 직장을 구하기가 쉽지 않다. 아마 다시 수놓는 일을 찾아봐야 할 것 같다. "작업실 조명이 좋지 않아서 눈이 얼마나 아픈지 몰라. 어떤 때는 눈을 뜰 수도 없어." 리즈는 아마도 어머니와 함께 살지 않으면 안 될 것 같다. 그녀의 어머니는 클라마르에서 작은 식료품 가게를 경영하고 있다. 리즈는 어머니를 무서워한다. 어렸을 때 어머니에게 매를 많이 맞았다고 한다. "뭘 하면 한다고 때리고, 안 하면 안 한다고 때리고. 사샤는 아무것도 몰라. 어머니는 항상 내게 나쁜 말만 했어. 어머니는 나를 울리는 게 즐거운가 봐. 나를 얼마나 미워하는지. 나는 외톨이야. 얼마 안 가 나도 안경을 쓰게 되겠지. 금방 나도 늙어버리겠지."

"리즈, 늙으려면 아직 멀었어. 기운 내."

"아니야. 나는 이제 인생에 질렸어. 이미 참을 만큼 참았다고."

"리즈, 울지 마."

"아니야, 아니야. 더는 참을 수가 없어."

나도 울기 시작한다. 인생은 너무나 슬프다. 인생을 행복하게 산다는 게 정말 불가능하다.

파랗게 타오르는 알코올 화염 앞에서 우리는 서로 부둥켜안은 채 울고 있다. 인생은 왜 이리 슬프단 말인가. 내 눈물이 항상 좋은 냄새를 풍기는, 리즈의 숱 많은 머리 위로 떨어진다.

아스티 거품 맥주를 한 병 들고 방으로 들어오던 에노가 "맙소사. 레즈비언들이야?"라고 소리치며 껄껄 웃는다. 나와 리즈도 서로 바라보며 웃기 시작한다. 곧 우리는 방바닥에 뒹굴며 깔깔거린다. 너무 심해, 더는 못 웃겠다. 너무 웃었어…….

"가엾은 리즈." 에노가 말한다. "좋은 여자이긴 한데 지나치게 감상적이야."

폴레트는 리즈와는 전혀 다른 인물이다. 그녀는 명랑하고 좀 건방지며 에노하고는 꽤 친한 사이다. 나는 그녀에게 감탄하고 그녀를 닮아야겠다고 생각하면서도 한편으론 질투한다.

그녀가 지방에 사는 애인으로부터 받은 편지의 일부를 우리에게 읽어준다. "'당신은 아름답고 또한 감각적입니다.' 그래서 어쩌라는 거야? 이것 좀 들어봐. '당신의 가슴은 당신의 눈동자가 약속한 것을 지켜줍니다.' 참 특별한 녀석이다, 안 그래? 내가 부탁한 2천 프랑은 어디에 있지, 이 늙은 바보? 걱정 마. 내가 그 녀석을 버리기 전에 그 녀석이 나를 떠날 거니까. 좀 기다려라. 기다려, 이 더러운 놈아."

어느 날 폴레트와 에노가 들어오며 내게 줄 스테이크 한 덩어리를 가지고 왔다. 둘은 나가서 저녁을 먹었다. 내가 같이 나가지 않은 건 몸이 좋지 않았기 때문이다. 그러나 그들이 돌아올 때쯤 해서 나는 다 나았고 배가 몹시 고팠다. 폴레트가 스테이크를 알코올 램프로 요리해 주었고 나는 남기지 않고 다 먹어치웠다. "괜찮았어?" 그녀가 물었다. "응. 맛있었어." "뭐가 이상하다고 생각하지 않았니?" "좀 질기더라, 그것만 빼면 맛있었어." "그게 말고기 스테이크야." "그랬어?" 에노와 폴레트는 실눈을 하고 나를 바라보았다. 내가 이런 경우 영국 사람이라면 당연히 할 행동을 할 거라고 기대하면서. 그러나 내가 담담하게 "그랬어?"라고 대답하자 그들은 웃으려고 크게 벌렸던 입을 다시 오므렸다. 그 일이 있은 후부터 폴레트는 내가 쉬운 인물이 아니며, 쉬운 인물인 적도 없었다는 걸 그리고 내 인생이 그리 평탄치 못했다는 걸 알아차린 것 같다. 그 후부터 그녀는 나를 전보다 더 좋아하게 되었다.

낭만적 전통을 따르는 건가. 긴 금발의 머리, 부드러운 갈색의 눈동자를 가진 폴레트. 방에는 제비꽃을 한 묶음 꽂은 사발. 거울에 비친 자신의 알몸을 바라볼 때 그녀는 악마처럼 자신만만하다. 낭만적 전통에 따라 살려는 여인. 그녀는 인심이 아주 후하다. 그녀는 내게 비단 스타킹을 선물하기도 하고 에노에게 주겠다고 여러 켤레의 양말을 들고 나타나기도 한다. "이거 내가 훔친 거야. 에노가 어찌 알겠어, 워낙 양말이 많으니까."

그녀의 애인 중 하나는 무슨 백작인데 그녀에게 청혼을 했지만 백작의 가족들이 충격을 받고 놀라는 바람에 결혼이 성립되지 않았다고 말한다. "보라고, 나는 피아노를 칠 줄도 모르지 않니." 그녀는 그 일에 대해 쓸쓸하게 생각하지도 않는다. 유감이라고 생각할 뿐이다. 그녀는 운명론자다.

그 일 말고도 그녀에게는 재수 없는 일이 잘 발생한다. 그것도 운명인가. 예를 들면, 며칠 전인가, 그녀의 어머니가 폴레트에게 함께 점심을 먹자고 졸라 식당에 간 적이 있었다. 그들이 식사를 끝내고 식당에서 나왔을 때 무슨 일이 발생했냐고? 폴레트의 팬티가 아래로 흘러내린 거다.

내가 그걸 믿냐고? 믿지, 왜냐하면 나에게도 똑같은 일이 벌어진 적이 있거든.

라마르틴 가에 있는 호텔 침대에서 미친 듯 웃으며 나는 그 남자가 내게 말했던 걸 생각한다. "참을 수 있어요?" "네, 참을 수 있어요." 나는 냉정하게 대답한다. 물론 참을 수 있지요. 아주 아무 일 아닌 것처럼 냉랭하게 말한다. "미쳤군, 미쳤어." (그게 어디서더라? 켄싱턴에서야.) 그는 나를 버스 타는

데까지 데려다주겠다고 말했다. 그는 단추를 끼면서 말한다. "바보 같으니라고. 바보 같은 여자." 그러고는 나를 버스 정류장까지 데려다준다.

우리는 가로등 곁에 아무 말 없이 서서 버스가 오기를 기다리고 있다. 그런데 일이 터진 거다. 내 팬티가 아래로 툭 떨어졌다. 나는 아래를 내려다보고 얌전히 발을 빼, 팬티를 집어들어 그걸 돌돌 말아 핸드백 안에 살짝 넣었다. 그 이상 내가 할 수 있는 게 뭐가 있어야지. 그는 상상할 수 없이 충격을 받아 먼 허공만을 바라보고 있다. 버스가 왔다. 그는 모자를 벗어 휘두르더니 걸어가 버렸다.

다음 날 아침 나는 그와의 경쟁에서 진 사람이 바로 나라는 사실을 인식한다. 결정적으로 내 쪽의 패배다. 어제 있었던 모든 일을 생각하면 나도 기가 막힌다. 나는 가까이에 있는 공중전화로 가서 그에게 전화를 건다. "어젯밤 있었던 일로 내게 화가 많이 났지요?" "그래요. 나는 화가 났어요. 아주 많이 화가 났다고요……. 터키시 딜라이트[13]를 한 상자 보내줄게요." 그는 전화를 끊어버린다.

그런데 터키시 딜라이트가 뭐지? 그게 비평을 하겠다는 뜻이야? 그렇지 않으면 비꼬는 말이야? 보상을 하겠다는 거야? 사과를 하겠다는 거야? 그렇지 않으면 뭐지? 그게 무엇이건,

받으면 곧 창문 밖으로 던져버려야지.

눈이 내리고 있다. 방 안에 눈 오는 모습의 그림자가 드리운다. 전등불이 모든 걸 낯설게 만든다. 산더미 같은 배는 침대보 아래 숨겨져 있다. 내가 누운 곳 반대쪽 거울에 비친 내 모습을 바라보며 나는 그저 담담하다. 머리칼은 어깨까지 내려오고, 머리칼 끝 부분은 구불거린다. 입술 끝은 위로 올라가 있다. 오늘의 내 모습은 만족스럽다. 이제 나는 아프지 않다. 몸은 건강하고 마음은 행복하다. 아기를 임신한다는 게 어떤 건지 생각해 본 적도 없고, 임신을 생각하면 문으로 머리를 한 대 얻어맞는 기분이었다. 끔찍해, 기가 막혀. 그러곤 아무것도 생각할 수가 없었다.

돈 걱정 같은 건 해보지도 않았고, 분만 시에 내가 혼자일 거라는 생각도 해보지 않았다. 만일 그가 티 캠페인 일을 맡게 되면 앞으로 직업을 잃을 걱정은 전혀 없다. 나는 파리에 혼자 살게 될 수도 있다.

모든 것은 다 준비가 되었다. 진통이 시작되면 나는 택시를 잡아타고 조산원으로 가면 된다. 방도 예약이 되었다. 준비가

다 된 거다. 난리를 부릴 필요는 없다고 사람들이 말한다.

우리 부부는 호텔 여자 지배인과 친하게 지내고 있고, 그녀가 에노가 없는 동안 나를 잘 돌봐줄 것이니 나는 아무 문제가 없다.

영어 수업을 받는 러시아 남자. 나는 에노에게 그가 오지 않도록 편지를 보내달라고 부탁을 했는데. 에노는 편지 보내는 걸 잊은 모양이다.

러시아 남자는 내가 침대에 누워 있는 걸 보고 놀란 표정이다. 처음엔 놀라더니 나중에는 냉소적으로 된다. 내가 이렇게 침대에 누워 있는 게 미리 계획된 거라고 생각하는 건가?

내가 자기를 침대로 끌어들이기 위한 계획이라고 생각하는 건가? 그렇게는 절대 생각하지 않겠지. 내 생각에는 그가 그런 생각을 하고 있는 듯하다.

"원, 여자라는 건." 그가 이렇게 말할 때 그의 입가는 아래로 축 처져 있었다. (여자에 대한 증오인가 그렇지 않으면 공포인가?) 그는 여자들을 믿지 못한다. 여자들은 무슨 짓이라도 할 수 있는 동물이라고 그는 생각한다.

거대한 배를 침대 시트 밑에 안전히 숨기고 나는 그저 묵묵히 있다. 그의 행동을 즐기면서. 그와 말씨름을 해야 무슨 소용이 있나. 그가 이미 여기 왔으니 수업을 시작하는 수밖에.

"이게 아마 마지막 수업이 될 것 같군요."

전등불이 모든 걸 이상하게 보이게 한다. 그가 내 손에 입을 맞출 때 나는 내 손을 쳐다본다. 빨갛게 손톱이 칠해진 흰 손.

우리는 오스카 와일드의 「윈더미어 부인의 부채」를 읽는다.

"'웃음, 세상이 웃어대는 그 끔찍한 웃음 – 세상 사람들이 쏟아낸 모든 눈물보다 더 비극적인 것…….' 제가 단어를 잘못 발음하면 중단시켜 주세요."

이번에는 영어 회화……. 그는 러시아의 어떤 공주에 대해 이야기한다. 그 공주는 혁명에 참가했다는 이유로 쥐들에게 뜯어먹히도록 피터와 폴의 감옥에 갇히게 되었다. "공주님은 열흘간이나 소리를 질러댔지요. 그러다가 침묵이 흘렀어요. 하루가 지난 후 감옥의 문을 열었지요. 거기에 공주님의 흔적이라곤 머리칼밖에 없었답니다. 공주님의 머리는 길고 아주 아름다웠다는군요."

그의 이야기는 언제나 고통과 고문에 관한 것이다.

그는 런던에서 그의 가족과 합류할 것이고 옥스퍼드로 갈 것이다. 그의 가족들은 상당히 운이 좋아 많은 재산을 가지고 런던으로 도피할 수 있었다. 그가 발음하는 the, this, that, these, those는 다 정확하다.

"영국 사람들이 저를 좋아하리라고 생각하세요?"

"네. 그럴 거라고 확신해요."(영국에서 그들이 당신을 좋아할지 안 할지는 당신의 얼굴만 봐도 알 수 있지요.)

"제 영어는요?"

"영어는 완벽한데요."

그는 이 말을 듣고 만족해한다. 그는 싱글싱글 웃는다. "열심히 연습하고 있어요." 그는 내게 10프랑을 주고 내 손에 다시 키스를 한 후 허리를 굽혀 인사를 하곤 가버린다. 안녕히 계세요.

나는 10프랑을 베개 밑에 넣는다. 나는 불을 끈다. 잠을 잘 수 있을 때 잠을 좀 자두어야지. 잔잔하고 초록색으로 빛나는 강 위에서 배가 흔들거린다. 창밖. 비밀을 감추고 있는 길들. "나는 태양을 잃었네……." 남자가 노래한다.

*

……마젠타 대로에 있는 집.

산파는 아주 하얀 손과 아래로 처진 맑은 눈을 가지고 있다. 그녀가 쳐다보면 세상은 그 움직임을 멈춘다. 구름은 구름이고, 나무는 나무며, 사람은 사람이다. 바로 그렇게 규정된다. 서로 섞이거나 혼동하지 말아요. 네, 절대 안 그럴게요.

그리고 언제나 오렌지 꽃을 달인 탕약이 있다.

그러나 내 가슴은 납처럼, 돌덩이처럼 무겁다.

종이꼬리표가 내 죽은 아기의 손목에 달려 있다. 차디찬 아기는 아주 조용히 누워 있다. 손목에 꼬리표를 달고. 죽었기 때문에.

생각하지 말아야지. 냉기 어린 하늘을 배경으로 똑바로 서 있는 나무의 가지들이 하늘에 만드는 그림만을 그저 응시하자. 무엇보다도, 생각하면 안 돼.

에노와 내가 호텔로 돌아왔을 때 나는 너무 지쳐 있다. 나는 침대에 앉아 바닥에 깐 양탄자만 바라본다. 지쳤을 뿐, 나는 괜찮다. 나는 계속 우리 아기가 입고 있던 옷을 생각한다. 너무도 앙증맞고 예쁜 옷. 그 옷도 다 못쓰게 되겠지. 모든 게 다 망가진 거야.

"하느님은 너무 잔인하시다. 너무 잔인해. 악마의 짓이야. 모든 게 다 설명이 되는군. 오직 가능한 대답이다. 악마의 짓."

"나 나간다." 에노가 말한다. "나 여기 이러고 있지 못하겠어. 나가야겠어."

나는 방에 머물렀다. 그 붉고 추한 양탄자와 타오르는 태양 아래 서 있는 더러운 벽을 바라보며. 너무도 뜨거워 손을 대면 델 것 같은 벽. 그리고 붉고 노란 꽃들과 모든 것이 정지된

대낮.

＊

　이제 교통신호등은 빨간 불이다. 음울하고 수척하고 잔인한 붉은색. 길고 좁은 코와 예리한 푸른 눈을 가진 남자가 부드럽게 뜯는 밴조의 현.

　우리의 행운은 이제 끝났고, 빛들은 모조리 붉은색이다.

　우리는 모두 모여 있다. 리즈, 알프레드, 장……. 뚱뚱한 남자가 소리친다. "갈색 머리 여자와 금발의 여자. 갈색 머리와 금발." 샴페인 병의 코르크 마개가 펑 소리를 낸다. 걱정은 해서 뭘 해. 우리의 운은 갔는데.

　뚱뚱한 남자와 나는 둘이서만 구석에 있다.

　"인생이란 게 정말 끔찍한 거지요. 유부녀를 사랑한 남자 애기 혹시 아세요? 그 여인이 병이 들었대요. 남자는 감히 여자의 안부를 물으러 그녀의 집엘 못 가는 거예요. 그녀의 남편이 아내를 의심하고 남자를 증오할 것이 두려워서지요. 남자는 여자의 집 주변을 서성이며 눈치만 봤대요. 내내 남자는 자신에게 물었대요. 여자네 집에 가서 그녀를 보게 해달라고 하는 게 겁쟁이 같은 행동일까, 그렇게 하지 못하는 자기가 겁쟁이일까 하고요. 그런데 어느 날 드디어 그 남자가 여자네 집을 찾아 갔더니 여자는 죽었더라는 거예요. 여자에게 말 한마디도 전하지 못했는데. 그는 여자를 사랑하고 여자는 죽어가는데 그걸 다 알면서도 남자는 다정한 말 한마디를 전하지 못한 거지요. 오래된 이야기예요. 이런 얘길 들으면 웃음이 나오지 않으세요? 그게 정말 있었던 얘기일 수도 있고 아닐 수도 있지만."

(부인, 왜 당신은 슬퍼하세요? 슬퍼하지 마세요. 슬퍼하시면 안 돼요. 웃고 춤추세요…….)

뚱뚱보는 계속 주절댄다.

"내 파트너의 아내는 아주 어여쁜 여자지요. 그런데 무슨 이유인지 행복하지가 않아요. 어느 날 이 부인은 불로뉴 숲으로 들어가 한참을 걷다가 거대한 나무 밑에 당도하지요. 거기서 그녀는 권총을 꺼내 가슴에 대고 방아쇠를 당겼어요. 죽었냐고요? 물론 안 죽었지요. 정말 죽고 싶으면 총을 입에 물고 입천장을 향해 방아쇠를 당겨야 한답니다. 그녀는 아직 병원에 있어요……. 처음에는 이 사건이 내 파트너에게 큰 충격으로 다가왔지요. 얼마나 아내가 불행했으면 자살을 생각했을까를 고민하며 참담한 상태에 놓여 있었어요. 그게 일주일 전이지요. 그런데 지금 그는 모든 게 다 말도 안 되는 귀찮은 일이

212

라고 여기고 아내를 불쌍하게 생각하지도 않는다는 거예요.
인생이란 게 정말 우스꽝스러운 거라니까요.”

그러니 자, 생각해 봐요. 인생을 야릇하게 만드는 건 이런
이상한 사건이 발생하기 때문도, 사람들이 그 사건들을 겪어
냈기 때문도 아니라니까요. 이런 괴상한 사건이 결국 잊힌다
는 사실이 인생을 요지경으로 만들지요. 우리가 생각하기에
천추와 같았던 어떤 시간이 결국 퇴색되고, 잊히며, 뇌리에서
사라진다는 것, 이것이 인생을 우스꽝스럽게 만드는 거라니까
요. 우리가 결국 잊게 되고 그러니까 매일이 새로운 날이 되겠
죠. 그래서 누구에게나 희망이 있는 거예요.

이제 우리의 운은 바뀌었고 인생의 신호등은 온통 빨간불
이다.

*

방? 좋은 방? 아름다운 방? 욕실이 달린 아름다운 방? 높게
낮게, 앞으로 뒤로 그네를 타네……. 이런 일이 발생했고, 저런
일도 발생했지.

그리고 나 홀로 외로운 날들이 나를 찾아온 거야.

＊

"편지 쓸게." 그가 말했다. "돈도 좀 보내보도록 할게."

그러나 나는 안다. 우리의 관계가 완전히 끝났다는 걸. 처음 부터 나는 감지하고 있었다. 이런 날이 오고야 말 거라는 걸. 우리가 서로 안녕을 고하는 날이 올 거라는 걸.

그는 기차의 창밖으로 몸을 빼고 나를 보았다. 나는 그를 올려다보며 그의 눈이 유난히 빛나는 이유가 혹 눈물 때문인가 하고 생각해 본다. 에노는 쉽사리 눈물을 보이는 그런 남자가 아니다.

기차가 떠나고 난 뒤 나는 북부 역 가까이에 있는 바에 들어가 커피를 마시며, 어둡고 넓기만 한 세상을 창을 통해 응시한다.

당분간만 이런 거야. 일이 잘 풀리면 우린 다시 모여서 살 수 있어. 그러나 마음 저 깊은 곳에서 나는 안다, 그것이 마지막이라는 걸.

내가 결국 에노를 사랑했었나? 에노는 나를 사랑했나? 모르겠다. 단지 그와 헤어진 이후 내가 완전히 부서졌다는 건 안다. 한꺼번에 와르르 무너진 건 물론 아니다. 처음엔 이런 일이 일어났고, 다음엔 저런 일이 일어났지……

*

……나는 마들렌 광장 가까이에 있는 한 호텔로 이사를 간다. 이 방에는 파리가 많다. 파리 떼가 나를 괴롭힌다. 한 마리를 죽인다. 파리도 사람처럼 피가 있다는 걸 나는 예전에 몰랐다. 파리가 죽어서 누워 있다. 날개를 움직이지 못하고 네 발은 하늘을 향한 채. 다시는 춤을 못 추겠지…….

나는 돈을 좀 꾸어보려고 영국으로 편지를 쓴다. 그들은 대답을 하지 않고 나를 오래 기다리게 한다. 나는 수녀님들이 가난하고 버림받은 여자들에게 매우 싼 음식을 제공하는 수녀원에서 끼니를 때운다. 나이가 많은 담당 수녀님이 내게 친절하게 대해 준다. 최소한 내게 불친절하게 하지는 않는다. 우리가 식사를 하는 방에서 돌을 깐 넓은 정원을 내다볼 수 있다. 돈 몇 푼을 내면 포도주 반의 반 병을 사 마실 수도 있다.

그러나 내가 사는 호텔의 영국인 사환이 내가 지금 어떤 이름을 사용하든, 사실은 내가 자기가 영국에서부터 잘 알던 여자이며, 자기의 친구인 경마 기수와 파리로 도망을 왔고, 그 친구에게 못된 짓을 한 천하에 더러운 여자라고 지배인에게 말한다. 그것이 사실이 아니라고 반박해 봤자 소용이 없다. 정말 소용이 없다. 그게 그 사환의 신경증 증상인지, 처음 볼 때

부터 나를 증오했기 때문인지, 그렇지 않으면 나를 그가 안다
는 여자와 착각을 한 건지, 나는 도무지 알 길이 없다.

그러나 그가 내 인생을 지옥으로 만든 것만은 사실이다.

드디어 영국에서 돈이 왔다. "자꾸 이러면 곤란하지." 그들
은 모두 이렇게 말한다.

"모든 사람이 이러면 안 된다고 충고를 했음에도 불구하고
계속 이런 짓을 하는군." 그래, 다시는 안 그럴게. 냉혹한 인
간들.

나는 그 호텔을 떠난다. 마들렌 광장도 떠난다. 포크도, 칼
도, 숟가락도 다 씻어서 벽장에 넣어버린다. 가난한 여인들과
함께하던 수녀원에서의 식사는 이제 끝이다.

그렇지만 생각해 보면, 그때는 그래도 내가 카페에서 커피
를 마실 수 있었고, 포도주 반 병만 마셔도 행복하게 느꼈으
며, 이런 일 저런 일들이 일어났던 시기이다.

그러나 그런 황금빛 날들은 계속되지 않는 법. 오후의 태양
도 슬프게 보일 수 있다. 그렇지? 모든 것은 슬프게 보일 수 있
어. 오후의 태양도. 모든 것이 슬프고 두렵다.

돈. 어둠의 계절이 오고 있구나. 미장원에 갈 돈, 치과에 갈
돈, 발 모양을 비틀어지게 만들지 않는 신발을 살 돈(높은 굽

이 달린 싸구려 신발을 신고 걷기가 얼마나 힘든지), 좋은 옷을 살 돈, 돈, 돈. 어둠의 계절이 내게 오고 있어.

돈이 없으면 모든 일이 벌어진다. 무엇이고 필요한 게 있을 때면 꼭 돈이 없다. *무일푼.* 나를 기죽게 하는 돈.

내가 얼굴이 못생기고 행동이 추한 여자인가? 아니, 전혀 아니야. 그런 말을 하는 것들은 항상 여자들이지. 아니다. 그게 아니야. 남자들이 그렇게 말했어. 내가 못생겼다고? 아니야, 아니야. 너는 젊고 아름다워.

어떤 때는 괜찮았어. 때때로는 이 얼굴을 가지고도 잘 살았어. 때때로가 아니라 흔히라고 해야지. 그리고 낮이 가고 밤이 간다…….

먹고, 마시고, 산보하고, 씩씩하게 걷고, 호텔로 돌아간다. 도착의 호텔, 떠남의 호텔, 미래의 호텔, 마르티니크의 호텔, 우주의 호텔……. 이름도 없는 길가에 있는 이름 없는 호텔. 인종을 누르면 문이 열린다. 이 호텔은 이름 없는 길에 있는 이름 없는 호텔이랍니다. 여기 사는 사람들은 이름이 없고 얼굴도 없어요. 계단을 오른다. 항상 똑같은 그 계단. 항상 똑같은 그 방.

방이 내게 묻는다. "옛날과 다름없지? 그래……? 안 그래……?" 그래.

$$*$$

이 모든 것 다음에 무슨 일이 일어났더라?

바로 이거지. 내가 몸을 숨길 장소를 갖게 되자마자 나는 그 속으로 기어 들어가서 숨어버렸다는 것.

그래. 어떤 때는 좋은 날도 있어. 그렇지 않니? 때때로 하늘은 청명해. 때때로 공기는 가볍고 상쾌해서 숨쉬기가 쉬워. 그리고 내일은 언제나 있는 거니까…….

내일은 라파예트 백화점에 가서 옷을 한 벌 골라야지. 그리고 프랭탕 백화점으로 가서 장갑을 사고, 향수도 사고, 립스틱도 사야지. 뭐든 값이 6.25프랑 혹은 19.50프랑 정도 되는 싸구려로 사는 거야. 돈을 쓰는 기분을 즐기는 것, 그게 핵심이니까. 빨강, 초록, 파랑 모조 보석이 박힌 팔찌도 좀 보고, 가짜 진주 목걸이도 보고, 담뱃갑도 구경하고, 보석이 박힌 뿔테 안경도 봐야지……. 그리고 술이나 한두 잔 마시면, 난 오늘이 오늘인지 어제인지 내일인지도 모르게 되겠지.

4장

　내가 열쇠를 가지러 프런트에 가니 여자 지배인이 영국 남자가 내게 메모를 남겼다고 말한다.

　영국 남자? ……맞아. 여자 지배인은 그렇게 알아들었다고 말한다. 런던에서 온 영국 신사.

　안녕하세요. 당신을 보러 잠깐 들렀어요. 저는 잘 지내고 있어요. 어마어마한 행운을 잡았답니다. 저는 파리를 내일이나 모레 떠날 예정입니다. 뵙지 못해서 아쉽군요.

— 르네

내가 4층으로 올라가자 외판원이 방문을 열더니 고개를 쑥 내민다. 내 얼굴을 보자 그가 소리친다. "암소! 더러운 암소." 그의 머리가 사라지더니 문이 꽝 소리를 내며 닫힌다. 그러나 그는 아직도 높고 날카로운 소리로 계속 지껄인다.

나는 코트와 모자를 벗고 오늘 산 향수니 스타킹들을 치워 넣으며 계속 귀를 쫑긋하고 외판원이 무슨 말을 하는지 듣는다.

그의 목소리가 이제 들리지 않는다. 요란한 노크 소리. 아니 이건 너무하는 거 아니야? 몇 마디 해야겠군. 내가 당신을 두려워한다고 생각하면 그건 잘못 생각하는 거지. 어디 좀 기다려봐…….

나는 당당히 걸어가 문을 획 연다.

흥분되고 즐거운 표정을 지으며 제비가 거기 서 있다. 그는 나의 손을 자신의 두 손으로 감싼다.

"아까도 왔었어요. 프런트에서 말 안 하던가요? ……그런데 왜 그러세요? 왜 그렇게 겁먹은 표정을 짓고 있죠?"

"겁먹은 게 아니라 화가 났어요."

"아니에요, 당신은 겁먹은 표정이었어요. 누구를 무서워하는 거죠? 설마 나를? 그렇다면 내가 우쭐해지는데."

"옆집 남자인 줄 알았어요. 그가 내게 소리를 치고 있었거든요. 그 사람이 내 신경을 건드려요."

"당신한테 무례하게 굴어요? 제가 그놈의 주둥아리를 문질러줄까요?"

"아니요. 어떤 일이 있어도 그러지 말아요."

"당신이 원한다면 그렇게 할게요. 내가 당신에게 유용하게 쓰일 일이 한 가지만은 아닐 테니까."

"하느님 맙소사. 절대 그러지 마세요. 그런 일은 절대 하지 마세요."

"안 그러는 게 낫겠군요. 필요한 서류를 손에 쥐기 전에는 어떤 싸움도 하지 않는 게 좋을 테니까. 그렇지만 곧 손에 쥐게 될 거예요. 아마 내일이면 다 해결될 거예요……. 나는 이 방이 좋더라. 좋은 방, 매력적인 방. 침대밖에 없는 방. 앉아도 돼요?"

"침대 두 개밖에 없으니."

"네, 알아요. 겨우 두 개라. 그런데도 왠지 방이 침대로 가득 찬 것 같아요. 오늘 오후에 왔을 때 이 방에서 거의 한 시간이나 기다렸어요. 내가 지배인에게 런던에서 온 당신의 친구라고 했지요. 그녀에게 말할 때 영어로 했거든요. 그랬더니 당신 방에 올라가서 기다리겠냐고 하더라고요."

외판원이 내게 "암소, 더러운 암소."라고 한 이유가 이제야

짐작이 간다.

"그래, 좋아요. 그러나 내가 당신에게 여기 올라오지 말라고 했고 당신도 그러마 하고 약속했지 않아요?"

"그렇긴 해도. 왜 안 된다는 거죠? 지배인은 아주 좋은 사람이던데……. 당신을 이해할 수가 없네요. 지배인은 전혀 괘념치 않던데. 당신이 매시간 사람을 데리고 올라온들 그 사람은 관심 없을 거예요. 이 호텔과 이 방을 이렇게 놀리다니 정말 안됐군요. 사랑 놀음을 하기엔 기막히게 좋은 방인데. 이 방을 그냥 썩혔어요? 그렇지 않았을 텐데." 그는 큰 소리로 껄껄거린다. "저 눈, 당신의 슬픈 눈 아래 깊이 자리 잡은 그림자. 그 슬픈 눈과 어두운 그림자는 무얼 말하는 거죠?"

"당신이 생각하는 것과는 아주 딴판이죠. 나는 불면증 때문에 수면제를 많이 먹어요."

"가엾어라, 가엾어." 그가 내 눈을 만지며 말한다. "그 점에 대해 내가 뭘 해주고 싶은데 하도록 허락을 안 하시겠지요?"

이제 나는 조롱받는 것에 질렸다. 이렇게 조롱을 당하다니 정말 메스껍다. 더러운 놈. 가버려라. 놀림을 당하는 건 정말 싫으니까.

그는 내가 화가 난 걸 감지한다. 그는 겸손한 태도로 예를 갖춰 내게 말한다. "제가 온 건 오늘 저녁 저와 아페리티프를 한잔 하실 수 있는지 묻고 싶어섭니다. 그렇게 해주세요. 거절하시면 저는 정말 실망할 겁니다.”

너무도 재빨리, 너무도 쉽게 태도를 바꾸는군. 여기저기로 꼬리지느러미를 휘두르며 미끄러지듯 방향을 바꾸는 물고기같이.

“그래요. 7시 30분에 라일락 동산에서 만나요. 행운을 잡았다니 기쁘군요.”

“미국 사람 하나를 만났어요.” 그는 잘 알아들을 수 없는 말을 한다. “아주 예쁘고, 너무 너무 부자지요. 뭐라고 할까, 째지게 부자지요.”

“돈이 지천인 모양이군요.”

“맞아요. 더럽게 부자지요.”

“리츠 바에라도 갔었나 봐요?”

“아니요.”

“돔에서 만난 건 아니겠지?”

“돔은 아니고. 그 네덜란드 사람들이 모이는 장소 있잖아요. 우리가 얘기를 하고 있는데 그 여자가 어디 다른 데로 가서 춤을 추고 싶다고 하더군요. 내가 말했죠, 나도 정말 그러고 싶다고. 솔직히 말해서…… 정말 솔직하게. 아시잖아요.”

“물론 솔직하셨겠지요.”

"제가 말했지요. '춤추는 것 이상 더 좋아하는 것은 없어요. 아무것도. 그렇지만 불행하게도 지금 현재 제가 무일푼이라서. 거의 무일푼이라서.' 그 이후의 일들은 그저 일사천리로 진행되었지요. 그녀는 지금 모리스 호텔에 머물고 있어요. 정말 성공적으로 일이 진행되고 있다니까요."

"내게 그걸 말해 주려고 여기까지 왔다니 정말 좋은 분이시군요."

"바로 그거지요. 당신은 이해할 수 없는 게 있어요. 나처럼 살다보면 상당히 미신을 믿게 되지요. 제가 생각하기로는 당신이 내게 행운을 가져다주는 사람인 것 같아요. 내가 당신을 만난 날 밤을 기억하세요? 저는 낙담한 채 의기소침했었는데 당신이 행운을 가져다주었어요."

행운의 전달자……. 나는 내 자신을 그렇게 생각해 본 적이 없는데.

그는 내 손을 잡더니 실눈을 하고 내가 긴 반지를 들여다 본다.

"좋은 것 아니에요. 겨우 15프랑의 가치나 있을까?"

"뭐라고 하셨어요? 당신의 손이 그 정도 값밖에 안 나간다고요?"

"내 손을 본 게 아니라 내 반지를 들여다보았잖아요?"

"정말 의심 많은 분이군, 이 여자 분이! 정말 별난 분이야……. 그렇지만 오늘 저녁에 오시는 거지요?"

"그래요. 갈게요. 지난번에 우리가 얘기하던 그곳이요. 7시 30분에 거기에 나갈게요."

그가 갔다. 그는 승리자처럼 보였다.

나는 방을 서성인다. 흥분이 된다. 나는 거울 앞으로 가서 내 모습을 비춰보고 얼굴을 뚫어지게 바라보기도 하고 얼굴을 찡그려보기도 하고 치아를 들여다보기도 한다. 저놈의 전깃불. 저런 흐린 전깃불 아래서 어떻게 화장을 잘할 수 있단 말인가?

즐거운 마음으로 방을 왔다 갔다 하고 웃기까지 하는 내 모습. 그러나 갑자기 나는 나 자신에게 말한다. '절대. 어떤 이상한 짓도 하면 안 돼. 특별히 멋을 내지도 마. 자존심을 조금이라도 가져봐. 마지막으로 인간의 존엄성을 조금이라도 지켜보라고. 하느님의 이름을 걸고. 오늘 오후에 새로 산 스타킹도 신지 말자. 어떤 것도 특별히 하지 않을 거다. 한 가지도. 사람들 앞에서 얼굴을 찡그리는 것도 가식적 몸짓을 하는 것도 이젠 그만.

르네를 만나는 것 때문에 내가 했던 모든 불안과 흥분의 움직임들은 결국은 피상적인 것일 뿐이다. 나의 마음 저 밑에서 나는 무감각하다. 마음 저 깊은 곳에 있는 물은 고여서 정체되어 있고, 조용하며, 무관심하다. 다시 말하면 죽음에 근접한, 그리고 증오와 매우 흡사한 씁쓸한 평화가 있을 뿐이다.

내가 가진 돈은 천 600프랑이다. 내가 오늘 골라놓은 옷값을 치르기에 충분하고, 호텔비를 내기에도 충분하고, 런던으로 돌아가는 여비도 충분하다. 얼마가 남지? 약 400프랑. 나는 250프랑을 가지고 나간다. 식사를 하게 될 경우, 식사대로 200프랑이면 충분하고, 내 핸드백 안 에 있는 거울 뒤에다 50프랑을 감춰야지. 우리가 혹 말다툼을 하게 되거나, 그 녀석이 못되게 굴 경우 택시비가 필요하니까. "택시……." 홀가분하다.

나는 약속시간보다 10분이 늦도록 시간을 계산하고 라일락 동산에 8시 20분 전에 도착한다. 테라스를 둘러보니 아무도 없다. 모퉁이를 돌아 반대쪽까지 둘러볼 의도는 없다. 이런 추운 밤에 그는 분명 실내에 있을 거다.

아주 어여쁜 여인이 바에 앉아서 술을 마시고 있다. 제비 녀석은 어디에도 보이지 않는다.

나는 내가 항상 하는 식으로 맥박을 세듯 손목을 만지며 생자노를 한 잔 시킨다. 내가 실망했냐고? 그럼 화가 났냐고? 아니. 나는 아주 마음이 평온하다. 그가 여기 어딘가에 있다고 확신하기 때문이다.

“테라스에 누구 기다리는 사람 없어요?” 나는 웨이터에게
묻는다.

“없어요, 없으리라고 생각하는데요. 오늘 밤은 워낙 추워서.”

“가서 좀 봐주시겠어요?” 나는 아주 평온하고 자신 있는 태
도로 말한다. “누군가 기다리고 있으면 그 사람에게 제가 안
에 있다고 말해 주세요.”

조금 뒤 웨이터가 들어온다. 그 뒤를 제비가 따르고 있다.

“여기 계셨군요. 저는 바람 맞히시는 줄 알았지요.”

“세상이 끝났다고 생각하진 않았을 거고, 바람을 맞히다니
믿을 수가 없군, 하고 생각했겠군요.”

“그래요, 믿을 수가 없었어요. 그러나 웨이터가 나타났을 때
이게 사실이구나 하고 생각했지요. 나는 당신을 저주하고 있
었어요. 전에 우리가 같이 얘기를 나누던 곳에서 만나자고 하
셨잖아요. 바로 거기서 제가 기다리고 있었거든요……. 정말
추워 죽겠어요. 몸을 덥히느라 페르노를 두 잔이나 마셨는데
아직도 춥네요. 제 손 좀 만져보세요. 페르노 한 잔 더 마셔야
겠군요.”

그는 매우 취한 것처럼 보였다. 그러나 우리가 흔히 말하는
라틴식의 취기라고 할까. 눈이 빛나고 목소리가 한 음조 높아
진 상태 말이다.

바에 앉아 있던 여인이 일어나 우리 앞을 천천히 걸어 밖으로 나간다.

"와, 예쁜 여자다. 보세요, 저 걸어가는 모습을 좀 보세요. 저 엉덩이가 움직이는 모습을 보라니까요. 너무 예쁘지요? 옷을 벗겨 놓으면 몸이 얼마나 예쁠까?"

"왜 따라 나가서 그런지 아닌지 알아보지그래요? 내 생각에 그게 여기 있는 것보다 더 좋을 것 같은데."

"아니에요, 아니에요. 내가 대화를 나누고 싶은 여인은 당신이니까."

"그게 내가 여기 있는 이유니까. 어디 말해 보세요."

"식사 하면서……." 1초쯤 침묵이다. 내가 무슨 말을 하도록 기다리는 거다.

나는 그에게 함께 식사를 하겠느냐고 묻는다.

"고마워요. 솔직히 말씀드리면, 제가 술을 몇 잔 마셨기 때문에 술값을 지불하고 나면 몇 푼 남는 게 없어서."

"뭐라고요? 그 미국 여자친구에게서 돈 좀 얻지 못했어요?"

"아니요, 아직. 아직 못 그랬어요. 내가 그 여자에게 무얼 요구할 땐 정말 큰 거지요. 그러나 그런 짓을 너무 서둘러 하면 안 되지요. 그 여자도 준비할 시간이 필요하니까……. 아마 거의 준비가 됐을 거예요. 아마 내일쯤은 준비가 될 거라고 생각해요."

그는 말하는 내내 내 눈을 똑바로 보고 있다. 마치 남을 무시하는 사람들에게서 나타나는 태도처럼.

"저녁값을 지금 내게 줄래요? 식당에서 주지 말고." 택시 안에서 그가 말한다. "그게 더 나을 것 같아서."

"물론이지. 그렇게 하려고 했어요."

내가 그에게 200프랑을 주자 그의 입이 축 처진다.

"저녁값, 술값 그리고 택시비를 다 치르고 나면 아마 2프랑 정도 남을 거예요. 내가 미리 다 계획했으니까."

"정말 심술궂은 여자군요."

무언지 확실히 집어내지는 못하겠지만 내가 보기에 이 사람에게는 너무도 자연스럽고 명랑한 구석이 있다. 그리하여 나까지 자연스럽고 행복하게 만들고 내가 젊어지는 것 같은 느낌을 갖게 한다. 아주 어려지는 느낌이다. 내게 어린 시절은 없었다. 나의 어린 시절은 긴장과 불안의 연속이었다. 나는 어린 적이 없었던 것 같다. 친구들과 함께 뛰어놀던 때는 없었으니까……

"배가 고파요. 너무도 배가 고파서 먹는 것 외에 딴 생각은 할 수가 없을 정도예요. 먹는 것, 먹는 것. 배가 부르면 문젯거리는 없어지지요."

"지금 가는 장소는 내가 좋아하는 또 하나의 장소지요, 아주 멋있어요. 오늘 우리 둘이 그 장소를 한껏 즐기자고요." 내가 말한다.

그러나 그곳에는 사람들이 여럿 있다. 모두 먹기에 열중하면서.

나는 환한 불빛에서 내 모습을 보고 싶어 위층 화장실로 간다. 피그앤릴리가 자랑하는 것 중 하나가 화장실이다. 너무나 깨끗하고 너무도 화려하며, 환한 불빛이 있는 곳. 거울이 여기저기 많고 아무도 나를 쳐다보는 사람이 없는 화장실. 내 모습이 괜찮나? 나쁘지는 않아. 정말이야, 아주 괜찮아…….

"이제야 드디어 우리가 뭘 먹게 되는군요." 내가 아래층으로 내려오자 그가 말한다.

나는 배가 고프지 않다. 별로 흥겹지 않은 이 좁은 식당의 음식 맛이 별로라는 걸 그가 알아차리리라고 나는 기대한다. 그러나 그는 전혀 알지 못하는 모양이다. 그는 상당히 많이 먹고 또 많이 말한다.

그가 말하는 미국 여자 얘기를 나는 믿지 않는다. 그가 아마 만들어냈겠지. 그렇지만 그가 그렇게 즐거워하고 또 자신만만

한 것으로 보아 무슨 일이 분명 있었던 모양이다.

뿐만 아니라 그는 며칠 후면 런던에 갈 수 있으리란 걸 확신하고 있다.

그는 내게서 쓸 만한 정보를 얻어내려고 노력한다. 예를 들면 나이트클럽이니 식당 같은 곳에 대해 알고 싶은 모양이다. 어디가 가볼 만한 곳인가요? 런던은 온통 클럽 천지라면서요? 그래요, 런던에는 클럽들이 즐비하지요. 클럽, 클럽……. 어떻게 해야 멋있는 맞춤 양복점을 알 수 있을까요? 유명한 곳들은 선전을 하겠지요?

"나는 몰라요. 난 이런 걸 묻기에 적절한 사람이 못 되는데요."

"파티를 열어 당신 친구들에게 절 좀 소개시켜 주면 안 되겠어요?" 반쯤은 농일 거고. 내게 알랑거리기까지 하는군.

"나는 친구가 없답니다."

"아! 그거 참 안됐군요. 정말 안됐어."

내가 보기에 그는 런던에 가본 적은 없는 것 같은데 런던에 대해 모르는 게 없다. 주워들은 게 많은 모양이다.

우리가 포도주 한 병을 더 시킬 때쯤 해서 나는 도버 해협만 넘으면 그가 손에 쥐게 될 거라는 노다지광에 대해 모두 듣게 된다.

괴상한 상황 판단. 이 사람 친구들의 말에 의하면, 영국 남자들의 50퍼센트는 호모들이고 나머지 50퍼센트 중 대부분은 성행위를 별로 즐기지 않기 때문에, 가엾은 영국 여자들은 그걸 갈망하고 있다는 거다. 그러니 그들이 돈을 주고라도 즐길 준비가 되어 있다면, 접근만 잘하면 성공하기는 식은 죽 먹기라는 정말 괴상한 상황 판단이다.

내용물이 무언지 두드려 보지도 않은 금광이 해협만 건너면 있다고 믿고 있으니…….

나는 음식을 아주 조금 먹은 데다 술을 마셨기 때문에 빨리 취했고 이 낙관적인 바보와 말씨름을 하기 시작한다.

내 반박에 대해 그는 이렇게 말한다. "당신이 여자니까 그렇게 말하는 거예요. 영국이 여성을 위한 나라가 아니라는 건 누구나 다 아는 사실인데. 이 격언 모르세요? '터키의 개처럼 영국의 여자처럼 불행하다.' 그렇지만 내가 생각하기에 터키의 개와 영국 여자의 불행 정도는 매우 달라요."

그건 그 사람의 생각이고. 그러나 그가 영국에 가면 그는 영국 사람들의 성적 특성보다 인종에 대한 특성과 맞부딪히게 될 것이다. 영국에서 사랑행위는 엄격한 도덕적 가치를 내포한다. (여보게, 사랑은 위생법과 뗄 수 없는 관계를 갖는 문제라네. 성생활이 필요불가결한 것이라 해도 그게 적절치 못한 것일 때……, 누가 그런 품위 없는 필요성에 관심을 둘 것이며 돈과 시간을 쓰겠나.)

"몸조심하세요. 힘들게 노력하면 당신 이름의 약자가 새겨진 모조 담뱃갑 정도는 갖게 될지 누가 알겠어요?"

그는 모든 게 잘될 거라는 강한 확신을 가지고 있다. 가엽기까지 하다. 이 불쌍한 녀석은 정말 잘생겼고, 생동감이 넘치는데다 명랑하고 건강하다. 마치 술을 전혀 안 하는 사람처럼 싱싱하다……. 생업을 어떻게 꾸려갈지 그 기법까지 떠들어대고 있다. 그러나 아무 의미가 없지 않은가. 혹 괜히 말도 안 되는 얘기를 꾸며내서 내가 들으라고 떠드는 건지도 몰라. 그저 내게 충격을 주려고, 그렇지 않으면 내 감정을 발동시키기 위해서…….

밤 9시 30분이다. 그래도 우리는 그냥 거기 앉아 재잘거리고 있다.

"영국 남자들이 사랑할 때 옷을 입은 채로 한다는 게 정말이에요? 그게 훨씬 신사다운 방법이라고 생각한다죠."

"물론이죠. 거기다 코트까지 입고 한다지요, 아마."

내가 이렇게 말한 후 우리는 그 주제에 대해 적절히 대화를 끝낸다.

"제가 아주 재미있는 걸 보여 드릴게요. 이 숟가락 안에 있는 걸 좀 보세요……."

"재미있군요."

"더 재미있는 것도 할 수 있어요."

나는 주의 깊게 그의 마술을 구경한다. 내가 그 기술을 배운다면 남을 즐겁게 하는 능력을 조금 향상시킬 수 있을 텐데.

이거 좋으세요? 저거 좋으세요? 정말 싫은 건 무엇이죠? 제가 며칠 전에 들은 정말 신기한 얘기를 해드릴게요, 등등.

그가 썩 잘하는 게 있다. 술이 취해도 눈빛 하나 변하지 않고 아주 평온하게, 무관심한 척 행동하는 것. 그러나 그의 목소리는 좀 커진다. 다행히도 이 방에는 한 무리의 사람들밖에 없고 그들은 영어를 알아듣지 못한다.

그러나 주인은 영어를 안다. 그가 우리에게 커피를 가져다 줄 때 반쯤은 동정 어린 표정으로 그리고 반쯤은 엄한 표정으로 나를 쳐다본다. 그 표정은 마치 내게 이렇게 말하는 것 같다. "정말, 정말, 원, 이런 남자와 같이 다니지 말아야 한다는 것 정도는 알 만한 분이……. 정말로, 원……." 그는 분명 영어를 알아듣는구나.

나는 주인의 얼굴을 똑바로 마주 바라본다. 그래서 어쨌다는 거지? 못된 사람. 당신은 흥이 없는 사람이오? 그래요? 나는 그렇게 생각하지 않는데. 내가 당신을 비판합디까? 그러니 나도 비판하지 말아요.

그는 위엄있는 걸음걸이로 가버린다. "모두 돌았어." 그는 그렇게 생각하고 있다. "모두, 모두 미쳤어……."

어쨌든 이제 대화는 부담스러워진다. 결론이 무엇이란 말인가? ……아! 문제가 드디어 발생한다.

"내가 다 준비했어요. 테라스에서 당신을 기다릴 때, 웨이터에게 내가 당신을 데리고 갈 적당한 장소가 없냐고 물었거든요. 당신이 저를 호텔로 데려가기는 싫다고 했기 때문에. 웨이터가 말해 주더군요. 라스파이 가에 좋은 데가 있다고."

"어마나, 하느님 맙소사. 웨이터에게 물었다고요?"

"네, 물론이지요. 웨이터들은 이런 일에 빠삭하거든요."

"내가 다시는 얼굴을 들고 들어갈 수 없는 곳이 또 하나 생겼군."

"게다가 당신 말이 당신은 부르주아가 아니라고 했잖아요."

"나는 그런 말 안 했어요, 당신이 그랬지."

누가 그런 말을 했건, 내가 부르주아가 아니라는 말은 맞다. 내일 나는 그 카페에 가서 테라스에 앉아 술을 마실 것이다. 그러나 '내일'이라는 단어를 생각하자 내 머릿속에는 어떤 틈이 생기는 것 같다. 아무것도 존재하지 않는 공간. 마치 내가

텅 빈 공간 속으로 떨어져 내리는 것 같은 느낌이다. 내일은
결코 오지 않는다.

"내일은 결코 오지 않아." 내가 말한다.

"무슨 말인지 이해가 안 되네요."

"잘 들으세요. 이건 내가 당신을 만난 첫날부터 말했는데
통 알아듣지를 못하는군요. 왜 그런 행동을 하는 거예요? 어
리석군요."

"안됐군요." 그는 관심 없다는 듯 말한다. "참 유감이네요.
정말 좋은 시간을 보낼 수도 있었는데. 나에게 이렇게 실망하
지 않을 수도 있었는데."

(그러나 당신이 내게 실망했다면.)

그는 영리한 사람이다. 그는 내가 무얼 생각하고 있는지 느
끼고 있다. "절 두려워하실 필요는 없어요. 전 당신에게 잔인
한 말을 한 적도 없고 당신에 대해 나쁜 말을 한 적도 없잖아
요. 저는 여자에게 잔인한 사람이 아니에요. 그런 식으로 살지
아요. 저는 여자를 좋아해요. 저는 남자를 좋아하지는 않거든
요. 모로코에 있을 때 남자와 사귄 적이 있긴 하지만 소용없었
어요, 저는 여자를 좋아하니까요."

"그럼 당신의 가치답게 행동해야지요. 나는 단지 당신에게
맞는 가치를 당신이 획득하기 바랄 뿐이에요."

"여자를 좋아하세요?" 그가 의심스럽다는 듯 묻는다.

"아니요."

"사랑할 가치가 있는 여자를 평생 만난 적이 없다는 거예요?"

"네. 만난 적 없어요. ……아니, 한 번 있군요. 내가 사랑에 빠질 수도 있었던 여자인데, 사창가에서 만났죠."

"그래요? 아주 편리하군."

그가 웃는다. 주인이 놀라 벌떡 일어나 우리 쪽을 쳐다보더니 어깨를 으쓱하고는 몸을 돌린다.

"왜 그 여자를 사랑했지요?"

"도대체 그런 질문이 어디 있어요?"

원 세상에, 사람을 왜 사랑하는지 어떻게 대답을 하지? 벼락이 어디에 떨어질지 안다고 말하는 거나 같지. 최소한 내겐 그렇게 생각된다.

"그 여자 얘기 좀 해보세요."

"말할 거리가 있어야지요. 내가 그 여자를 좋아했다는 걸 빼곤. 그 여자는 아주 슬퍼 보였고 부드러운 여자였어요. 그러기가 쉽지 않은데."

그는 아주 흥미있어한다.

"그 여자와 사랑의 행위도 했나요?"

“천만에, 절대 아니지요. 물론 아니고말고요.”

“그래서 어떻게 됐지요? 말해 보세요.”

“내가 이런저런 감상적 생각에 잠겨 있을 때 새 손님이 들어왔고, 그녀는 그 손님 주변에 몰려 떠드는 사람들과 합세하기 위해 자리를 떴지요. 왜 그렇게들 하잖아요……. 나는 사창가를 워낙 싫어해서.”

(도대체 이 여자가 왜 갑자기 지나간 세월을 빠져나와 지금 기억나는 거지? 예쁜 여자도 아니고, 특별한 여자도 아니었는데. 그 여자는 그곳에서 즐거운 시간을 보내고 있는 것 같지 않았다. 나는 그녀의 어깨를 내 팔로 감싸고 그녀에 눈에 입 맞추고 싶었고 그녀를 위로해 주고 싶었다. 그게 사랑이 아니라면, 뭐였지?)

“모든 여자들이 홍등가를 싫어하지요.”

“그래요? 다른 여자들의 얘기를 들으면 그렇게 말하지 못할 텐데. 게다가, 내가 다른 여자들과 같다고 말하지 말아요, 나는 다르니까.”

“그러지요. 그렇지만 여자들이 전부 그렇게 말하던데요.”

불협화음이 흐르는 분위기로 바뀌는 것 같다. 이러다 싸움이라도 나면 그건 유감이다.

“나는 아무짝에도 소용없는 인간인가 봐요. 내가 감성이 결여된 사람이란 걸 느끼지 못했어요?" 내가 말한다.

어떤 책의 제목이 '단지 이성만 발달한 사람'이라든지 '내가 꿈꾸는 걸 방해할 수 없다'라면 얼마나 우스울까? 이 책이 독보적이라고 인정받고 어떤 확신을 줄 수 있는 책이 되기 위해서는 그 작가가 남자여야 하지 않을까? 참으로 유감이다. 유감이야.

"당신이 자신을 그렇게 평가하세요?"

"그래요. 확실히 나는 그래요."

"나는 당신을 전혀 그렇게 생각하지 않는데요. 저는 당신이 좀 어리석다고 생각해요."

나는 너무 놀라서 말을 이을 수 없다. 그가 지금 내가 한 말을 듣고 나를 어리석다고 생각한다면, 나와 그동안 나눈 평범한 대화에 대해서는 어떻게 생각했단 말인가. 예를 들면, "오늘은 날씨가 좋을 것 같아요, 그래요, 그랬으면 좋겠어요, 그래요……."

"내가 어리석다고 생각한다고요?"

"아니에요. 그게 아니라고요. 화내지 마세요. 제가 말하는 뜻은 당신이 바보라는 게 아니라 당신은 당신이 생각하는 것보다 훨씬 감성이 발달했다는 말이지요."

내가 그래? 정말인가? ……어쨌든, 어리석다고 했어…….

지극히 웃기는 독백이 내 머릿속에서 들려온다. 내게는 극히 우스운 독백이다. 더는 큰 소리로 웃고 싶지 않아 나는 말한다. "우리 둘 모두 신경이 많이 날카로워졌지요? 도대체 '감성이 결여된 사람'의 뜻이 뭐지요? 아세요?"

"남자를 싫어하고 남자의 필요성을 느끼지 못하는 여자라는 뜻이지요."

"그게 정말이에요? 나는 가끔 그게 무슨 뜻인지 궁금했어요. 그런 여자들이 상당히 많지요, 아마. 그리고 그 숫자는 점점 늘어나고 있고."

"그렇지만 그런 여자들은 여자도 싫어하지요. 진짜는 자기 외에 아무도 좋아하지 않지요. 그들이 좋아하는 건 그들의 두뇌랍니다. 그렇지 않으면 자신의 두뇌가 대표한다고 생각하는 것, 그걸 좋아하지요."

자기 자신에게 만족한다고? 운두가 높은 모자를 쓰고 으쓱하는 흑인 아이처럼……

"솔직히 말하면, 그런 여자는 괴물이지요."

"맞아요. 괴물이군요."

"어쨌든, 당신이 날 어리석다고 생각한다는 사실을 알게 된 건 내게 매우 위안이 되는군요. 계산서 달라고 할까요? 자, 갑시다."

“어제 아침에 제가 당신한테 전화 걸었던 걸 아세요?”

“알아요. 자고 있었어요. 내려갔지만 벌써 끊어졌더군요.”

“누가 전화를 했는지 아셨지요?”

“당신일지도 모른다고 생각했어요. 확실하진 않았지만.”

“그럼, 파리에 친구들이 있나 보죠?”

“아는 사람이라곤 하나도 없어요, 며칠 전에 만난 두 명의 러시아 남자들 빼고는. 난 그 사람들이 참 좋아요.”

“러시아 사람들이요?” 그는 심술궂은 목소리로 말한다. “파리에 사는 러시아 사람이라. 그런 사람들이 어떤 인간들인지는 누구나 다 알지요. 유대인 아니면 백인 가난뱅이들. 세상에서 가장 재미없는 인간들이지요. 아주 몹쓸 인간들이에요.”

웬일인지 나는 그 소리에 매우 화가 난다. 내가 도대체 왜 여기 있는 거지? 이 식당에서 이 제비 같은 녀석과 더러운 얘기를 나누며 내가 무얼 하는 거지? 나는 이곳에서 나가고 싶다. 그를 두고 가고 싶다.

“난 박람회장에 갈래요. 집에 가기 전에 다시 한 번 보고 싶어요.”

“박람회장이요?”

“가보셨어요?”

“아니요. 박람회장에 가서 제가 무얼 하라고요?”

"나는 갈래요. 원하지 않으시면 따라나설 필요 없어요. 나 혼자 갈 테니까."

나는 혼자 가고 싶다. 택시를 타고 길을 따라 드라이브를 즐기고 나 혼자 서서 추운 밤 불빛을 받고 있는 분수대를 내려다보고 싶다.

"물론 가야지요. 당신이 박람회장을 가고 싶다면 우리는 같이 가는 거예요. 당연히."

*

우리는 트로카데로 쪽에 있는 문으로 들어간다. 관람객들은 많지 않다. 춥고 텅 빈 아름다운 곳, 나는 그걸 상상했고 그걸 원했다.

"저기 저 불은 뭐죠?"

"그게 평화의 별이에요. 모르셨어요?"

그는 다시 올려다본다.

"어째 저리 빈약하지. 천하게 보이네요, 평화의 별이라는 게   ."

"빌딩은 그래도 아주 훌륭히 지었는데요." 나는 선생님이 말하듯 말한다.

우리는 분수대를 내려다볼 수 있게 만든 산책로에 서서 분
수대를 본다. 이렇게 하고 싶었었다. 추위 속의 분수대, 물 위
로 드리워진 차디찬 무지개…….

"당신의 평화의 별, 참 볼품없네."

우리는 난간에 몸을 기댄 채 한참 서 있다. 그가 나의 팔짱
을 낀다. 그가 떨고 있는 걸 느낄 수 있다. 내가 그렇게 말하자
그가 대답한다. "모로코에서 살다 오니 여긴 춥군요."

"그렇겠지요, 모로코."

"내가 모로코에서 막 왔다는 걸 믿지 않는 거죠?"

그가 한 말 중에서 어떤 거짓말이 또 있을지는 모르지만, 그
가 적절히 옷을 입지 았다는 사실은 확실하다.

불빛이 물 위에서 떨고 있고, 위로 솟구쳐 오르는 물은 차고
아름답다…….

"왜 미국인 친구에게 돈을 좀 꾸어서 외투를 하나 사지 그랬
어요?"

"아니에요. 좀 기다릴 거예요. 옷은 런던에서 사려고 해요."

젠장, 런던의 양복점과 그 주소에 대한 얘기가 또 나오시는
군.

"어디 가서 술이나 한잔하지요. 몸을 좀 녹이게."

"술이요?" 그가 말한다. "네, 좋지요. 그렇지만 이렇게 추운

날씨에 오랫동안 걸어가서 싸구려 술이나 한잔 마시는 걸 제가 원하지 않는다면요?"

그는 휘파람을 불기 시작한다. 마치 어린 소년이 용기를 북돋기 위해 휘파람을 불듯, 크고 순수하고 청아하게.

"무슨 노래죠? 듣기 좋아요."

"군대 행진곡이에요. 진짜예요. 저는 그렇게 생각해요. 그렇지만 제가 어찌 알겠어요?"

"모로코 얘기 좀 들려주세요."

"싫어요. 모로코에 대해 말하고 싶지 않아요……. 생각하고 싶지도 않아요." 그가 큰 목소리로 말한다. "자, 가서 술이나 마십시다."

"굿바이 술이에요."

"그래요…… 굿바이 술. 그렇지만 여기 말고 밖으로 나가서 마셔요."

우리는 나란히 택시에 앉았지만 몸이 닿지 않게 떨어져 앉는다. 그는 내내 작은 소리로 휘파람을 분다. 나는 유리창을 통해 휙휙 지나가는 길의 모습을 보고 있다. 그래, 파리여. 이게 우리의 이별주다…….

"어디로 가는 거죠?" 그가 말한다.

우리는 막 카페 되 마고를 지나고 있다.

"여기 괜찮지요? 여기 들어갑시다."

카페에는 손님이 많지 않았다. 나는 가능한 한 사람들로부터 많이 떨어진 곳에 자리를 잡는다. 우리는 브랜디 두 잔을 주문한다.

그는 내게 자기 나이가 스물여섯이라고 말했지만 그것보다는 더 들어 보인다. 한 서른? 그는 제비처럼 보이지는 않는다. 전혀 제비 같지 않다.

갑자기 나는 부끄러워지고 말과 행동이 부자연스러워진다. (말도 안 돼. 제발, 그가 알아차리지 못해야 할 텐데.) 나는 브랜디를 반 잔쯤 마신 후 지난번 내가 되 마고에 왔었을 때에 관해 말한다. 나는 또 내가 어떻게 해서 앙티브에서 살게 되었는지 그리고 어떻게 내가 얼굴이 갈색으로 그을었고 돈깨나 벌어 내 세상인 양 우쭐거리며 파리로 돌아왔는지도 말한다.

"내가 번 돈이라니까요, 허풍 아니에요. 정말 우습지요. 아주 돈 많은 부인네를 위해 요정 이야기들을 썼어요. 그 부인은 일할 사람을 찾으러 몽파르나스에 왔었지요. 게다가 시간이 촉박했었나 봐요. 나를 선택한 건 내가 요구한 돈이 제일 쌌기 때문일 거예요. 내가 매우 부자가 돼서 다시 몽파르나스로 돌아온 날 밤, 우린 여기 와서 축하 파티를 했지요. 내가 이 근방 호텔에 머물고 있었기 때문이죠."

　브랜디와 소다 그리고 되 마고에 다시 돌아왔다는 것 때문인지 과거의 일들이 내 머릿속에서 멋있게 빙글빙글 돌아가고 있다. 그녀는 이른 아침에 내 방으로 들어오곤 했다. 가운을 입고, 머리는 두 갈래로 따서 내리고, 곰살맞은 표정을 지은 채로. "일어났어요, 잰슨 부인? 지금 막 이야깃거리가 생각났어요. 속기로 받아써요, 할 수 있지요?" "아니요, 전 속기를 못해요." (속았군! 내가 주는 돈이면 속기 정도는 할 수 있어야 하잖아.) "그렇지만 말하고 싶으신 걸 제게 들려주시면 제가 받아쓸게요." 그녀가 줄줄 불러준다. "옛날 옛날에 선인장이 하나 있었어요." ―아니면 백장미, 노란 장미, 그렇지 않으면 빨간 장미, 경우에 따라 다르게. 생각해 보라, 이 모든 걸 아침 6시 30분에 하라니……. 아주 걱정스러운 표정으로 그녀가 말하곤 했다. "이 이야기는 알레고리예요. 알아들으셨어요?" "네, 알아요." 그렇지만 그녀는 알레고리에 대해 명료하게 설명하지 는다. "장소를 페르시아 정원으로 고치겠어요?" "그렇게 하지요, 뭐." "그리고 잰슨 부인에게 말해 줄 것이 있는데, 사무엘이 당신이 쓴 지난번 이야기를 좋아하지 않았어요." 오! 하느님. 가슴이 덜컹 내려앉는다. 마치 리프트를 타고 언덕을 내려가듯. 이 일이 내겐 너무나 황송하게 좋은 돈벌이라는 걸 안다. "사무엘이 싫어하셨어요? 죄송합니다. 그 이야기의 어떤 것이 싫으셨는지?" "내가 보기엔 그가 잰슨 부인의 글쓰기 방법을 좋아하지 않는 것 같아요. 그가 뭐라고 했느냐 하면, 이 이야기들을 위해 쓰는 비용을 고려해 볼 때, 잰슨 부인이 단음절 단어들로 글을 쓰고 있는 게 이상하다고 하면서, 긴 단어를 모르는 건가? 그렇지 않다면 좀 더 긴 단어들을 사용했으면 좋겠다고…… 홈버그 부인이 나와 합작으로 책을 내고 싶다고 조르더군요. 홈버그 부인이야말로 진짜 작가지요. 『나폴레옹의 인생』 3권의 집필을 막 끝냈다고 하더군요." 이런 미묘한 힌트 후에 그녀는 부언한다. "사무엘이 직접 잰슨 부인을 만나보겠다고 하는 걸 내가 말하는 게 낫다고 막았어요. 사무엘의 의사를 내가 전달하면 잰슨 부인이 잘할 거라고 말했어요. 사무엘이 잰슨 부인의 기분을 상하게 할까 봐서. 나는 부인의 감정에 상처를 주고 싶지가 않아요. 왜냐하면 이상하게도 나는 우리가 아주 많이 비슷하다고 생각하니까요. 그렇게 생각하지 않아요?" (아니. 난 전혀 그렇게 생각하지 않아, 이 버르장머리 없는 암소야.) "정말 죄송합니다. 제가 쓴 글을 부인께서 좋아하지 으셨군요."

하늘엔 태양이 작열하고 푸른 지중해가 펼쳐진 곳에서 나는 흰 종이를 앞에 놓고 커다란 책상에 앉아 있다. 몬테카를로, 몬테카를로, 지중해를 끼고 있는 지역, 몬테카를로, 몬테카를로, 내가 사랑하는 소년이 나를 기다리고 있는 곳……. 페르시아의 정원이라. 긴 단어라고 했지? 키아러스큐로우,[14] 트랜스루슨트……?[15] 그는 아마 캐터클리즈멀 액션[16] 같은 단어를 좋아할 거야, 난 확신해. 그렇지 않으면 센트리퓨걸 플럭스[17] 같은 단어를 좋아할지도 모르지. 그렇지만 문제는 이런 긴 단어들을 어떻게 페르시아 정원과 연관해서 사용하는가 하는 거다……. 어떻게든 사용할 수 있을지 몰라. 이상한 일들이 발생했어요……. 한 자도 쓰지 못한 흰 종이들……. 옛날 옛날 한 옛날에 돼지를 돌보는 소녀가 살았답니다……. 페르시아의 정원들. 폭군들—확실히 그들은 폭군들이라고 불렸지……. 밖은 너무도 아름답다. 어디서인지 음악 소리가 들린다……. 될수록 긴 단어들을 사용하기 위해 나는 머리를 짜내고 짜낸다. 밖에서 들려오는 음악은 「발렌시아」다……. "잰슨 부인, 아직 거기 계세요? 나가신 거 아니지요? 지금 막 새 이야기가 생각났어요. 옛날 옛날에……."

태어날 때부터 빈틈없는 사람들처럼, 이 여인도 쇠못처럼 당차고 소유품을 챙기는 특별한 감각을 가지고 있다. 루이 15세 풍 의자에 포도주라도 한 방울 떨어지면 큰 난리가 난다. 물론 모조품이 아닌 진짜 루이 15세 시대 의자다.

대개 이런 사람들을 가리켜 물 한 방울 새지 않을 꽉 막힌 마음을 가지고 있다고 말한다. 그렇지만 나는 그렇게 보지 않는다. 배 밑바닥에도 더러운 물이 고이는 홈이 있듯이 물은 그 홈 안에서 출렁거리게 되어 있다. 이 세상에 물 한 방울이 침투하거나 새지 않도록 완벽한 것은 없는 법이다……. 요정들, 빨간 장미들, 소유의식.—물론 그것들은 우리가 느끼는 것 같이 느끼지는 않는다.—달빛 아래 백합들.—나는 죽음을 넘어선 생존을 믿는다. 나는 이런 일을 겪은 사람에게서 개인적 체험을 들은 적이 있다. 그래서 우리는 우리의 귀중하고 친숙한 몸뚱이를 죽음의 반대쪽에서 발견하게 되는 거다.—사무엘은 좌약을 사는 걸 잊어버렸다.—이런 경우 가엾다는 말은 맞지 않는다.—나는 이런 사람들을 비싼 식당에 데려가지 않는다. 아무짝에도 쓸모없고 도리어 그들로 하여금 나를 오해하게 만들 수도 있다. 그건 정말 친절한 게 아니다.—그럼에도 불구하고, 모든 작은 새들은 노래 부른다.—정신 분석이 도움이 될지도 몰라. 애들러가 프로이트보다 훨씬 건전하다, 그렇게 생각하지 않아?—영국 판사들은 절대 오심을 하지 않는다.—피아노 음악은 격렬한 느낌을 준다…….

같은 홈 속에서 물은 출렁거리고 있다. 물 한 방울 새지 않는 완벽한 구조는 없다…….

나는 르네에게 낄낄거리며 이 모든 얘기를 하고 있었는데 갑자기 르네가 내 말을 가로막는다.

"그런데 제가 그 여자를 알아요. 아주 잘 알아요. ……또 믿지 않으시는군요. 이번에는 절 믿어주셔야 해요. 잘 들어보세요. 그 여자는 이렇게 생겼지요……." 그는 그 여자를 정확히 묘사한다. "그리고 집은 이렇게 생겼고요……." 그는 편지봉투 뒤에다 집의 구조를 그린다. "여기에 종려나무들이 있고, 여기가 현관으로 들어가는 계단. 그 집에서 일하는 못된 집사가 하나 있지요. 기억나세요? 비취 조각품들을 넣어 둔 유리장 두 개가 여기 있고, 수집한 도자기들을 보관한 장식장 두 개가 여기 있어요. 양쪽으로 반원을 그리며 2층으로 올라가게 되어 있는 계단이 있지요. 밤이면 그 집 식구들이 어떻게 그 원형의 계단을 내려오곤 했는지 생각나세요?

"네. 나도 어떻게 그 계단을 걸어내려 왔는지 기억나요."

"어떤 침실을 사용하셨어요? 2층에 있는 방인가요? 목욕탕 옆에 곁방이 있는 그 방 말이에요. 그 곁방에는 초록색 비단으로 싼 작은 소파가 한가운데 놓여 있었지요.

"아니요. 나는 3층에 있는 평범한 방을 사용했어요. 그렇지만 그 방에는 온갖 향수병들이 죽 늘어서 있었지요. 요새도 가끔 그 향수병들을 꿈에서 본답니다."

"도무지 말도 안 되게 웃기는 집이지요."

"나는 아주 인상적인 집이라고 생각했는데요. 내 일생에서 백만장자의 집에 머물러본 건 그게 처음이에요."

"난 훨씬 부잣집에서도 살아봤어요. 내가 살던 집은 어찌나 부자인지 화장실 변기에 물을 내리면 음악 소리가 다 나는 집이지요. 부자들. 가엾게 생각해야 해요. 돈을 어떻게 써야 하는지 개념조차 없는 사람들이에요. 어떻게 인생을 즐겨야 하는지 도통 모른다고요. 아주 안목이 없거나, 그렇지 않고 혹 안목이 있다면 집을 웅장한 무덤처럼 장식해 놓곤 그 안에 갇혀 산다니까요."

"당신이 부자가 되면 그런 부자들의 습관을 다 고쳐놓을 거죠?"

이 남자가 그 집에서 산 적이 있고 그 집 식구들을 알고 있다는 건 확실한 사실인 것 같다. 그게 우리가 서로 더욱 믿을 수 있는 관계로 만들어준다고 생각할지 모르지만, 실은 서로를 더욱 의심스럽게 만든다. 이런 경우 서로를 전혀 모른다는 게 더 도움이 된다고 생각하니까.

그게 언제 일인지, 그의 얘기가 도대체 무슨 말인지. 그가 프랑스에 머무는 동안 어떤 사건에 말려들어 군대에 갔다는 건가? 그래, 그의 얘기가 어떻든 그게 나와 무슨 상관이란 말인가? 매일 다른 얘기를 들려주고 있는데.

"잠깐만 실례할게요." 나는 새침한 태도로 아래층 화장실로 간다.

이 화장실도 내가 아주 잘 아는 곳이다. 거울이 많은 곳으로 잘 알려진 또 다른 화장실이다.

"지난번 나를 들여다볼 때 넌 지금과 달랐었지, 안 그래? 나를 들여다보는 얼굴을 내가 모두 기억하고 있다면 넌 믿겠니? 그러고는 나를 또 보려고 올 때 내가 간직하고 있던 그들의 과거 유령을 가볍게 마치 메아리치듯 그들에게 던져주지. 화장실의 거울들은 모두 그래."

술을 마신 얼굴치곤 나쁘지 않군. 술이 내 얼굴을 홍조를 머금은 어여쁜 모습으로 만들어주는 시간과, 술이 마침내 나를 흉측한 모습으로 만드는 시간 사이, 즉 그 중간 지점에서만 볼 수 있는 현상이라고 해야지.

"당신은 항상 화장실로 사라지곤 하네요. 그거 정말 신경을 건드리게 합니다."

나는 그를 똑바로 쳐다보며 말한다. "나이가 들다 보니."

그가 상을 찌푸린다. "그렇게 말하지 마세요. 그런 식으로 말하지 말라고요. 당신은 늙지 않았어요. 단지 젊다는 걸 두려워하는 나이에 도달했을 뿐이지요. 저는 그 심정 안다고요. 젊은이들이 당신을 두렵게 했군요? 왜 그들이 당신을 두렵게 하도록 내버려 두세요? 그들은 항상 그런다니까요. 그러니 당신이 그들을 무서워하든지, 그들이 당신을 무서워하도록 만들든지 둘 중 하나지요."

"좋은 충고 고마워요. 기억하도록 노력할게요. 브랜디 한 잔 더 해야겠군요."

"그렇지만 술을 너무 많이 마시면 당신이 운다고 말하지 않나요? 술이 취하면 우는 사람이 나는 무서워요."

"울 기분이 전혀 아닌데요. 내 생애에서 이렇게 행복해 본 일이 없는 것 같은데."

브랜디가 왔다. 나는 소다수를 부어 유리잔 바닥 부분에서부터 거품이 위로 올라오는 모습을 바라본다. 이 잔은 천천히 마셔야지.

"시간 끌지 말아요. 빨리 마시고 갑시다."

"어디로?"

"당신의 호텔로 가든지 라스파이 가로 가든지, 당신 좋은 대로 해요. 정말 바보 같아. 당신 같은 바보가 어디 있겠어요. 왜 그렇게 가장을 하지요? 자. 내 눈을 똑바로 쳐다보고 말해 봐요. 당신은 그걸 전혀 원하지 않는다고."

“물론 나도 원하지요.”

“그럼 왜 싫다는 거죠? 최소한 왜 원하지 않는지는 말해 줘야 하지 않나요? 당신도 원하고 나도 원하는 걸…….”

“그건 하나도 중요한 것이 아니라고 생각하니까.”

“중요하지요. 그러나 최소한 왜 싫다는 건지 말해 주면 좋겠네요. 이렇게 묻는 게 지나친 건가요?”

“그렇진 않지만, 나는 두려워요.”

“두려워요? 두렵다고요? 뭐가요? 내가 당신의 목이라도 조를까 봐서요? 내가 당신이 끼고 있는 그 예쁜 반지 때문에 당신의 목을 자르기라도 할까 봐서요?”

“아니요. 내 반지를 갖기 위해서 당신이 나를 죽이기야 하겠어요?”

“그렇지 않다면. 내가 당신을 죽일까 봐 무서운 모양이군요. 돈을 위해서가 아니라 내가 나쁜 짓을 하기 좋아하는 놈이라서. 그 부분이 바로 당신이 모자라는 사람이라는 거예요. 저는 어떤 나쁜 짓도 당신에게 하고 싶지 않아요.”

“나쁜 짓을 하고 싶지 않은 상대가 항상 있다는 건가요?”

“그렇지요. 항상 그런 사람이 있는 법이죠. 내가 원하는 건 당신과 내가 몸을 대고 누워 당신의 팔이 나를 감싸 주기를 바라는 거예요.”

그리고 모든 것에 대해 얘기를 나누는 것? 그가 이런 말을 전에 한 적이 있었지…….

"제발 그런 얘기 그만하세요."

"물론 해야지요. 이건 그냥 호기심 때문인데, 대체 뭘 당신이 그렇게 두려워하는지 알고 싶어요. 그 술 다 마시고 나서 말해 주세요. 정말 호기심이 발동해서 그래요."

나는 술을 마신다. 그의 목소리의 무엇인가가 나를 기분 나쁘게 한다. 나는 아무 말도 할 수 없다. 목이 아프고 어떤 말도 할 수가 없다.

"당신이 두려워하는 게 사실은 나지요? 내가 악인이라고 생각하는 거죠? 내가 당신을 죽일지 모른다고 생각하는 거죠?"

네가 나를 죽일 거라고 생각했다면 지금 당장이라도 너와 함께 갈 거다, 아무 질문도 하지 않고. 그것뿐인 줄 아니? 내가 가진 모든 돈을 축복까지 얹어서 네게 다 줄 수도 있지…….

"당신이 다른 어떤 사람보다 더 악질이라고 생각하지는 않아요. 아마 나쁘다는 면에서 볼 때 다른 사람보다 훨씬 덜 나쁜 사람일 거예요."

"그러면 뭐가 무서운 거지요? 말해 주세요. 정말 흥미롭군요. 남자가 무서워요? 사랑에 빠지는 게 무서워요? 또 뭐가 있을까……? 도무지 모르겠군."

나는 평화로운 마음으로 길을 걷는다. 발을 헛디딘다. 그리고 어둠 속으로 떨어져 버린다. 그게 나의 과거였고, 그게 미래일 수도 있다. 과거도 미래도 없음을 나는 안다, 단지 어둠만 있을 뿐. 미약하게나마 조금씩 천천히 변하지만 결국 항상 똑같은 어둠이다.

"내가 뭘 두려워하는지 알고 싶어요? 그래요. 그럼 말해 주지요……. 난 남자가 정말 무서워요. 남자보다 더욱 무서워하는 건 여자지요. 내가 너무나 두려워하는 건 망할 놈의 인간들이지요. 인간이 다 무서워요. 물론이지요. 누가 이 더럽고 탐욕스러운 인간들을 두려워하지 않겠어요."

나는 생각한다. '제발 입 닥치지 못해. 그만하라고. 그런 말을 떠들어봤자 무슨 소용이 있다고 그래?' 그러나 나는 그만두지 못하고 계속 불평을 늘어놓는다.

"내가 두렵다고 말할 때 나는 '두렵다'는 단어를 썼지만, 사실 내가 의미하는 건 내가 인간을 증오한다는 거예요. 그들의 목소리도, 그들의 눈도, 그들이 웃는 모습도 나는 모두 증오해요. 나는 인간이 하는 모든 짓거리들을 모두 모두 증오해요. 이건 잔인하고, 바보 같은 짓이며 말할 수 없을 정도로 끔찍한 일이지만. 자살할 배짱도 없었답니다. 그렇지 않았다면 벌써 인간 세상을 떠났을 텐데. 증오는 점점 심해졌지요. 이쯤 해둡

시다.”

 ……나는 내 자신에 대해 잘 알고 있다. 넌 내게 자주 말했지. 넌 나 자신을 감쌀 환상이라는 넝마조각 하나도 남겨 주지 않았어. 그리고 나는 너도 어떤 인간인지 알아. 너 같은 인간이 되고 싶지도 않아.

 모든 건 잘못되었어. 다 망친 거야. 그렇다고 눈물 흘리지 마라. 그래. 난 눈물 흘리지 않아. 서로 갈기갈기 찢어도 돼. 이 못된 하이에나들. 빠를수록 더 좋아. 파괴되도록 두자. 파멸이 발생하도록 두자. 이 냉혹한 미치광이 짓이 끝나도록, 그냥 두자.

 불과 5분 전에 나는 싸구려 까만 드레스를 입고 되 마고에서 낄낄거리며 앙티브에 대해서 말하고 있었는데, 이제 나는 끔찍하게 비통한 어둠 속에 홀로 누워 있다. 인간의 목소리는 들리지 않는다. 접촉도 없다. 손길도 없다. 얼마나 오래 여기 누워 있어야 한단 말인가? 영원히? 아니, 그저 한 200년가량. 그리워하며…….

 나는 큰 숨을 쉬며 내 자신을 어둠에서 꺼낸다, 천천히, 고통스럽게. 그리고 내가 있고, 그가 있다. 그 불쌍한 제비 녀석.

 그는 슬퍼 보인다. 그가 말한다. 아주 낮은 목소리로, 그리고 나를 만난 이후 처음으로 매우 강한 악센트를 섞어서. “저는 상처들이 있어요." 그가 상처라는 단어를 말할 때 어찌나 이상하게 발음을 했는지 나는 알아듣지 못했다.

"뭐가 있다고요?"

나는 주위를 둘러본다. 내가 소리를 쳤나? 비명을 질렀나? 욕지거리를 했나? 울었나? 그렇지 않으면 난리를 부렸나? 누가 우리를 바라보고 있나? 우리에게 주목하고 있나? 아니, 아무도……. 책상에 앉아 있는 여자는 눈을 아래로 깔고 있다. 나는 그녀가 눈꺼풀에 바른 푸른색이 어떤 색조인지 정확히 알아낼 수 있다. 무슨 환영들처럼 카페에 자리 잡고 앉은 여자들이 뭔가 우스운 걸 보았음에 틀림없다. 특별히 돔에 앉아 있는 여자들이 더 그렇다.

"뭐가 있다고요?"

"여기 보세요." 그가 아직도 속삭이듯 말한다. 그가 고개를 뒤로 젖히니 그의 목을 가로지르는 아주 긴 흉터가 보인다. 이제야 나는 그가 무슨 말을 했는지 이해한다. 이쪽 귀에서 저쪽 귀까지. 길고 두꺼운 흰색의 흉터. 내가 전에 이걸 전혀 보지 못한 것이 너무 신기하다.

"이게 하나고, 또 다른 흉터도 있어요. 부상당했어요."

그의 말투에는 자랑하거나 불평하는 기미가 없다. 일반적으로 볼 때 좀 이상하다. 도저히 모르겠다. 그가 마치 내게 무얼 요청하는 것 같았거든. 왜, 왜, 왜? 그 많은 사람 중에서 왜 내게?

불쌍하게 생각해 달라고? 왜 내가 너를 가엽게 생각해야지? 아무도 나를 가엽게 생각해 주지 않았는데. 그들은 동정심이라고는 눈곱만큼도 없었지.

"나도 상처가 있지요." 나는 확신에 찬 목소리로 말한다. "나도."

"알아요. 볼 수 있어요. 당신의 말을 믿어요."

"우리가 서로를 믿게 되면 그건 우리 관계가 심각해진다는 뜻이죠, 그렇죠?"

나는 이 꿈에서 빠져나오고 싶다.

"왜 우리가 서로를 믿으면 안 되지요? 왜 우리가 단지 오늘 밤만이라도 서로를 믿으면 안 되는 거지요? 내가 지금 당신에게 말하는 걸 믿어주겠어요? 오늘 밤 당신과 사랑을 나누고 싶어요. 정말."

"내가 처음부터 말했을 텐데, 괜히 시간 낭비하지 말라고."

"당신에게 무슨 일이 있었던 거죠? 무슨 일이에요? 분명 아주 나쁜 일을 당한 것이 분명해요. 당신이 이런 모습이 되었으니."

"하나의 사건이 아니지요. 몇 년간에 걸친 일이니까. 아주 천천히 어떤 과정을 거쳐 발생한 거지요."

"어쨌든 상관없어요. 내가 아는 건 내가 당신과 더불어 사랑을 나눌 수 있다는 거예요." 그는 마치 빵 만드는 사람이 식빵을 만들기 위해 반죽을 주무르는 듯 손을 움직인다. "내가 아는 건 사랑을 나눈 후 당신이 다른 사람이 될 거라는 거예요. 나는 알아요. 믿어보세요."

나는 얼굴을 찡그리는 작은 악마를 상상한다. 운두가 높은 비단 모자를 쓰고 작은 팬티를 입고 있는 그것은 감상적인 노래를 부른다. "장미는 모두 시들고 백합은 먼지 구덩이에 놓여 있네."

"중요하지 않은 일을 중요한 것으로 만들려는 사람이 누군데요?"

"중요하다, 중요하지 않다. 그런 건 다 말장난이지요. 만일 우리가 조금이라도 행복해질 수 있다면 모든 걸 잠시 잊어요. 그것만으로도 충분하지 않아요? 자, 갑시다……. 당신의 호텔로 가지요."

"싫어요."

날 좀 내버려 둘래? 난 피곤해…….

"별도리가 없군." 그가 웃기 시작한다.

"별도리가 없어. 완전히 별도리가 없는 거야."

모든 게 너무나 변해 버렸다. 나는 그의 얼굴을 똑바로 볼 수도 없다.

"나 가봐야 해요. 정말 피곤하니까."

택시 안에서 나는 말한다. "휘파람 불어봐요. 당신이 군대행진곡이라고 말했던 것."

그가 부드럽게 휘파람을 분다. 그리고 나는 차창 밖으로 흐르는 길을 바라본다. 에스페랑스 호텔⋯⋯.

*

나는 사방이 흰색으로 칠해진 조그만 방 안에 있다. 밖은 태양이 작열한다. 남자는 내게 등을 돌리고 서서 구두를 닦는다. 휘파람을 불며. 나는 매우 짧은 검은 드레스를 입고 굽이 없는 슬리퍼를 신고 있다. 스타킹을 신지 않은 채. 나는 남자가 내 쪽으로 몸을 돌릴 때 그의 표정을 본다. 이제 그는 나를 함부로 다룬다. 이제 그는 나를 배반한다. 그가 가끔 여자를 집으로 데려오면 내가 그들의 시중을 들어야 한다. 정말 싫다. 그렇지만 그가 살아서 내 곁에 있는 한 나는 불행하지 않다. 그가 죽는다면 나는 내 목숨을 끊을 것이다.

모든 걸 영화처럼 볼 수 있는 내 마음⋯⋯. ("제발, 그놈의 상상력…… 제발 좀 집어치워…….")

"지금 왜 웃는 거지요?" 그가 묻는다.

"아무것도 아니에요. 아무것도 아니라고요. 그 노래 정말 좋군요. 그 노래가 축음기 음반으로 나와 있는 게 있나요? 그럼 사고 싶은데."

"모르겠는데요."

우리는 호텔 문 앞에 서 있다.

"잘 자요. 수면제를 충분히 먹고 푹 자요."

"그럴게요. 당신도 잘 자요."

층계를 오르며 난 슬프지 않다. 슬프지도 행복하지도 않다. 후회하지도 않고, 깊이 생각하지도 않는다. 단지 수면제가 든 큰 통과 위스키병이 명확하게 내 눈에 보일 뿐이다. 혹…….

내가 막 방문 앞에 도달했을 때 딸깍 하는 소리가 나더니 주변은 암흑이 된다. 열쇠를 열쇠구멍 안에 넣을 수도 없다. 아무래도 다시 층계 쪽으로 가서 불을 켜는 타임스위치를 돌려야 할까 보다.

내가 스위치를 찾으려고 손으로 더듬는 바로 그때, 내 얼굴에서 얼마 떨어지지 않은 곳에서 담뱃불이 보인다. 나는 멈춰서서 한참이나 그 불빛을 응시한다. 드디어 나는 묻는다. "누구세요? 거기 누구 있어요? 거기 누구예요?"

그러나 그가 대답하기 전에 나는 그가 누구인지 안다. 나는 한 발짝 앞으로 나가 그를 껴안는다.

나는 그를 포옹한 채 웃기 시작한다. 너무나 행복하기 때문이다. 나는 그를 안은 채 움직이지 않고 서 있다. 너무나 행복해서. 이제 이 깜깜한 장소에서 나는 내 팔 안에 모든 걸 소유하고 있다. 사랑, 젊음, 봄, 행복, 내가 이미 완전히 잃어버렸다고 생각했던 모든 것을 나는 지금 내 팔로 안고 있다. 나는 바보였어, 그렇지? 이 모든 것들이 내게는 이미 끝나버렸다고 생각했었으니. 어떻게 끝날 수가 있단 말인가?

나는 팔을 들어 그의 머리를 쓰다듬는다. 내가 그를 만난 첫날부터 나는 이렇게 하고 싶었던 거다.

"내가 당신을 놀라게 했나요?"

그가 불을 켠다. 그는 만족한 표정이다. 그러나 좀 놀란 모습이다.

"아니요, 아니에요. 사실은 좀…… 아니에요."

그러나 나는 숨죽여 말한다. 두렵다는 듯이 주변을 살핀다. 내가 뭘 보리라고 기대하는 건가. 여긴 아무도 없는데, 아무것도. 내 눈에 들어오는 건 단지 코가 올라간 외판원의 신발뿐이다. 그놈의 콧부리는 변함없이 위로 조심스레 올라가 있다.

그가 내 손에서 열쇠를 받아 문을 열고 우리가 방 안에 들어간 뒤에 닫는다. 우리는 열렬히 키스한다. 그렇지만 이미 뭔가가 잘못되고 있다. 나는 불안해지고, 내 반쪽은 딴 데로 가버렸다. 우리가 들어올 때 누가 듣지 않았나? 지금도 우리가 내는 소리를 누가 듣고 있지 않을까?

"너무 어둡군요……. 잠깐만, 불을 켤게요."

내 방의 스위치는 얼마나 세게 누르느냐에 따라 침대 옆 탁자 위의 램프가 켜지든지 그렇지 않으면 커튼으로 가려진 세면대 위쪽의 불이 켜지게 되어 있다. 그렇지만 이 스위치는 항상 문제를 일으킨다. 이걸 켜려면 저게 켜지고 저걸 켜려면 이게 켜진다. 나는 한참이나 더듬다 드디어 침대 곁 램프에 불을 켠다.

이제 방은 내 앞에 살아서 움직인다. 승리감에 도취된 듯 웃기까지 한다. 큰 침대, 작은 침대, 수면제, 에비앙 물병과 물잔, 책 두 권이 놓인 탁자, 유리 창가에서 째깍거리는 시계, 그리고 메뉴판. "알아들었어? 그래요. 알아들었어요……." 사방의 벽, 지붕, 그리고 침대. 『우리에 갇힌 인간들』……. 딱 맞아.

여기 우리 둘이 있다. 우리를 가로막을 것은 아무것도 없다. 네 개의 벽, 지붕, 침대, 비데, 우선 비데를 비추고 다음에 침대를 비추는 스포트라이트. 아무것도 우리를 막지는 못한다. 원하는 대로 할 수 있다. 내가 원하는 대로. ……우리를 감상적

으로 만들 어떤 과거도, 우리를 당황하게 만들 어떤 미래도 없
다……. 그러나 그동안의 연습 부족으로 모든 게 힘들다. 열정
이 사라지고 냉정해지며 경계심을 되찾게 되는 순간.

"위스키 한잔 할래요? 술 가진 게 좀 있는데." 내가 입을
연다.

(이건 남들이 사용하는 낡은 방법이 아니다. 다른 사람들은
열정과 냉정 사이의 틈을 메우는 방법으로 술을 권하지 않았
으리라.)

나는 코트와 모자를 벗고 위스키병을 가져온다. 양치질 컵
을 깨끗이 씻어 거기에 내 술을 따르고 깨끗한 에비앙 물컵에
그의 술을 따른다. 나는 가능한 한 아주 천천히 술을 따른다.
시간, 시간, 내게 시간을 좀 다오. 조금만 기다려, 조금만 기다
려줘, 아직은 아니야…….

우리는 작은 침대 위에 앉는다. 그는 위스키를 한 모금 마시
더니 잔을 밀어놓는다.

"괜찮아요? 싫으세요?"

"네. 괜찮아요. 그저 술 마시고 싶지 않아서."

"내 술맛도 나쁘네요. 치약 냄새가 나요."

"그럼 왜 마셔요? 마시지 마세요."

그가 그렇게 말했지만 나는 계속 조금씩 마신다. 아주 조금

씩. 아직 아니야, 아직 아니라고……. 조금만 기다려……. 내게 불친절하게 굴지는 않겠지? 제발, 내게 친절한 말 한마디라도 해줘……. 그가 나를 바라볼 때 그의 눈은 냉소적이다. 그는 내게 어떤 달콤한 말도 하지 않을 것이다. 그 반대다. 그러나 그건 자연스러운 것이지. 그런 것쯤은 기대했어야지. 기교라고 할까?

"어떤 남자는 마실 수 있는 한 술을 벌컥벌컥 마시라고 하고 어떤 남자는 술을 마시지 말라고 하고 참 우스워요. 어떤 심오한 본능이 자동적으로 작용하는가 봐요. 인종적인 문제인가? 그래요. 확실히 인종에 따라 다른가 봐요."

"아까 계단 위에서 말인데, 당신은 그게 나라는 걸 알았지요?"

"네, 물론이지요."

"내가 입을 열어 말하기도 전에 어떻게 나라는 걸 알았지요?"

"그냥 알았어요." 내가 완강하게 대답한다.

"그렇다면 당신은 내가 당신의 뒤를 따라 올라올 거라는 걸 알았군요. 내가 그렇게 하길 기대했었나요?"

"절대 아니에요. 나는 기대하지 않았어요. 전혀 기대하지 않았다고요."

266

그는 웃으며 그의 손을 내 옷 속으로 넣어 무릎 위에 놓는
다. 나는 그게 정말 싫다. 그걸 기억나게 하니까. 그만두자, 아
무것도 아니야…….

"웃기는 놀이를 좋아하시는군요?"

"무슨 뜻이지요? 웃기는 놀이라니?"

브랜디를 마셨으니 위스키는 마시지 말았어야 했는데. 술이
취해 싸우고 싶어진다. 분노의 불꽃, 혐오의 불꽃이 내 온몸
위로 튀는 것 같다. 웃기는 놀이? 무슨 웃기는 놀이? 하느님
맙소사!

이 지랄 같은 방이 내게 희죽희죽 웃고 있다. 시계는 째깍거
린다. 저 늙은 여자는 여기서 무얼 하고 있지?

"위스키 한 잔 더 해야겠어요."

"그만. 그만 마셔요."

지옥으로나 가라지……. 나는 그의 손을 뿌리치고 자리에서
일어난다.

"어디 말해 보세요. 내가 당신이 이곳까지 올라오기를 기대
했다고 생각하는 건가요? 그리고 오늘 밤 내가 말한 모든 건
결국 웃기는 놀음이었다 이거지요?"

"내가 올라오기를 당신은 진실로 원했다고 난 생각해요. 그
건 어려운 추측이 아니지요."

그가 내게 말하는 투나 그가 나를 바라보는 눈초리만 가지고도 나는 그를 죽이고 싶다……. 쉬운 여자. 맘대로 가지고 놀 수 있는 쉬운 여자. 마음대로 놀리고, 마음대로 고통 주고, 마음대로 조롱할 수 있는 여자라 이거지. 다신 이런 일 안 당해. 절대 다시는 당하지 않을 거라고. 넌 내게 너무 빨리 못되게 구는군. 테크닉이 나빠.

"와! 당신을 위해 건배. 여기까지 올라와 주시다니 고맙기도 해라. 이렇게 만나보니 정말 기쁘군요. 그러니 이젠 가주셔야겠어요."

"나는 안 가요. 왜 이러는 거지요? 이러지 말아요."

"그렇게 말해 봤자 소용없지. 가주셨으면 좋겠는걸."

"난 안 가. 난 이 웃기는 연극을 끝까지 보고 싶으니까. 날 내몰고 싶으면 누구를 부르시지. **사람 살려, 사람 살려.**" 그는 목소리를 높은 톤으로 꾸며 소리친다.

"그렇게 해보시지……. 당신 자신을 바보로 만들고 싶으면."

"난 평생 그렇게 바보처럼 살아왔으니 더 바보가 되든 덜 바보가 되든 별로 상관없어."

"그럼 어디 소리쳐 보시지. 벽을 두드려서 옆방에 사는 당신의 친구에게 도움을 청하라고."

그가 이 말을 하자마자 나는 갑자기 조용해진다. 이 세상에서 내가 제일 피하고 싶은 한 가지가 있다면, 그건 이 호텔에서 구경거리를 만드는 거다.

"여기서 난장판을 벌이고 싶지 않아요. 단지 당신이 가주면 끝나요."

"왜 가야 하지요?"

"왜냐하면 내가 가라고 하니까요. 그러니 당신은 가면 돼요."

"단지 그렇게 쉽게."

"그래요. 그렇게 쉽게."

"당신은 도대체 나를 뭘로 아는 거요? 강아지라고 생각하나? 처음엔 키스를 하더니 이젠 가라고? 나를 똑바로 쳐다봐주기나 했나? ……명령을 내리는 당신의 목소리, 정말 싫다고요."

나도 명령하는 목소리가 좋아본 적은 없다.

"좋아요 그럼. 가주세요, 제발 부탁이에요."

"정말 화나게 하는군. 당신이 날 화나게 한다고."

그리고 드디어 우리는 작은 침대 위에서 몸싸움을 시작한다. 나는 이 침대 위에서의 투쟁이 침묵 어린 것이기를 바랄 뿐이다. 아무도 우리가 내는 소리를 들어서는 안 되니까. 결국, 그는 위로 뻗은 나의 두 팔을 양손으로 누른 채 내 몸 위에 올라탄다. 나는 움직일 수가 없다. 드레스의 목 언저리가 찢어졌다. 그러나 나는 나의 두 무릎을 힘껏 오그리고 있다. 이건 게임이다. 흰 눈 위에서 가치 없는 상품을 걸고 하는 게임.

그는 가쁘게 숨을 몰아쉰다. 그의 심장박동을 느낄 수 있다. 나는 아주 담담하다. '이건 정말 웃기는 일이군.' 나는 계속 그렇게 생각한다. 나는 또한 이런 생각도 한다. '악한처럼 보여, 이 남자는. 악한으로 돌변할 수도 있어.'

나는 이성을 잃지 않으려고 눈을 감는다. 나는 생각을 멈추고 싶지 않다. '정말 기막힌 연극이야.'

"더 큰 침대로 가야 하는 거 아닌가요? 게다가 우린 옷을 다 입고 있군요. 마치 영국 사람들처럼."

"시간은 얼마든지 있으니까. 온밤이 아직 그대로 있고, 내일까지는 충분한 시간이 있지……."

내일까지는 많은 시간이 있다고? 글쎄, 한 백 년 정도? 내일까지…….

"당신처럼 위선을 부리고 거짓말하며 바보 같은 연극을 하는 여자를 다루는 비결이 있지."

그가 나에게 그 비결들을 말한다.

"아주 좋은 비결들이군. 아주 좋아요. 어디서 그런 걸 배웠을까? 모로코에서?"

"아니지. 모로코에서라면 당신 같은 여자를 다루기란 식은 죽 먹기지. 당신을 도와주라고 친구 네 명 정도 부르면 되니까. 돌아가면서 차례대로. 그렇게 쉽게 해결해 줄 수 있다고.”

그가 큰 소리로 웃는다.

“기가 막혀서. 그렇게 소리를 높이지 않아도 당신의 멋있는 방법을 설명할 수 있지 않을까?”

“자기가 꽤 강하다고 생각하는 모양이지?”

“그래. 난 강한 여자야.”

나는 죽은 사람처럼 강하단다. 죽은 사람. 그게 내가 얼마나 강한가를 설명하는 단서지.

“그렇게 강한 사람이 눈은 왜 감고 있지?”

왜냐하면 죽은 자는 눈을 감고 있어야 하니까.

나는 움직이지 않고 누워 있다. 전혀 움직이지 않는다. 눈을 뜨지도 않는다.

“난 당신을 때릴 수도 있어. 모두 당신 잘못이지.”

눈을 떴을 때 나는 눈물이 눈 가장자리를 따라 흐르는 것을 느낀다.

“그게 더 낫지. 그게 훨씬 보기 좋아. 이제 말해 보시지. ‘내가 가라고 했으니 가라고요.’”

나는 말할 수 없다.

“그래, 그게 보기 좋아. 훨씬 좋다니까.”

이제 그의 단단한 무릎이 내 양 무릎 사이를 비집고 들어오는 걸 느낀다. 입이 아프고 가슴도 아프다. 그의 무릎이 나를 아프게 한다. 오랫동안 죽어 있던 사람이 다시 살아나려니 모든 게 다 아프다.

"이제 모든 건 다 잘될 거야." 그가 입을 연다.

"알아들어?" 그가 말한다.

물론 이때 내가 할 수 있는 의례적 대답은 "네, 알아들어요……."

나는 거기 누워 있다. "네, 알아들어요……."라는 말을 생각하며. 그리고 '이게 마지막이다.'라고 생각하며. 아무 생각도 없다. 맑고 냉정한 목소리가 들린다. 내 목소리다.

"물론 알아듣고말고요. 난 아주 자연스럽게 이해한다니까요. 내가 이해를 못 한다면 내가 바보지요. 저기 있는 탁자 위 화장품가방 오른쪽 주머니를 보면, 거기 당신이 원하는 돈이 있어요."

그는 여태까지 누르고 있던 나의 팔을 갑자기 풀어준다. 나는 그가 아주 조용히 있다는 걸 느낄 수 있다.

"잠그지 않았으니까 천 프랑짜리 지폐를 가져가요. 그리고 잔돈은 남겨 주세요. 그렇지 않으면 난 아주 곤란하게 되니까."

그의 몸이 얼마나 무거운지. 생각했던 것보다 훨씬 더 무겁게 느껴진다.

"내가 화가 났다고 생각하지 말아주세요. 나 화 안 났어요. 사람마다 각자 생활을 위해 돈벌이가 필요한 것 아니겠어요? 난 지금 당신을 덜 힘들게 해주려는 거예요."

듣지 말아요. 그건 내가 말하는 게 아니니까. 귀 기울이지 말아요. 그 목소리는 나와 아무 관계가 없는 거예요. 맹세해요.

"난 그동안 당신이 내게 무척 다정하게 해줬다고 생각해요. 당신 자신에 대해 들려준 여러 가지 이야기를 즐겁게 들었어요. 특히 당신의 부상과 상처에 대해 말해 준 것, 그건 정말 흥미로운 얘기였어요."

나는 팔을 들어 얼굴 위에 올려놓는다. 그가 나를 한 대 칠지도 모른다는 느낌을 받았기 때문이다.

"난 단지 당신을 덜 힘들게 해주려는 거예요. 시간 낭비를 줄여주려고. 지금 당장 돈을 가져가세요. 이러고 있으면 시간 낭비 아닌가요?"

나는 이제 그의 무게를 느끼지 않는다. 그가 일어선다. 그가 무도 재빨리 몸을 움직였기 때문에 난 그를 포옹할 시간도 없었다. "이러지 말아요. 나를 이런 상태로 두고 떠나지 말아요." 라고 말할 기회도 갖지 못한다.

"당신 말이 옳아요. 이건 시간 낭비군요."

당신과 당신의 상처들, 얼마나 재미있는지 알기나 해요? 당
신은 나를 정말 웃게 만들었어요. 다른 사람들의 상처들. 그것
들은 얼마나 우스운 것인가! 난 당신을 생각할 때마다 웃을
거예요…….

나는 팔로 눈을 가리고 있다. 그는 거울 앞으로 걸어가 자신
을 들여다보고 타이를 반듯하게 맨다. 이제 그는 화장품가방
을 연다. 나는 눈을 가리고 있는 팔을 치우지 않는다. 그가 돈
을 가져가는 모습을 보기 싫기 때문이다. 나는 그가 떠나는 걸
보고 싶지 않다…….

그가 내게 무슨 말을 할지도 몰라. 잘 자라든지, 안녕이라든
지, 그렇지 않으면 행운을 빈다든지, 그것도 아니면 무슨 말이
고 할지 몰라.

문이 닫힌다.

그가 가버리자 나는 옆으로 몸을 돌려 내 몸이 가능한 한
작아지도록 무릎을 거의 턱에 닿게 몸을 웅크린다. 나는 마치
몸이 아플 때처럼, 가슴이 아프고 배가 아플 때처럼, 그렇게
눈물을 흘리며 운다. 울고 있는 이 사람은 누구인가? 층계 위
에서 웃으며 키스를 하고 행복해하던 바로 그 사람이다. 지금

울고 있는 사람, 이건 나다, 나 자신이다. 그러면 또 다른 사람은? 그게 누구인지 내가 어찌 알랴? 그녀는 내가 아닌걸.

다른 나의 목소리가 내 머릿속에서 말한다. "자, 자, 자, 이제 생각을 좀 해보라고. 지나간 열흘간이 얼마나 흥겨웠나. 완전히 스릴 만점이었잖아. 「그 누구더라와 그녀의 남자친구들 혹은 그건 모두 낡아빠진 털 코트 때문이야」라는 연극의 마지막 공연. 확실히 마지막 공연이지. 그래, 계속 울어봐. 계속. 앙코르. 티레—여기선 이렇게 말한다지. 진정해. 진정하라고. 마음을 가라앉히고 생각을 입 밖으로 소리 내서 말해 봐. 잘생긴 젊은 남자와 저녁을 먹고, 키스도 선물 받고, 거기에 대한 대가로 네가 천 프랑을 지불한 거야. 값으로 치면 사실 되게 싼 거지. 특히 오늘 있었던 일들과 돈을 맞바꾸었다고 생각하면 더 싼 거고. 돈과 무얼 바꾸었는지 잊지 말라고, 아줌마. 물론 넌 잊지 않겠지만. 넌 길에서 남자 두 명을 건졌고 그림까지 샀지. 그 그림을 잊어서는 안 되지. 네게 무얼 기억나게 하는 그 그림, 뭘 기억나게 하지? 알았어. 인간의 고통을 기억나게 하는군."

그는 시궁창에 서서 밴조를 연주하며 부드럽게, 겸손하게, 체념한 듯, 조롱하듯, 그리고 좀 화가 난 듯 나를 응시할 것이다. 그리고 나도 그의 시선에 맞서 그를 바라볼 것이다. 왜냐하면 그렇게 하지 않을 수가 없기 때문에. 젊은 시절을 기억하며, 남자와 육체를 공유했던 사랑을 기억하며, 고통과 춤과 죽음을 두려워하지 않았던 무모함과 내가 사랑했던 모든 음악과 내가 행복했던 매 순간들을 기억하며. 나는 그를 돌아다보며 이렇게 말하리라. "당신이 연주하는 노래의 멜로디를 나도 알아요. 나는 당신이 그놈의 밴조를 가지고 연주하는 모든 곡의 가사도 모조리 안답니다. 그렇지만 나는 이제 노래를 불러서는 안 돼요. 그래요. 노래를 멈춰요. 노래는 끝났어요. 끝이 났다고요."

그리고 나서 나는 이 호텔을 생각하게 되겠지. 침대의 정확한 생김새와 화장실에 붙여 놓은 메모지 나부랭이들도 생각하게 될 거야. 평범한 것인데도 나를 무척 웃게 하는 조크가 거기 있다. 왜냐하면 거기엔 G-O-D라고 사인이 되어 있기 때문이다. 하느님이 쓴 조크. 정말 유머감각이 기발해! 영국 사람들도 그런 감각은 없어.

또 다른 내가 말한다. "울고 있는 너를 방해하는 건 정말 싫어. 우는 것이 네가 가장 즐기는 여가 선용인 걸 나도 알거든. 그렇지만 옆방의 외판원이 분명 이 방에서 일어난 사건을 다 들었을 거고 지금쯤은 그 후속편을 기다리고 있으리라는 걸 네게 말해 주어야 한다고 생각해. 사람들이 보통 기대하는 그런 수준은 아니었다 해도 그래도 아주 흥미로운 사건이었다고 생각하지 않을까?"

나는 울음을 멈춘다. 웅크렸던 다리를 죽 편다. 너무 피곤하다.

"또 한 가지. 만일 그 남자가 네 돈을 다 가져갔다면, 분명 그랬을 것이 틀림없지만, 그렇다면 참 꼴 좋게 되겠군."

나는 자리에서 일어나 코를 푼다. 손수건에 피가 묻어나온다. 거울을 들여다보니 내 입은 부어 있다. 그가 깨문 자리에서는 아직도 피가 흐른다. 나는 화장품가방이 있는 곳으로 간다.

"그래, 가서 봐. 너도 알아야지."

나는 오른쪽 주머니 속에 손을 넣어 더듬어본 후 돈을 꺼낸다. 200프랑짜리 지폐 하나, 그리고 천 프랑짜리 지폐.

"와! 축하해야겠군. 누가 상상이나 했겠어?"

"난 그럴 줄 알았어. 알았다고. 내가 그래서 운 거야."

나는 양치질 컵의 반 정도를 위스키로 채운다. 너를 위해 축배, 제비야. 멋있는 제비야. 나는 몸을 깊이 숙여 인사한다. 또 한 잔…….

나는 위스키 한 잔을 더 마신다.

나의 마음 저 깊은 곳으로부터 제비에게 감사한다. 난 이런 예의에 익숙하지 않다. 그러니 자, 너를 위하여 축배, 너에게 축배…….

＊

　나는 몹시 취했다. 러시아 남자의 입이 움직이는 것이 보인다. "비너스 여신이 화가 났군." "오, 그 여자!" 내가 말한다. "그 여자가 나와 무슨 상관이래. 내게 더러운 장난을 한 것 말고 그 여자가 내게 해준 게 뭐지?" "그 여잔 누구에게나 다 그래요." 그가 말한다. "그렇다 해도 그 여자를 조심하세요. 조심, 조심……."

　목소리들이 잉잉거린다. 내가 알아들을 수 있는 말은 오로지 "여자, 여자, 여자……."뿐이다. 그리고 기차의 기적소리는 "파리, 파리, 파리, 파리……."라고 소리친다. 비너스 여신은 화가 났고, 아폴로는 나에게서 몸을 돌려 대로를 걸어가더니 짙은 안개 속으로 숨어버린다. 내게 남은 유일한 주소는 "몽파르나스, 아폴로, 짙은 안개……." 그러나 나는 안다. 이 모든 것이 환상이며 상상이라는 것을. 비너스는 죽었다. 아폴로도 죽었다. 심지어 예수그리스도도 죽었다.

　이 세상에 남아 있는 유일한 것은 하얀 무쇠로 만든 거대한 기계뿐이다. 그 기계는 셀 수도 없이 많은 아주 유연한 쇠 팔을 가지고 있다. 팔들은 길고 가늘다. 각각의 팔 끝에는 눈이 달려 있고 속눈썹은 마스카라를 칠해 뻣뻣하다. 내가 좀 더 가까이서 보니 어떤 팔들은 눈을 가지고 있고 나머지 팔들은 전깃불이 달려 있다. 눈을 가진 팔도 전깃불을 가진 팔도 모두 놀라울 정도로 유연하게 움직이고 또한 아름답다. 그러나 그 배경이 되는 회색 하늘은 나를 무섭게 한다. 팔들은 음악과 노래에 맞춰 흔들거린다. "핫차, 핫차, 핫차……." 나는 그 멜로디를 안다. 노래도 따라 부를 수 있다.

나는 술을 또 한 잔 마신다. 이 망할 놈의 목소리가 내 머릿속에서 떠들고 있다. 이 목소리가 더는 말을 못 하게 해야 한다.

나는 방 안을 서성인다. 떠들던 여자는 가버렸다. 나는 혼자다.

그가 떠난 후 많은 시간이 지나지 않았다.

코트를 걸치고 그의 뒤를 따라가 봐? 너무 늦은 건 아니니까. 아직 안 늦었어. 마지막으로, 마지막 기회야…….

난 그럴 수 없어. 내가 자존심이 강해서가 아니야, 내 다리가 말을 듣지 않아서야.

"돌아와, 돌아와 줘." 내가 말한다. 그렇게 여러 번, 여러 번 나는 외친다. "넌 돌아오게 될 거야. 내가 돌아오도록 만들 거야. 아니지. 그렇게 한다면 그건 잘못이지……. 내 말은, 제발 돌아와 달라고 부탁하겠다는 뜻이야. 제발 돌아와 줘."

두 손으로 눈을 가볍게 누르자 나는 그를 볼 수 있게 된다. 그는 지금 "추잡한 여자, 말도 안 되는 여자"라고 생각하며 몽파르나스를 향해 생 미셸 대로를 걷고 있다.

"돌아와, 돌아와, 돌아와 줘." 나는 중얼거린다.

그는 내 목소리를 듣지 못한다.

그는 빠른 걸음으로 걷고 있다. 그는 춥고 화가 나 있다.

"남자도 싫고, 여자도 싫고, 당신은 아무도 좋아하지 않는군. 당신의 그 더러운 이지적 두뇌를 제외하고는. 자, 그렇다면 그 더러운 지성과 사시지."

(괴물……. 단지 기어다닐 수만 있는 괴물……. 그렇지 않으면 파리……. 아! 그렇지만 파리는…….)

"그렇지만, 돈을 그냥 두고 간 행위는 뭐지? 웃기는 짓이야. 벌써 후회하고 있지? 다시 와서 가져가시지. 그냥 걸어 들어와서 '뭘 두고 갔네요.'라고 말해. 돈을 집어 들고 그냥 방을 나가면 된다니까."

돌아와, 돌아와, 돌아와 줘.

나는 온 힘을 다해 노력하고 있다. 이건 정말 전력분투다. 이렇게 계속한다면 인간의 머리는 깨지고 말겠지. 그렇지만 소망하는 일이 이루어지기 전에, 산을 움직이기 전에 머리가 깨지면 안 돼.

돌아와, 돌아와, 제발 돌아와 줘.

그가 주저한다. 그가 발을 멈춘다. 그는 이제 내 노력에 응답한다.

"내 말 좀 들어봐요. 내 말 들리지요, 그렇죠? 아직 시간은 일러요. 자정이 되지도 않았으니. 방문은 아직 열려 있어요. 당신은 그저 2층으로 올라오면 되는 거예요. 누가 말을 걸면, '41호의 여인이 내가 오기를 바라고 있어요. 그녀가 날 기다리고 있다고요.'라고 말하면 돼요."

나는 내 마음의 눈으로 그를 명확하게 볼 수 있다. 나는 단 1초도 그를 내 시선 밖에 둘 수 없다.

돌아와요. 돌아와 주세요, 제발.

노크를 할 필요도 없어요. 그저 안으로 걸어 들어오면 돼요.

나는 자리에서 일어나 문 바깥쪽 열쇠구멍에 열쇠를 끼우려고 한다. 나는 열쇠를 떨어뜨린다. 나는 방문을 조금 열어둔다.

"옷을 겹겹이 입고 있군. 바보 같으니라고."

나는 옷을 모두 벗어버린다. 그가 층계를 올라오며 밟을 계단 하나하나를 볼 수 있다.

그는 호텔이 있는 길로 지금 막 들어선다. 나는 그의 모습을 정확하게 볼 수 있다. 그는 호텔이 있는 길 끝 부분을 걷고 있다. 내 눈에 집들이 들어온다……

나는 침대 속으로 파고든다. 나는 거기 몸을 떨며 누워 있다. 정말 피곤하다.

내가 피곤한 게 아니에요. 피곤한 건 내가 아니라니까. 걱정하지 말아요. 그 추악한 이지적 여인이 지친 거라고요. 그 인간 걱정은 말아요. 이제 추악한 이지적 여인은 없으니까.

"내 꼴이 얼마나 흉할까? 불을 끄는 게 낫겠어." 나는 생각한다.

그렇지만 내 모습이 어떤지는 이제 아무 상관없어. 나는 이제 단순한 여인이고 아무것도 두려워하지 않아. 이제 나는 내 자신을 찾은 거야. 보고 싶으면 보라지. 난 이렇게 말할 거야. "당신이 가버렸기 때문에 난 이 꼴이 되도록 울었어요."

(그렇지 않다면 내가 결코 다시는 노래를 부를 수 없기 때문에 울었나? 혹 그것도 아니라면 나의 더러운 두뇌에서 불이 꺼져버렸기 때문에 울었던가?)

이제 그가 호텔 앞에 섰다.

그가 버튼을 누르자 문이 열린다.

그가 층계를 올라오고 있다.

이제 문고리가 움직인다. 문이 활짝 열린다. 나는 내 팔을 두 눈 위에 올려놓는다.

그가 방으로 들어온다. 그는 방문을 닫는다.

나는 움직이지 않고 누워 있다. 팔로 눈을 가린 채. 마치 죽은 사람처럼 움직이지 않고 누워 있다.

눈을 떠볼 필요가 없다. 나는 알고 있으니까.

나는 생각한다. '푸른색 가운인가? 흰색 가운인가? 그게 무척 중요하거든. 어떤 색의 가운인지 알아야 해, 그게 내겐 중요하니까.'

나는 팔을 눈에서 치운다. 그가 입고 있는 가운은 흰색이다.

그는 나를 내려다보며 거기 서 있다. 자기도 어찌해야 할지 모르는 것 같다. 그의 흉측한 눈이 번득인다.

그는 입을 열지 않는다. 그것만도 다행이다. 그는 아무 말도 하지 않는다. 나는 그의 눈을 빤히 응시한다. 그리고 내 인생에서 마지막으로 혐오스러운 인간의 모습을 증오하며 바라본다. 마지막으로…….

나는 두 팔로 그를 감싸 침대로 끌어내린다. "그래요, 네, 네……."

『한밤이여, 안녕』은 진 리스의 여러 소설이 서인도제도를 배경으로 한 데 비해 유럽을 배경으로 하고 있으며, 리스의 여주인공들 중 가장 나이가 많은 사샤를 주인공으로 내세운 소설이다. 리스가 발표한 처음 네 편의 소설에 등장하는 여주인공들은, 소설마다 그 이름이 다르고 상황에 차이점이 있기는 하지만, 모두 같은 여인이다. 단지 이들이 리스 인생의 어떤 단계를 대표하고 있느냐의 차이가 있을 뿐이다.

이미 마흔 살이 넘고, 세상의 모든 남성을 불신하게 된 사샤는 이제 인생이라는 항해의 마지막 단계에 도달한 여인이다. 이제 그녀가 원하는 것은 술에 만취해 세상을 하직하는 것이다. 사샤를 부유한 여인으로 착각한 젊은 청년 르네에게 그동안 남성에게 당해 왔던 모욕에 대한 복수를 쏟아 부으려고 하는 사샤의 미묘한 심리상태와 그 원인의 분석이 이 소설에서 중요한 부분이 된다. 프랜시스 윈덤(Francis Wyndham)은 "사랑이 넘치고 그러운 성품을 가졌던 진 리스가 드디어 냉정하고 이기적인 사람이 되어보겠다고 결심했다. 그러나 의식적으로 본성과 맞지 않는 사람이 된다는 것은 가능하지 않다. 사샤는 르네에게 남자를 향한 모든 원한을 퍼붓고 보상받으려 하지만, 르네는 하나도 상처받지 않고 피할 수 있었던데 비해 사샤는 완전히 파멸하게 된다."고 말한다. 사샤는 진 리스의 여주인공들의 궁극적 모습이며 남성에게서 받은 많은 실망과 모욕으로 점철된 인생을 살아온 리스 자신의 모습이기도 하다. 이 소설은 남편과 연인들로부터 버림받고 외롭게 술에 의지해 살아가는 한 여인의 단순한 이야기가 아니라, 지나치게 관습적이고 상상력이 결핍된 세상에서 인정받지 못하고 희생되는 가엾은 영혼의 이야기인 것이다. 여성을 이해하지 못하는 남성 위주의 세계의 희생물, 남성을 신뢰할 수 없는 여성들을 대표하는 여인이 바로 사샤다.

1939년에 출판된 『한밤이여, 안녕』의 많은 장면은 1937년의 파리를 배경으로 한다. 소설의 시작 부분과 끝 부분에서 여러 번 언급되는 국제 박람회가 그것을 말해 준다. 그 당시의 파리는 사회·정치적 갈등으로 혼란한 시기였다. 점차 확산돼 가는 전체주의(totalitarianism)는 물론 또 하나의 세계대전을 목전에 두고 있던 때가 바로 이 시기다. 소설의 주인공 사샤는 꿈속에서 "어디를 둘러봐도 붉은 글씨로 쓴 '박람회장으로 가는 길'이라는 플래카드뿐이다. 나는 박람회장으로 가고 싶지다. 나는 밖으로 나가고 싶다."고 말한다. 그녀가 사는 호텔 밖 좁은 길이 "막다른 골목"이란 사실이 여러 번 강조되듯 사샤는 박람회장 밖으로 나가지 못한다. 그녀가 처한 모든 어려운 문제는 곧 그 시대가 가지고 있는 문제다. 1930년대 파리에서 벌어진 좌파와 우파의 갈등, 여성을 향한 사회적 폭력의 문제, 유대인 및 다른 소수민족 박해 등은 이 소설을 이해하는 데 중요한 단서가 된다.

진 리스가 작가로서의 커리어를 시작한 때는 1927년이다. 『한밤이여, 안녕』이 1958년 영국 BBC 방송의 전파를 통해 소개되었을 때 리스는 영국에서 가장 주목받는 작가로 명성을 날렸으며, 1966년 『광막한 사르가소 바다』가 출판되었을 때는 "가장 훌륭한, 살아 있는 영국 작가"로 세계적인 칭송을 받았다. 리스가 특별한 문학적 테크닉을 구사하는 작가이고 그녀의 작품이 여성과 사회, 여성과 경제라는 시대의 관심사를 주제로 하고 있음에도 불구하고 리스는 여성 비평가나 여성 독자들로부터 큰 호응을 받지 못했다. 항상 나약하고 의존적이며 무력해 보이는 여자 주인공이 그 당시 여성들의 입맛을 자극하지 못했기 때문이다. 몇 개의 소설에서 지속적으로 나타나는 실패와 배반의 테마 그리고 여성의 점진적 추락의 원인이 선명하게 그려지지 못했다는 이유 외에도 리스의 여인들에게서 심심치 않게 발견되는 정신분열증적 증후군들은 한창 신여성과 여성운동이 관심을 끌던 시대에 비추어 인기 있는 주인공의 모습이 아니었다.

정신분열증적 증후군이란 무엇인가? 사샤의 경우를 볼 때, 그녀는 지극히 수동적이며, 독창적인 어떤 행위도 불가능한 여인이다. 자아와 세상에 대한 긍정적 현실감이 결여되고, 주변 환경이나 세상이 자신에게 적개심을 가지고 있다고 생각한다. 무감동, 무감각한 모습을 보이면서 또한 어떤 사건이나 어떤 기억에 대한 강박관념을 가지고 있다. 고독하고 소외된 삶을 영위하고 있으며 가족이나 친구들과도 소원하다. 뿐만 아니라 타인과의 연관 관계를 두려워하고, 생산성 없는 행위를 반복한다. 물론 사샤는 병원에 입원해야 하거나 격리되어야 하는 환자는 아니다.

정신분석학자 레잉(R. D. Laing)은 정신분열증의 증세를 가진 사람들에게는 "존재에 대한 안정감"이 결여되어 있다고 말한다. 정체성에 대한 근본적 안정감이 결여되었을 때 그 사람은 내적 자아와 거짓된 자아로 자신을 나누고 거짓된 자아로 하여금 부모나 세상이 요구하는 것에 맞추어 가도록 하는 대신, 내적 자아는 꼭꼭 숨겨 타인으로부터 상처받지 않도록 보호한다는 것이다. 결과적으로 내적 자아는 정신세계와 관련되며 거짓된 자아는 몸을 대표하게 된다. 사샤가 르네에게 자신은 감정보다 정신이 발달한 "cérébrale(감성이 결여된 사람)"이라고 거듭 말하는 것도 이런 이유 때문이다. 내적 자아는 깊이 숨은 채 거짓된 자아가 말하고 행동하는 것을 내다보며 비판하고 혐오하기도 한다. 내적 자아는 환상이나 사고, 기억과 함께할 때만 편안하며, 사랑이나 증오는 내적 자아를 끌어내 인간과의 진정한 관계를 맺게 하는 경험이므로 위험한 것으로 사료된다. 사샤가 애무에 민감하게 반응하며 경계하는 것도, 르네와의 깊은 관계를 기피하는 것도 이런 이유 때문이다.

사샤는 사람들의 눈에 띄거나 남이 알아보는 것을 두려워한다. 그녀는 파리의 거리를 홀로 걸으며 아는 사람이 있는 곳을 의식적으로 피한다. 사람들의 시선을 끄는 것은 그녀에게 참을 수 없는 공포로 작용한다. 투명인간이 되고자 하는 소망은 또한 자신의 존재를 확인하고자 하는 욕망과 함께하는 모순을 만들어낸다. 그녀가 많은 거울이 달린 화장실에서 자주 자신을 들여다보는 것은 자신의 정체를 확인하고자 하는 행동이다.

자신의 내적 자아를 정신과 동일시하고 몸과는 연결시키지 않으려는 이중성은 소설 속에 산재한 더블(double)의 형태와 불가분의 관계에 있다. 즉 방 안에 있는 두 개의 침대, 하나는 남자를 위한 것 또 하나는 여자를 위한 것, 정수리가 벗겨진 늙은 부인과 젊은 딸, 낙관적 러시아인과 비관적인 그의 친구, 피칸엘리 카페가 피그앤릴리로 불리는 것, 두 개의 얼굴과 두 개의 머리를 가진 밴조를 치는 사람 등.

사샤에게 있어 객관적 세상은 항상 그녀에게 적개심을 가지고 있는 것으로 생각된다. 르네와의 관계가 거북스러워 방의 불을 켰을 때 "이제 방은 내 앞에 살아서 움직인다. 승리감에 도취된 듯 웃기까지 한다."라고 사샤는 말한다. 그녀가 홀로 집으로 돌아오는 밤거리의 빌딩들은 사샤를 압도하듯 덤벼드는 것으로 묘사되고 있다.

사샤가 사용하는 언어에서도 정신분열증 환자들의 증후군을 발견할 수 있다. 어떤 단어의 발음이나 의미를 통해 그녀의 생각을 나열하는 방법은 레잉이 지적하는 분열증적 증세다. 사샤가 "sadness(슬픔)"라는 단어를 듣고 보이는 반응은 곧 연상 작용을 불러오고, 이런 연상 작용은 또한 프랑스어와 영어를 오가며 이루어진다. Tristesse, lointaine, langsam, forlorn, forlorn……. (슬픔, 멀리 떨어진, 멀어지는, 버림받은, 외로운…….) 불랭크 씨의 부름을 받고 놀란 사샤가 자신이 알고 있는 독일어를 모조리 외워대는 모습도 이 범주에 속한다. 그녀가 가지고 있는 방에 대한 강박관념이 문장의 길이와 방의 크기를 연결시키며 연상되는 것도 그 한 예다. "방, 좋은 방, 아름다운 방, 욕실이 달린 아름다운 방, 욕실이 달린 매우 아름다운 방, 욕실이 달린 거실과 응접실이 있는 방, 어지러울 정도로 높은 층에 있는 스위트룸……."

사샤는 무엇에도 속하지 못하며 자신만만하게 정체성을 드러내지 못하는 여인이다. 이름은 소피아지만 사샤로 행세한다. 숙박계를 쓸 때 그녀는 국적을 불분명하게 썼다는 이유로 호텔 지배인으로부터 지적을 당한다. 그녀가 입은 털 코트는 가짜 털이며, 머리는 염색한 것이다. 그녀의 진정한 정체성은 찾을 수 없다. 두 개로 갈라져 있기 때문에.

그렇다면 도대체 무엇이 여인을 이런 증세로 몰아가는가? 레잉은 이런 환자들의 어린 시절을 주목한다. 즉 부모의 과잉보호가 어린이로 하여금 독립적 자아를 구축할 수 없도록 조장한다는 것이다. 부모는 딸아이가 고분고분 부모의 말을 따

르고 모든 것에 조용히 순응할 때만 아이가 건강하고 정상적
이라고 간주하며, 반항하거나 독자적 행위를 할 때는 정상이
아니라는 두려움을 갖는다고 레잉은 주장한다. 수동적이고 의
존적이며 복종하는 태도가 건강하며 그 반대되는 어떤 경우
도 비정상이나 병으로 간주되는 것이다. 딸아이의 자존성을
거부하고 주체적 자아를 갖춘 독립적 인간으로 성장해 나가
는 길을 가로막으면 아이는 존재에 대한 불안감이 생기고 결
국 정신분열증적 증후군을 가지게 될 수 있다는 결론이다.

　1937년경에 사샤가 마흔 줄로 들어선 것으로 추측할 때, 사
샤는 1890년대에 태어났으며 19세기 영국 가부장 제도와 성
이데올로기의 영향 속에서 교육받은 여인이다. 텍스트에서 르
네는 "영국 여자와 터키의 개"가 세상에서 가장 불쌍한 존재
라고 말한다. 이른바 시대가 일반적으로 수용하는 여성을 향
한 문화적 태도와 의식이 여성으로 하여금 자신이 아닌 다른
권위에 종속되도록 이끌고 있고 절대적 침묵과 복종을 강요받
고 살게 만든다는 뜻이다. 사샤는 물론 이런 부류에 속하는 여
성의 모습을 극대화한 한 유형에 불과하다. 그러나 그녀가 보
이는 사회 부적응의 형태는 바로 어린 시절부터 받아온 19세
기 가부장 문화의 결과다. 보호받아야만 살 수 있는 여인이 어
느 날 갑자기 버림받고 홀로 삶을 개척해야 할 때, 가난으로

자존심을 지키기 힘든 상황에 몰릴 때, 그렇지만 자신을 지키고 싶은 갈망은 대단할 때 그녀가 이 무서운 세상에 대처하기 위해 할 수 있는 것은 또 다른 자아를 만들어 그 거짓된 자아가 세상을 만나게 하는 것이다.

진 리스는 이 소설에서 남성들에 의해 통제되는 사회에서 한없이 무력한 여성의 모습을 그린다. 사샤는 남성의 상징적 질서체제 속에서 단지 부정적 관계로만 존재하는 타자로서의 여성은 물론, 타자로 규정되는 모든 것들을 대표하는 인물이다. 자신의 독자적 자아를 지키려는 힘과 자신의 인생을 좌지우지하는 힘을 가진 자들의 요구에 부응하려는 힘과의 사이에 낀 여성의 모습이다. 리스의 소설에서는 흔히 권력이 불평등하게 분배된 양상을 보여 준다. 즉 남성은 직업과 돈을 가진 자며 그런 이유로 인해 여성을 취할 수도 버릴 수도 있는 힘 있는 자다. 여성은 경제적으로 약자이며 혹 직업을 가졌다 해도 가게의 점원이나 하찮은 역할에 그칠 뿐이다. 그렇지 않으면 남편에게 복종하며 목숨을 유지해야 하는 아내다. 남자를 차지한다는 것은 생존과 감정적 안정을 수반하기 때문에 자기 주장과 의존은 상극의 관계가 된다. 이러한 복잡한 사슬 관계가 여성을 어린아이와 같은 존재로 축소시킨다. 남자들은 아버지와 같은 역할을 담당하고 사회의 가치관을 정의한다.

이런 정의에 반발하는 여인은 남자의 보호와 지지를 잃게 된
다. 경제적 의존은 궁극적으로 심리적 의존을 불러오며 의존
할 상대를 잃을 때 대부분의 여성은 좌절한다.

『한밤이여, 안녕』은 읽기에 편안한 소설이 아니다. 상당한
부분이 과거와 현재를 넘나들며 사샤의 의식 속을 흐른다. 아
기의 죽음과 같은 처참한 이야기를 리스는 이상한 유머와 섞
어놓아, 소설을 읽고 난 후의 느낌은 씁쓸하고 가슴 저리다.
깨끗한 이마와 금가루를 뿌려 그린 듯 아름다운 눈썹을 가진
아기는 붕대에 꼭꼭 감겨 미라의 모습이지만, 붕대로 꽁꽁 감
긴 사샤의 배는 주름 하나, 흉터 하나 없는 처녀의 모습으로
탈바꿈한다. 단지 아기 손목에 달린 꼬리표가 죽음을 말할 뿐
이다. 소설을 읽고 난 후 머리에서 떨쳐버릴 수 없이 독자의
의식을 사로잡는 장면은 너무나 많다. 소설의 말미에서 발생
하는 어처구니없는 사건도 독자를 괴롭히는 장면 중 하나라
고 생각한다.

"네, 네……."라는 말과 함께 사샤는 그녀가 그토록 혐오하
던 옆방 남자에게 자신의 몸을 허락한다. 이 장면이 독자를 자
극하고 소화하기 힘들게 하는 것은, 사샤가 젊고 잘생긴 르네
와 갈등을 겪은 뒤 떠난 그가 다시 돌아오기를 진심으로 기다
리는 순간에, 그동안 사샤를 언어적, 물리적으로 괴롭혀온 보

기 흉한 이 남자가 결정적으로 등장하기 때문이다.

이 마지막 장면에 대한 해석은 두 가지로 나뉜다. 우선 이 장면이 사샤의 죽음을 의미한다는 주장에 대해 알아보자. 소외되고 주변화된 가난한 삶, 남성의 지배하에서 고통받고 배반당하는 삶을 영위하다 결국 자아의 분열까지 맛보게 된 사샤는, 이 흉측한 남자를 받아들임으로써 자신에 대한 존경심도 생에 대한 애착도 모두 버리는, 즉 자신을 완전히 삭제해 버린다는 해석이다. 새로운 삶을 구축해 보려는 노력을 포기하고 사십 평생 그녀를 괴롭혀 온 많은 것들 앞에 무릎을 꿇는다는 뜻이다. 로자린드 마일스(Rosalind Miles)는 "섹스를 제공한 남자가 곧 죽음을 제공하는 자가 된다."고 주장한다. 다시 말하면 이 남자는 사샤가 일생 도망치고 싶었던 모든 고통의 원인들을 의인화한 인물이며 사샤는 그것들을 극복하지 못하고 정신적 혹은 육체적 죽음을 맞을 것이라는 말이다. 텍스트에서 "막다른 골목"에 대한 표현은 심심치 않게 나타난다. 사샤의 삶이 얼마나 절망적인가를 설명하고 있다고 생각된다. 사샤는 전에도 자살을 시도해 보았으며 앞으로도 쉽게 그 길을 택할 수 있다고 그녀의 의도를 피력한 적이 있다. 사샤는 소설의 중반부에서 가엾은 고양이의 처량한 죽음을 들려준다. "열등의식에 사로잡혀 있는" 이 고양이는 "과거에 상처받은 경험을 기억하고" 있으며 앞으로 무슨 일이 일어날지 알고 있다. 온 동네 수고양이들의 만만한 대상으로 상처투성이가 된 이 고양이는 결국 길로 뛰어들고 택시에 치여 죽게 된다. 사샤는 손거울에 비친 자신의 눈이 그 고양이의 눈을 닮았다고 말한다. 그녀가 가장 비참하게 느끼는 순간에 이 고양이를 생각하는 것도 쉽게 지나칠 일은 아니다. 갑자기 나타나 사샤를 품게 되는 남자는 사샤에게 "친절한 택시"의 역할을 한다고 볼 수 있다. 소설의 제목이 말해 주듯 이 남자와의 관계가 끝난 후 사샤를 기다리고 있을 것은 단지 '자정(midnight)'처럼 완벽한 어둠이 아니겠는가. 에밀리 디킨슨의 시에서 이미 예고되었듯이 빛에 의해 거부당한 사샤가 갈 곳은 "오늘이 어제인지, 오늘인지, 혹 내일인지" 구별할 수 없는 완벽한 망각의 세계일 뿐이라고 추측할 수 있기 때문이다.

두 번째 해석은 이 마지막 장면이 사샤의 재탄생을 의미한다는 주장이다. 우선 이 혐오스런 인물과 한 몸을 이루는 사건이 르네라는 청년과의 만남 및 성적갈등을 연유로 하여 발생한다는 사실이 중요하다. 르네(René)라는 이름은 re와 né라는 두 글자가 합성된 형태로 '다시 태어남'의 뜻을 지닌다. 피터 울프(Peter Wolf)는 르네가 돌아오기를 강렬히 기다리는 사샤가 발가벗은 자신의 몸을 가능한 한 구부려 마치 '태아’의 모습으로 만들고 있다는 것을 지적한다. 헬렌 네베커(Helen Nebeker)는 이 장면이 소설 전통에서 흔히 나타나는 바처럼 ‘죽음을 통한 재탄생’의 테마를 보여 준다고 말한다. 다시 말하면 우주 속에 내재하는 모든 고통과 부조리의 원인들을 묵묵히 받아들이고 인간과 인간이 결합하는 상징적 행위를 통해 사샤는 새롭게 태어나게 될 것이라는 희망적 해석이다.

어떤 식당에서 사샤는 “저 늙은 이방인, 외국인 여자가 도대체 이곳에서 무엇을 하지?”라는 모욕적 언사의 대상이 되었던 적이 있다. 이 사건은 사샤의 머리를 떠나지 않고 반복해서 기억되는 몇 가지 사건 중 하나다. 사회적으로 주변화된 인물들이 어떻게 대우받았는가를 설명하는 장면이다. 영국인과 프랑스인들의 지독한 갈등은 버스를 탄 노신사의 말에서 나타난다. “재앙이라니까. 흑사병 같은 재앙이라고, 그 영국 것들…….” 좌익에 속한 세르게이를 비평하며 델마는 자신이 왕권주의를 선호한다고 말한다. 꿈속에서 길을 묻는 사샤에게 앞서가던 청년은 강철로 만든 손을 들어 방향을 가르쳐준다. 그 끝에는 전부 눈이 달렸고, 작은 전깃불이 반짝이는 유연한 강철 손은 그 당시의 기계문명이 가져온 병폐들을 설명한다. 자기의 프랑스어 발음이 정확하지 못한 때문에 사샤를 혼동케

했음에도 불구하고 사샤가 회사를 그만둘 수밖에 없게 만드는 블랭크 씨는 모든 가진 자들의 횡포를 대표한다. 사샤의 독일어 능력을 문제 삼는 불랭크 씨는 또한 강하게 부상하는 파시즘과 곧 발생할 2차 세계대전을 암시한다. 며칠씩 사라졌다 나타나 아내의 몸과 절대적 복종을 요구하는 사샤의 남편, 에노는 가부장적 권한을 극명하게 설명해 주는 인물이다. 사샤는 "이때가 '지옥으로 꺼져버려.'라고 말해야 할 가장 좋은 시간"이라고 생각하지만 뱃속의 아기를 생각해 에노에게 아무런 항변도 못했다고 말한다. 다국적 인물들이 섞여 만들어내는 인간 드라마, 이것이 1937년대 파리의 상황이다.

당시 파리에 거주하던 거트루드 스타인(Gertrude Stein)은 "요즈음은 아버지 노릇이 너무도 성행하고 있다. 아버지들은 우리를 우울하게 만든다. 모든 사람들이 아버지를 자처하고 나서니 말이다. 아버지 무솔리니가 없나, 아버지 히틀러가 없나, 아버지 루스벨트, 아버지 스탈린, 아버지 프랑코까지……."라고 말한다. 사샤의 꿈속에서 피 흘리며 "내가 네 애비다."라고 주장하는 '아버지'의 흰색 잠옷용 셔츠는 환유적으로 흉측한 옆집 남자가 즐겨 입는 흰색 가운과 동일시된다. 그러므로 이 남자와의 성행위는 단순한 행위가 아니라 아버지로 불리는 파시즘의 병폐는 물론 2차 세계대전을 발발시키게 되는 인간의 악적 조

건들조차도 끌어안으려는 행위이며, 사샤의 재탄생을 불러오
는 힘든 작업의 궁극적 모습으로 등장한다. 힘없는 자들을 소
외시키고, 인종적 갈등과 편 가르기로 어지러운 세상에서 모든
것을 아우르는 행위가 바로 이 마지막 장면이라는 해석이다.

사샤가 화가 세르게이를 방문했을 때 그는 영국에서 있었던
일을 설명한다. 마르티니크 출신 여성에 관한 이야기다. 흑인
이라는 이유 때문에 살고 있는 호텔에서 따돌림당하는 여인.
어느 날 그녀는 어린 꼬마로부터 상상을 초월하는 모욕을 당
하게 된다. "더럽고 냄새 나는 여자, 이 집에서 살 자격이 없는
여자. 나는 아줌마가 싫어. 아줌마가 죽어버렸으면 좋겠어." 마
르티니크 여인은 위스키 한 병을 몽땅 마신 후 세르게이의 방
앞에 쓰러져 운다. 그녀가 세르게이로부터 원하는 것은 술이
다. 그러나 그녀가 진정으로 원하는 것은 세르게이의 포옹이며
성행위였다고 세르게이는 말한다. 세르게이는 아프리카의 탈
들을 모으고 아프리카와 서인도제도의 음악을 들으며 인종을
넘어서 타 문화를 이해하려고 하는 사람이지만, 흑인 여인을
품에 품는 행위는 도저히 할 수 없었다고 고백한다. 사샤는 세
르게이와 달리 그 끔찍하게 혐오스런 옆방 남자를 품는 데 성
공한다.

세상이 살기 힘든 곳만은 아님을 사샤는 여러 번 경험한다.

세르게이에게 그림값 600프랑을 전해 달라고 델마에게 부탁한 후 사샤는 델마가 그중 얼마를 커미션으로 받았거나 전액을 그냥 떼어먹을지도 모른다고 의심한다. 그러나 세르게이의 편지를 통해 사샤는 델마가 단 한 푼도 떼지 않고 전액을 전달했다는 사실을 알게 된다. 마지막 장면에서 성폭행하려 하는 르네에게 사샤는 천 프랑을 가져가고 자신을 조용히 두어달라고 부탁한다. 르네를 줄곧 "제비"라고 부르는 사샤는 그가 오로지 돈을 위해 자신에게 접근했다고 생각하기 때문이다. 르네가 떠난 후 사샤는 그가 돈을 건드리지 않고 두고 갔다는 사실을 발견하고 운다. 세르게이에게서 산 그림도 그녀를 변화시키는 데 한몫을 한다고 볼 수 있다. 시궁창에 서서 밴조를 치는 남자는 두 개의 얼굴과 네 개의 팔을 가지고 있으며, 세상의 모든 슬픔과 고통을 연주하고 있다고 묘사된다. 두 개의 얼굴로 상징되는 편 가름, 이 편극을 이루는 것들의 갈등이 세상을 불행하게 만들고 전쟁을 일으키는 요소들이다. 진 리스는 사샤와 남자의 결합이 이런 편극들을 하나로 화합하는 상징적 행위로 승화되기를 원했는지 모른다.

소설의 결말을 긍정적으로 보는 비평가들은 많다. 최소한 사샤가 온전한 자아를 획득하게 되는 여인으로 그려지고 있다는 것이 그 이유다. 르네는 사샤와 반대되는 인물이다. 사샤가 정신세계에 속한다면 르네는 육체적 범주를 대표한다. 르네는 사샤의 정신적 상처와 짝을 이룰 수 있는 신체적 상흔을 가지고 있다. 르네는 자신과의 사랑행위를 통해 사샤의 정신적 병을 고쳐주겠다고 말한다. 그러나 르네와 키스를 한 후부터 사샤는 '나'와 '그녀'로 이분된다. 르네에 대한 욕망과 육체적 경험을 갈망하는 자아는 그걸 놀리고 훼방 놓는 또 다른 자아로 인해 저지당한다. 르네가 그녀를 두고 떠나자 사샤는 텔레파시를 통해 르네를 다시 돌아오게 하려고 안간힘을 쓴다. 사샤는 르네를 쫓아 보낸 '그녀'의 목소리가 자신의 진정한 자아가 아니었음을 인식하고 운다. 이런 인식은 그녀의 외적 자아와 내적 자아의 결합을 가져오는 원동력이 된다. "울고 있는 이 사람은 누구인가? 이건 나다, 나 자신이다. 그러면 또 다른 사람은? 그게 누구인지 내가 어찌 알랴? 그녀는 내가 아닌걸. …… 그녀는 가버렸다. 나는 혼자다. ……이제 나는 단순한 여인이고 아무것도 두렵지 않아. 이제 나는 내 자신을 찾은 거야."

　비평가들의 어떤 해석에도 불구하고 마지막 장면이 보여 주는 사샤의 행위는 평범한 이해력을 뛰어넘는 것이다. 사샤는 한때 술에 취해 세상을 하직하기를 원했다. 르네가 떠나고 난 후 사샤는 그가 돌아와 주기를 간절히 소망하며 그의 뒤를 쫓아가 그를 데려오려고 하지만, 자존심 때문이 아니라 술에 취해 힘이 풀려버린 다리가 말을 듣지 않아서 그렇게 하지 못한다. 대신 죽음을 의인화한 옆집 남자를 반항 없이 받아들이는 사샤의 행위는 따라서 술에 취해 세상을 하직하는 행위로 이해된다. 한편 죽음을 기다리며 태아처럼 웅크리고 있는 그녀의 발가벗은 모습은 무엇을 말하는가? 그것은 여성에게 극히 불친절한 세상에 태어나기 전 가장 편안하고 안전했던 모태 속의 아기 상태로 돌아가고 싶다는 소망의 표현이 아닐까? 이미 우리는 태어나지 않으려고 안간힘을 쓰는 여러 목소리를 텍스트에서 읽은 바 있다. 여러 비평가들이 희망적 요소로 지적했던 그녀의 분리된 자아의 통합은 그러므로 그녀가 죽음을 맞이하는 순간이 되서야 이루어진다고 할 수 있다.

리스의 소설은 "끝"이라는 단어로 해결되지 않는다. 흰색 가운으로 인해 "음란하고 이해할 수 없는 어떤 종교"의 "사제"와 비교되어 온 남자 앞에 제물처럼 바쳐지는 사샤의 모습은 소설의 범주를 벗어나서야 이해될 수 있다. 사샤의 비극이 단순히 그녀만의 잘못에서 연유하지 않고, 탄력성 없는 사회의 관습과 이데올로기도 거기에 한몫을 했다는 사실을 독자들이 인식하고 그녀의 행동을 마음으로 받아들일 수 있다면, 그리하여 다같이 동참하여 사회를 변화시키려 한다면, 그때가 돼서야 희생제물은 그 제물의 역할을 다한 것이니까 말이다.

옮긴이 주

1) 원서에서 불어로 된 부분은 고딕체로 표기하였다.
2) 이 부분은 고딕체로 표현된 다른 문장들과 달리 사샤가 머릿속에 떠올린 독일어 표현이다.
3) 블랭크 씨는 프랑스어를 잘 모르는 영국인이기 때문에 '경리과(caisse)'를 잘못 발음하여 사샤를 혼란케 했다. '카이스'라고 발음하지 않고 '카이즈(Kise)'로 발음했기 때문에 사샤는 카이즈 씨를 찾으러 다닌 것이다.
4) centime, 1/100프랑.
5) 독일어.
6) 이탤릭체로 쓰인 문구는 원문에서 강조 표시된 부분이다.
7) 교육이 머릿속에 든 것을 빼버리고 새것으로 머릿속을 채우는 것이라고 생각한다면, 염색은 머리를 교육하는 것과 같다는 뜻.
8) 여기서 "일어난다"는 공원의 벤치에서 몸을 일으킨다는 뜻이며, 그다음 "들어간다"는 호텔로 돌아와 자신의 방으로 들어간다는 뜻이다. 이 두 개의 동작이 시제의 차이 없이 섞여 있다. 다음에 나오는 "다시 오세요"는 몇 년 전 아기가 죽었을 때를 상기시키는 단서다.
9) 식욕증진을 위해 식전에 마시는 술.
10) 여기서 '우리'는 러시아 남자와 사샤다. 둘이서 세르게이의 집으로 가는 도중 과거를 회상하는 장면이 삽입되었다. 회상으로 진입하는 단서는 체크무늬의 코트다.

11) 여기서 패거리를 뜻하는 suppositoires는 좌약의 뜻도 함께 갖는 동음
　　이의어다. "난 당신을 좌약에게 맡겨요."로도 해석이 가능하기 때문에
　　영화를 보는 사람들이 웃은 것.

12) sou, 1/20프랑의 동전.

13) 터키산, 혹은 터키식 과자(초콜릿).

14) chiaroscuro, 명암의 배합.

15) translucent, 투명한.

16) cataclysmal action, 정치적 대변동 혹은 지각의 격변.

17) centrifugal flux, 원심력에 의한 유동.

한밤이여, 안녕

초판 1쇄 발행 2024년 10월 11일

지은이 진 리스
옮긴이 윤정길

발행인 이봉주 **단행본사업본부장** 신동해
편집장 김경림 **책임편집** 송보배
디자인 최희종 **마케팅** 최혜진 이인국
국제업무 김은정 김지민 **제작** 정석훈

브랜드 웅진지식하우스
주소 경기도 파주시 회동길 20
문의전화 031-956-7358(편집) 031-956-7089(마케팅)
인스타그램 www.instagram.com/woongjin_readers
페이스북 www.facebook.com/woongjinreaders
블로그 blog.naver.com/wj_booking

발행처 ㈜웅진씽크빅
출판신고 1980년 3월 29일 제406-2007-000046호

ISBN 978-89-01-28829-1 03840